왕국의 비밀 1

왕국의 비밀 1

왕국의 비밀 1

초판1쇄 인쇄 | 2017년 2월 6일
초판1쇄 발행 | 2017년 2월 10일

지은이 | 이원호
펴낸이 | 박연
펴낸곳 | 한결미디어

등록일자 | 2006년 7월 24일
등록번호 | 제313-2006-000152호
주소 | 서울시 마포구 모래내로 83 한올빌딩 6층
전화번호 | 02·704·3331
팩스번호 | 02·704·3330

ISBN 979-11-5916-034-9 979-11-5916-033-2(set) 04810

왕국의 비밀

① 보코하람

이원호 장편소설

한결미디어

저자의 말

　"좋은 글"이라는 선물을 종종 받습니다. 요즘은 카톡으로 지인들과 "좋은 글"을 공유하기도 하지요. 그런데 그 "좋은 글"을 읽다 보면 어디서 많이 본 듯한 글에다 살을 붙여 약간 바꾼 경우를 볼 수 있습니다. 거기에다 그 글을 쓴 자신에 대한 비판까지 대비하여 "좋은 글"을 만드는 영리함도 보이곤 합니다.

　좋은 글은 좋지요. 살아가는 데 힘이 되고 실제로 삶의 방향을 제시해 주기도 하니까요. '저자의 말'에 이런 글을 쓰는 이유가 있습니다. 처음 저자의 말을 쓸 때는 장삿속으로 독자들을 끌어들여 책을 사보게 하려는 욕심이 있었습니다. 그러다 시간이 지나면서 '책 소개'로 방향이 바뀌었고 그것이 나중에는 좋은 말을 드리고 싶다는 생각으로 변했기 때문입니다. 좋은 말에 대한 제 관점은 이렇습니다. 다 좋은 말은 필요 없습니다. 경륜에서 묻어난 전문적인 이야기, 그것이 주관적이면 어떻습니까? 오히려 더 현실적이며 반면교사로 응용이 되는 것을. 얼마 살지도 않은 인사가 제 전문업은 놔두고 온갖 좋은 말을 내놓는 것은 역겹습니다. 겪은 일이 적으니 남의 말을 가져다 붙인 경우가 많을 수밖에요. 꼭 겪어야 되고 생각이 많아야 되는 것은 아닙니다. 그러나 수양은 시간이 필요합니다. 환상 소설 속의 주인공처럼 뇌를 다쳐서 하루아침에 변신하는 것이 아니니까요.

『왕국의 비밀』은 독자 여러분께 새 세상을 보여 드리고자 하는 의도로 썼습니다. 가끔 고정 관념에서 벗어나면 새로운 길이 보이기도 합니다. 그 틀을 깨뜨리는 것은 그것을 덮었을 때입니다.
'덮고 잊어보세요. 그러면 새 길이 더 넓게 열릴 때가 있더군요.'
이것이 제가 여러분께 드리는 '좋은 글' '비밀 글'입니다. 『왕국의 비밀』은 지난번 출간한 『불륜시대』의 후속작입니다. 읽으시며 여러분의 왕국을 구상하고 이루시길 바랍니다.

2017년 2월 5일
이원호

목차

1장 스페인 여자

붉은 머리칼, 민소매 셔츠 밖으로 드러난 매끈한 어깨, 늘씬한 팔, 잘록한 허리, 풍만한 엉덩이에 터질 것 같은 스키니 진, 샌들 속의 맨발 발톱의 검은 페디큐어. 모텔 계단을 내려가면서 김태우가 한눈에 본 여자다. 1층 현관을 가로질러 가는 바람에 얼굴은 못 보았다. 오전 8시 반, 양곤모텔 안이다. 계단을 내려간 김태우가 프런트로 다가갔을 때 여자는 다시 이쪽에 뒷모습을 보인 채 직원과 이야기를 하고 있다. 상반신을 데스크에 굽히고 있어서 큰 엉덩이가 더 크게 벌려졌다. 김태우가 다가갔을 때 여자가 묻는 소리가 들렸다. 영어다.

"그럼 대양여행사까지 택시를 타야 해요?"

맑고 울림이 강한 목소리.

"네, 택시를 불러 드리지요."

프런트 직원이 친절하게 말했을 때 김태우가 걸음을 멈췄다. 김태우를 본 프런트 직원이 두 손을 모으고 인사했다.

"안녕하십니까, 미스터 김."

"안녕, 피트."

그때 여자가 몸을 돌려 김태우를 보았다. 그 순간 김태우는 숨을 들이켰다. 여자의 푸른 눈동자 안에 자신의 눈이 빨려 들어가는 느낌이 들었기 때문이다. 작은 얼굴, 푸른 눈동자, 곧고 적당한 크기의 콧날, 분홍색 루주를 칠한 조금 큰 것 같은 입술, 햇볕에 볼의 솜털이 하얗게 비치고 있다. 1미터밖에 떨어지지 않아서 숨결이 닿는 것 같다. 눈동자를 응시한 채 김태우가 여자에게 말했다.

"대양여행사에 가신다면 제가 태워 드리지요."

여자가 눈을 크게 떴고 입술은 반쯤 열렸다. 흰 치아가 드러난 순간에 김태우는 목이 막히는 느낌을 받았다.

"정말이세요?"

"예, 내 사무실이 그곳에 있거든요."

그렇다. 대양상사 1층이 대양여행사인 것이다.

"감사합니다."

여자가 웃음 띤 얼굴로 한 걸음 다가섰다. 여자한테서 향내가 맡아졌다.

"난 김입니다."

발을 떼면서 말했더니 옆으로 붙은 여자가 김태우를 올려다보았다.

"여기 주인이시죠?"

"예, 어떻게 아십니까?"

"어제 모텔 식당에서 뵈었습니다."

"언제 투숙하셨는데요?"

"이틀 전. 참, 저는 마냐라고 해요. 스페인에서 왔습니다."

현관 앞에 주차된 한국산 제우스 승용차는 깨끗하게 닦여 있다. 문을 연 김태우가 운전석에 오르자 마냐가 옆에 앉았다. 다시 마냐한테서 향내가 맡아졌다. 차를 발진시키면서 김태우가 물었다.

"마냐, 혼자 오신 겁니까?"

"부부 동반 여행으로 넷이 왔어요."

"그렇군요. 그런데 남편은 방에 있습니까?"

"네, 방에서 쉰다고 해서요."

"그럼 혼자 구경하시려고?"

"인레 호수에 다녀오려고요."

"거긴 2박3일은 되어야 하는데."

김태우가 머리를 돌려 마냐를 보았다.

"내가 네 분 비행기 티켓을 예약해 드리지요. 오후 2시에 출발하는 비행기가 있어요."

"저 혼자 가려는데요."

"혼자?"

김태우가 차 속력을 늦추고 마냐를 보았다. 다시 마냐의 푸른 눈동자에 빨려드는 느낌이 든다.

"남편은 왜?"

"방에서 책을 써요."

"소설을 씁니까?"

"아니, 여행기를 써서 신문에 내죠."

"그렇군요."

김태우가 차를 길가에 세우자 마냐가 눈을 가늘게 뜨며 웃는다. 그러나 입을 열지는 않는다. 서로의 눈을 응시한 지 3초쯤 되었다. 그때 마냐가 물었다.

"왜요?"

마냐의 목소리는 갈라져 있다. 그때 김태우가 손을 뻗어 마냐의 허벅지를 쓸어 올렸다. 그러자 마냐가 눈을 가늘게 뜨더니 붉은 입술을 벌렸다.

"나한테서 느껴져요?"

"당신 엉덩이를 본 순간에 목이 메는 느낌이 들었어."

김태우가 마냐의 도톰한 언덕을 손바닥으로 힘주어 눌렀다. 인도로 행인들이 지났지만 짙게 선팅한 차 안은 보이지 않는다.

"하고 싶어요?"

마냐가 다리를 더 벌려주면서 물었다. 얼굴이 상기되었고 붉은 입술은 더 벌어졌다. 숨결에서 포도향이 났다.

"교외로 가지."

마냐의 다리 사이에서 손을 뗀 김태우가 차를 발진시키면서 말했다.

"모텔 방 안보다 교외가 좋아."

"해봤어요?"

몸을 붙인 마냐가 손을 뻗어 김태우의 바지 지퍼를 내리면서 물었다.

"몇 번."

김태우가 마냐의 적극적인 행동에 놀랐지만 곧 달아올랐다.

"오오."

지퍼를 내린 마냐가 팬티 사이에서 뚫고 올라온 김태우의 남성을 보더니 커다랗게 탄성을 뱉었다. 마냐가 번들거리는 눈으로 김태우를 보았다.

"허니, 오랄 해줄까?"

"좋다면."

"난 좋아요, 허니."

두 손으로 남성을 감싸 쥔 마냐가 이를 드러내고 웃었다. 그러더니 곧 김태우의 바지 혁대를 풀더니 아예 바지를 앞으로 내리면서 말했다.

"허니, 엉덩이를 들어."

김태우가 엉덩이를 들자 마냐는 바지와 팬티를 무릎까지 끌어내렸다. 그러고는 비스듬히 엎드려 김태우의 남성을 입에 물었다.

"허니, 너무 커."

남성을 먼저 혀로 핥으면서 마냐가 말했다 김태우가 손을 뻗어 마냐의 붉은 머리칼을 움켜쥐었다. 그러자 마냐가 머리칼을 묶은 끈을 풀더니 머리를 흔들었다. 그 순간 붉은 머리칼이 쏟아지는 것처럼 흘러내렸다.

"으음."

김태우가 신음했다. 남성이 마냐의 목구멍까지 들어간 것이다.

"마냐, 너 대단하구나."

그때 남성을 뺀 마냐가 가쁜 숨을 뱉으면서 말했다.

"허니, 우리 만난 지 얼마나 되었지?"

"15분쯤 되었나?"

"1년쯤 지난 것 같지 않아?"

웃음 띤 목소리로 말한 마냐가 다시 남성을 입에 물더니 이제는 진퇴 운동을 했다. 김태우가 마냐의 머리칼을 움켜쥐었다.

"마냐, 몇 살이냐?"

"몇 살 같아 보여?"

"스물대여섯?"

"서른다섯이야."

마냐가 이제는 혀로 꼼꼼하게 남성을 문지르면서 말을 이었다.

"난 남편 물건을 이렇게 빨아 준 적이 없어."

"왜?"

"남편은 넣기만 하면 싸거든. 넣고 나서 길어야 1분이야."

"그렇군. 넣기가 바쁘겠군."

어느덧 차는 교외로 나와 차량 통행이 뜸한 도로를 달리고 있다. 김태우는 곧 샛길을 찾아내고 우회전을 했다. 작은 언덕을 넘어가자 이제 차량 통행이 뚝 끊겼고 갓길 옆쪽으로 황무지가 펼쳐졌다. 먼 쪽에 서너 채의 민가가 보일 뿐 주위에는 인적도 없다. 이윽고 길가 풀숲에 차를 세우자 상반신을 세운 마냐가 웃었다. 붉게 상기된 얼굴을 본 순간 김태우는 저도 모르게 손을 뻗어 마냐의 얼굴을 두 손으로 감싸 쥐었다. 마냐의 입술은 루주가 지워져서 범벅이 되어 있었지만 그것이 더 유혹적이다. 입술이 부딪쳤고 곧 마냐의 혀가 빨려 들어왔다. 혀를 빨리면서 마냐가 제 바지를 벗는다. 엉덩이를 비틀어 바지를 끌어내린 마냐가 곧 손바닥만 한 팬티와 함께 무릎 밑으로 벗어 내렸다. 뱀 껍질처럼 말린 바지가 내려갔고 곧 다리 한쪽을 들어 올린 마냐가 바지를 벗어 던졌다. 입술을 뗀 김태우가 마냐의 엉덩이를 손으로 움켜쥐었다. 과연 풍만한 엉덩이다. 다리 사이의 황금빛 음모가 환하게 드러났으므로 김태우는 숨을 들이켰다. 그때 마냐가 가쁜 숨을 뱉으면서 말했다.

"허니, 뒤쪽에서."

조금 더 넓은 공간에서 자유롭게 엉키자는 말이다. 김태우가 바지를 움켜쥐고 차 밖으로 나왔지만 마냐는 앞쪽에서 뒤로 넘어가버렸다. 김태우가 뒤쪽 문을 열고 들어서자 마냐가 두 다리를 벌리면서 누웠다. 두 눈이 번들거렸고 벌어진 입에서 거친 숨소리가 들렸다.

"허니, 그냥 넣어줘."

두 다리를 벌린 마냐가 신음처럼 말했다.

"나, 흘러내리고 있어."

과연 마냐의 선홍빛 골짜기에서는 맑은 애액이 흐르고 있다. 그러나 김태우는 마냐의 말을 따르지 않았다. 마냐 앞에 무릎을 꿇고 앉은 김태우가 골짜기를 얼굴로 덮었다. 그 순간 마냐의 외침이 차 안을 울렸다.

"아아악, 여보."

두 다리를 번쩍 치켜든 마냐가 곧 김태우의 머리를 감싸 안았다. 그러나 김태우는 익은 석류처럼 벌어진 골짜기를 빨았다. 뜨거운 생수 같은 애액이 분출하고 있었으므로 김태우는 갈증이 난 사람처럼 삼켰다. 마냐가 거대한 엉덩이를 번쩍 치켜 올리더니 한참이나 그대로 있다.

"아아아앗!"

마냐의 거침없는 신음이 차 안을 울렸다. 김태우는 골짜기 위쪽의 붉은색 돌기가 팽창하는 것을 보았다. 거친 숨소리에 섞여 끝없이 비명을 지르던 마냐가 이윽고 엉덩이를 흔들면서 몸부림을 쳤다. 그러더니 온몸이 굳어지더니 경련을 일으켰다. 절정에 오르는 것이다.

"아아, 여보."

턱을 추켜올린 마냐가 시트에 몸을 빈틈없이 붙이면서 흐느껴 울기 시작했다. 그때서야 얼굴을 뗀 김태우가 상반신을 끌어 올렸다. 얼굴은 애액 범벅이 되어 있었지만 행복한 표정이다. 김태우가 늘어진 마냐의 상의를 벗기기 시작했다. 셔츠를 위로 끌어올려 벗기고 브래지어를 떼어낼 때까지 마냐는 늘어진 채 흐늘거리며 신음만 이어가고 있다. 이윽고 알몸의 마냐가 시트에 눕혀졌다. 풍만한 몸이다. 젖가슴은 두 손으로 감싸도 남을 만했고 엉덩이는 넓게 퍼졌지만 허리는 잘록한 데다 팔다리는 곧게 뻗었다. 홀린 듯한 시선으로 내려다보던 김태우는 곧 다리 한쪽에 걸린 바지와 팬티를 끌어내렸고 곧 셔츠를 벗어 던졌다. 이제 둘은 알몸이 되었다. 김태우는 마냐의 다리를 벌리면서 자세를 취했다. 그때서야 눈을 뜬 마냐가 흐린 하늘같은 눈동자로 김태우를 보았다.

"허니."

마냐가 가쁜 숨을 들이면서 말했다.

"나 죽을 것 같아."

"지금부터야, 마냐."

김태우가 남성 끝으로 마냐의 골짜기를 문지르면서 말했다. 그러자 마냐의 엉덩이가 움찔거리기 시작했다.

"허니, 해줘."

마냐가 혀로 입술을 핥으면서 말했다.

"허니, 여보."

마냐의 골짜기에서 다시 애액이 흘러내리기 시작했다. 그러나 김태우의 남성은 골짜기 양쪽을 비비면서 지나갈 뿐이다.

"아아, 여보."

엉덩이를 힘껏 올려 남성을 받아들이려고 했지만 미끄러졌으므로 마냐가 비명 같은 외침을 뱉었다. 그러더니 두 손으로 김태우의 남성을 움켜쥐었다. 마냐가 헐떡이며 남성을 골짜기로 끌어들였다.

"여보, 빨리."

그때 김태우가 마냐의 두 팔을 잡아 남성을 떼어내더니 곧 골짜기에 붙였다. 긴장한 마냐의 몸이 굳어진 순간이다. 김태우의 남성이 천천히 동굴 안으로 진입했다.

16

“아아아앗”

마냐의 외침으로 차가 들썩이는 것 같다. 순간 김태우는 숨을 들이켰다. 뜨겁고 미끄러운 마냐의 샘이 무섭게 수축했기 때문이다. 저절로 어금니를 문 김태우가 더 깊숙이 들어서자 마냐는 두 손으로 김태우의 엉덩이를 움켜쥐었다. 두 눈은 치켜떴는데 파란 눈동자가 위쪽으로 붙여졌다. 입을 딱 벌렸지만 숨이 끊어진 듯 소리를 뱉어내지 않는다. 끝까지 진입했던 김태우가 천천히 빠져나온 순간 마냐의 입에서 목청이 터질 것 같은 외침이 뽑아졌다.

“으아악.”

그 순간 온몸에 소름이 돋아나는 것 같은 쾌감이 휩쓸고 지나갔으므로 김태우는 다시 어금니를 물었다. 마냐의 남편은 이 쾌감을 이겨내지 못한 것이다. 김태우는 이제 거침없이 다시 몸을 부딪쳤다.

“아악”

마냐의 비명이 계속해서 터지고 있다. 마냐의 두 다리를 어깨 위까지 올린 김태우는 더 거칠고 더 깊게 마냐를 유린했다. 이제 마냐는 목이 쉰 듯 외침 끝에 쉿소리가 섞였다. 그러더니 다시 절정으로 솟아오르기 시작했다. 마냐의 얼굴은 땀과 눈물로 범벅이 되었고 몸 부딪치는 소리가 물장구를 치는 소리 같다.

“뒤로.”

김태우가 거칠게 말했을 때는 마냐가 다시 터지기 직전이다. 그 와중에도 말은 알아들은 마냐가 서둘러 엎드리자 거대한 엉덩이가 눈앞에 펼쳐졌다. 김태우는 손바닥으로 세차게 마냐의 엉덩이를 내려쳤다.

“아악!”

마냐가 비명을 지른 순간 다시 김태우의 남성이 진입했다. 다시 비명이 이어지고 있다. 김태우에게 안긴 마냐는 떨어지지 않는다. 차 뒷좌석에 두 알몸이 서로 엉킨 채 앉아 있다. 창밖에는 푸른 풀숲이 흔들리고 있다. 인적이 없는 황무지가 펼쳐져 있는 것이다.

"허니."

두 손으로 김태우의 허리를 감싸 안은 마냐가 입술을 가슴에 붙이고 말했다.

"여기서 하루 종일 이러고 있고 싶어."

앞쪽 계기판에 부착된 전자시계가 오전 11시 반을 가리키고 있다. 두 시간 가깝게 이곳에 머물고 있는 것이다. 김태우가 마냐의 풍만한 젖가슴을 움켜쥐었다.

"마냐, 얼마나 미얀마에 있을 거야?"

"열흘 정도."

"인레 호수는 내일 가야겠군. 오늘 비행기는 놓쳤어."

젖꼭지가 단단하게 솟아오른 마냐의 젖가슴을 보자 김태우의 몸에 다시 열기가 올랐다.

"소피아하고 둘이 갈 거야."

마냐가 손을 뻗어 김태우의 남성을 움켜쥐었다. 다시 남성이 곤두서 있었으므로 마냐의 얼굴에 웃음이 떠올랐다.

"여보, 당신은 스위치만 넣으면 일어서는 로봇 같아."

마냐가 두 손으로 남성을 감싸 쥐었다.

"이건 내 거야."

"소피아 남편은 왜 안 가는 거야?"

"그 친구는 게을러."

다시 머리를 숙인 마냐가 김태우의 남성을 입에 넣으면서 말했다.

"은행원인데 움직이기를 싫어해. 로메로가 안 간다니까 같이 남아서 술이나 마시려는 거지."

붉은 머리칼을 뒤로 젖힌 마냐가 혀로 남성을 핥으면서 말했다. 큰 엉덩이를 뒤로 젖힌 채 한쪽 무릎을 꿇고 앉은 자세가 고혹적이다. 로메로는 마냐의 남편인 것 같다. 김태우가 마냐의 엉덩이 사이로 손을 넣어 골짜기를 쓸어내렸다.

"앗"

깜짝 놀란 듯이 엉덩이를 오므렸던 마냐가 붉어진 얼굴을 들고 김태우를 보았다.

"그렇게 하니까 감전된 것처럼 쾌감이 왔어. 다시 해줘."

"그래?"

이제 마냐는 더 바짝 붙어서 엉덩이를 올렸고 김태우의 손이 골짜기 사이를 밀고 내려갔다.

"아아앗!"

마냐의 탄성이 다시 차 안을 울렸다. 차에 에어컨을 켜놓은 채 창문을 반쯤 열어서 소리가 밖으로 흘러나간다.

"좋아."

마냐가 남성에서 입을 떼면서 잉덩이를 흔들었다. 어느덧 다시 마냐의 골짜기에서는 샘이 터져 나오고 있다.

"마냐, 넌 끊임없이 솟는 온천 같아."

김태우가 마냐의 골짜기를 쓸어내리면서 말했다.

"자기는 쉴 새 없이 터지는 화산 같아."

이제 엉덩이를 흔들면서 마냐가 숨찬 목소리로 말했다.

"나, 이렇게 흥분되는 건 처음이야. 내 인생에서 처음이라고."

“뒤에서 해줄까?”

“아니, 자기가 피곤하니까 이번에는 내가 위에서 할게.”

김태우의 어깨를 밀어 눕힌 마냐가 거침없이 위에 올랐다. 커다란 젖가슴이 출렁거렸고 붉은 머리칼은 젖가슴 밑까지 흘러내렸다. 파마한 머리칼이 풍성하다. 말을 타듯이 오른 마냐가 거침없이 남성을 잡더니 골짜기에 붙였다. 그러고는 쪼그리고 앉더니 상반신을 천천히 기울이면서 삽입했다.

“아아아, 좋아.”

입을 딱 벌린 마냐의 얼굴이 바로 눈앞에 떠올라 있다. 김태우는 두 손으로 마냐의 젖가슴을 움켜쥐었다. 그때 마냐가 엉덩이를 흔들기 시작했다.

“으음.”

김태우의 입에서 신음이 터졌다.

“으아아아.”

마냐가 몸을 잔뜩 웅크리면서 비명 같은 탄성을 뱉는다. 이를 악문 김태우는 마냐의 동굴이 다시 강하게 조여지는 것을 느꼈다. 동굴 벽에는 수만 마리의 벌레가 꿈틀거리고 있다.

“자기야, 인레 호수에 같이 가자.”

마냐가 상반신을 굽히더니 엉덩이를 강하게 내려찍기 시작했다.

“으아아악”

다시 고함을 치면서 마냐가 이제는 스페인어로 말했다. 정신이 없어서 영어와 스페인어를 헷갈려 쓰는 것 같다. 김태우는 마냐의 허리를 두 손으로 움켜쥐어 흔들리는 것을 도왔다. 그러고는 소리쳤다.

“좋아, 가자.”

대양여행사는 이제 관광버스 80대를 보유하고 있는 데다 렌트한 12인승 프로펠러 비행기 2대도 운용한다. 오후 3시 반, 대양상사 사장실로 들어선 사모라에게 김태우가 물었다.

"내일 인레 호수에 가야겠는데 비행기 좌석 여유 있나?"

"1호기가 오후 3시에 일본 관광객 10명을 싣고 인레에 갑니다. 그래서 오전 스케줄이 비었습니다."

사모라가 바로 대답했다. 머리를 끄덕인 김태우가 말했다.

"그럼 내일 오전 10시에 나하고 스페인 관광객 둘하고 셋을 인레에 실어다주고 와도 되겠군."

"네, 사장님."

김태우는 메모를 하는 사모라를 지그시 보았다. 보는 것만으로도 청량음료를 마시는 느낌이 드는 사모라다. 사모라는 이제 대양여행사 사장으로 기반이 굳혀졌다. 1년 전만 해도 월급 50불짜리 대양상사 직원이었던 사모라가 이제는 직원 350명을 거느리는 여행사 사장이 된 것이다. 물론 김태우가 뒤를 봐주고도 있지만 사모라의 능력이 뛰어났기 때문이다. 그때 김태우가 물었다.

"사모라, 회사 안에서뿐만 아니라 외부에도 소문이 어떻게 난 줄 알고 있지?"

김태우의 시선을 받은 사모라의 검은 눈동자가 흔들리더니 곧 얼굴이 붉어졌다. 시선을 내린 사모라가 두 손으로 무릎 위에 덮인 스커트를 내리는 시늉을 했다. 흰 셔츠에 검정색 스커트 차림에 단화를 신은 사모라는 단정한 여학생 같다. 긴 머리를 뒤로 묶어서 목이 드러난 데다 화장기가 없는 얼굴도 청순하다. 긴 속눈썹, 남국 여자 같지 않게 곧고 높은 코, 작고 엷은 입술은 꾹 닫혀 있다. 사모라의 콧등을 응시하던 김태우가 다시 물었다.

"알고 있나?"

"네, 사장님."

사모라의 목소리가 떨렸다. 심호흡을 한 김태우가 정색했다.

"들은 대로 말해 줄래?"

"네, 사장님."

사모라가 머리를 들었다. 검은 눈동자가 이제는 똑바로 김태우를 응시했다.

"제가 사장님 애인이라는 소문이 났습니다."

"그것뿐인가?"

"밤마다 사장님 방에서 나온다는 소문도 있습니다."

"그리고?"

"제가 사장님을 유혹했다는 소문도 많습니다."

"기분이 나빴겠다."

"아닙니다."

사모라가 빨개진 얼굴을 흔들었다.

"기분 나쁘지는 않았습니다."

"집안에서도 알겠는데, 그런가?"

"알겠지요, 하지만……."

"하지만 뭐야?"

"아닙니다."

사모라가 다시 시선을 내렸으므로 김태우가 입을 열었다.

"사모라, 애인 있나?"

머리를 든 사모라가 김태우를 보았다.

“없습니다.”

“있었는데 헤어진 거야?”

“헤어진 지 오래되었어요.”

“지금 스물다섯이지?”

“네, 사장님.”

“그 나이가 되도록 애인이 없다니.”

“반년쯤 교제했던 사람이 있었는데 헤어졌습니다.”

사모라가 시선을 준 채 말을 이었다.

“3년쯤 전이네요.”

“왜?”

“꿈이 없었기 때문인 것 같아요.”

“누가?”

“양쪽 다요.”

“육체관계는 있었어?”

김태우가 던지듯 물었지만 사모라는 바로 대답했다.

“없었습니다.”

“그럼 지금까지 한 번도 섹스를 안 한 거야?”

“네.”

숨을 들이켠 김태우가 저절로 입안에 고인 침을 삼켰다. 믿기지 않는다. 지금까지 김태우는 한 번도 숫처녀를 만난 적도 없는 것이다. 이윽고 김태우가 말했다.

“누가 물으면 내 애인이라고 해도 돼. 나하고 서너 번 잤다고 해.”

숨을 죽인 사모라가 시선만 주었고 김태우의 말이 이어졌다.

"아마 그러면 누가 우습게 보지 않을 거야, 알았지?"
"예, 사장님."
"그럼 내일 오전 10시에 비행기 준비해."

그날 저녁 대양모텔 식당에서 김태우가 두 쌍의 스페인 부부와 함께 식사를 한다. 오후 8시 반, 내일 인레 호수 관광을 가게 될 마냐와 소피아가 대양상사 사장인 김태우를 초청한 것이다. 물론 비행기 값은 내지만 12인승 비행기를 렌트해준 김태우에게 저녁 대접을 하는 셈이다. 김태우의 시선이 마냐의 옆에 앉은 소피아에게 옮겨졌다. 마냐와는 대조적인 스타일이다. 날씬한 몸매에 젖가슴의 볼륨도 적고 엉덩이도 작다. 그러나 검은 머리칼에 검은 눈동자, 갸름한 얼굴형의 미인이다. 마냐가 풍성하고 화사한 분위기인 반면에 소피아는 섬세하고 그늘진 분위기였는데 오히려 시선이 더 끌리는 것이다. 마냐의 남편 로메로는 40대쯤으로 수염투성이의 얼굴에 작달막한 체격으로 배가 나왔다. 말이 많아서 식탁의 분위기를 주도하고 있다. 인사를 마치고 식사를 하면서도 계속 농담을 쏟아내어 사람들을 웃겼다. 반면에 소피아의 남편 카스틸로는 대머리에 장신이었지만 허리가 굽었고 금테 안경을 썼다. 로메로가 머리를 돌려 김태우를 보았다.
"김, 아직 결혼 안 하셨다고요?"
"그렇습니다."
포크를 내려놓은 김태우가 웃음 띤 얼굴로 로메로를 보았다.
"하지만 애인은 있습니다."
"애인은 몇 명이나?"
로메로가 묻자 모두의 시선이 모여졌다.

“셋이군요.”

“오오.”

탄성을 뱉은 로메로가 머리를 끄덕였다

“과연 능력이 있는 남자는 다르군.”

“결혼하면 하나가 되는 것 아닙니까?”

김태우가 묻자 로메로는 머리를 기울였다.

“결혼해도 애인 숨겨놓고 있는 사람도 많아요.”

그때 마냐가 김태우에게 물었다.

“애인 셋을 번갈아 만나세요?”

“그런 셈이지요.”

“일주일에 몇 번?”

“세 번쯤.”

그때 김태우는 무릎 밑 정강이에 닿는 발의 감촉을 느꼈다 마냐다. 마냐가 발바닥으로 김태우의 바지 밑을 치켜들고 다리를 문지르고 있다. 마냐가 김태우의 왼쪽에 앉아 있는 것이다. 원탁이어서 김태우의 좌우에는 마냐와 소피아가 앉아 있다. 원탁의 식탁보가 내려와 있었으므로 다리는 보이지 않는다. 이제는 카스틸로가 김태우에게 물었다.

“김, 대양상사는 이곳에 직원이 몇 명이나 됩니까?”

“여행사, 모텔, 식당, 공장까지 3천 명이 조금 넘습니다.”

“오오.”

카스틸로의 눈이 가늘어졌다.

“매출액이 한 달에 얼마 정도지요?”

“1천만 불 정도.”

“미얀마에서는 크군요.”

“이제 북한과 합작 공장이 석 달 후에 가동되면 월 5천만 불은 될 겁니다.”

“거래 은행은 어떻게 됩니까?”

그때 소피아가 입을 열었다.

“카스틸로, 사업 이야기는 그만.”

소피아의 목소리는 부드럽고 가늘었다. 얼굴과 몸매와 어울리는 목소리다. 순간 김태우는 숨을 들이켰다. 소피아의 시선이 잠깐 닿는 순간 온몸에 전류가 흐르는 느낌을 받은 것이다. 왜 그런가? 아직도 마냐의 발바닥이 김태우의 다리에 흡반처럼 붙어 있다. 그러나 나쁜 기분은 아니다. 부드럽고 따뜻했고 약간 물기까지 배어 있어서 말초신경을 자극하고 있다. 그때 카스틸로가 말했다.

“미안합니다, 미스터 김.”

“아뇨, 괜찮습니다.”

김태우가 웃음 띤 얼굴로 카스틸로를 보았다.

“우리 주거래 은행은 타운뱅크, 스위스뱅크, 그리고 대한뱅크지요.”

“자, 우린 내일 일찍 인레로 출발해야 되어서 일어나야겠어요.”

김태우의 다리에서 아쉬운 듯이 발을 뗀 마냐가 말했다.

“소피아, 일어나자.”

“우린 한잔 하고 올라가도 되지?”

로메로가 마냐에게 물었다.

“남자들끼리 말이야.”

“마음대로.”

자리에서 일어난 마냐와 소피아가 김태우를 향해 제각기 눈인사를 했다.

“그럼, 먼저 갑니다.”

둘이 몸을 돌렸을 때 뒷모습을 보던 로메로가 카스틸로에게 말했다.

“카스틸로, 이제 마음 놓고 술 마시게 되었어. 이틀 동안 말이야.”

김태우는 잠자코 물 잔을 들었다. 남자들은 김태우가 같이 가는 것을 모른다.

“전용기 같아.”

비행기가 푸른 바다 같은 삼림지대 위를 날아갈 때 마냐가 말했다. 웃음 띤 얼굴, 비행기 좌석을 마주보게 돌려놓아서 셋은 마주하고 앉아 있다. 마냐와 소피아가 나란히 앉았고 앞쪽에 김태우가 앉은 것이다. 소피아는 웃음만 띠었고, 마냐가 말을 이었다.

“김, 이 비행기로 방콕까지 갈 수 있어요?”

“그럼요.”

“방콕의 나이트클럽에 가고 싶어.”

마냐가 한쪽 눈을 감아 보였다. 하나뿐인 스튜어디스가 다가와 셋 앞에 오렌지주스 잔을 놓고 돌아갔다. 그때 소피아가 샌들을 벗더니 다리를 뻗어 앞쪽 김태우의 옆자리에 올려놓았다. 김태우의 시선을 받은 소피아가 희미하게 웃었다.

“실례.”

머리를 끄덕인 김태우가 슬쩍 소피아의 발을 보았다. 맨발의 가지런한 발가락이 드러났고, 살색 발톱이 단정하게 다듬어졌다.

“김, 어때?”

앞쪽에 앉은 마냐가 불쑥 물었으므로 김태우가 시선을 들었다.

“뭘 말이오?”

“소피아.”

김태우의 시선을 받은 마냐가 눈웃음을 쳤다. 숨을 들이켠 김태우가 이번에는 소피아를 보았다. 소피아의 얼굴에도 웃음이 떠올라 있다. 그때 마냐가 말했다.

“소피아도 알아.”

“뭘?”

“어제 자기의 진한 섹스를.”

이제는 소피아가 이를 드러내고 웃었다. 전혀 다른 모습이다.

“이런 젠장, 갓뎀.”

김태우가 투덜거리자 소피아가 물었다.

“김, 굉장하다면서요?”

“뭘 말이오?”

“당신의 섹스, 당신의 대포.”

김태우가 소피아를 노려보았다.

“그래서? 당신도 내 대포를 맞고 싶다는 뜻인가?”

그때 마냐가 김태우 옆쪽에 다리를 뻗으면서 말했다. 이제 김태우 좌우로 두 여자의 발이 놓여졌다.

“그래서 자기 옆에 발을 뻗은 거야, 허니.”

“그게 스페인 식인가?”

김태우가 물었을 때다. 마냐의 발 하나가 김태우의 다리 사이를 파고들어 남성을 건드렸다.

“그래, 자기야. 날 가져도 좋다는 거야.”

김태우가 소피아를 보았다. 정말이냐고 묻는 것이다. 그러자 소피아가 발을 들어 김태우의 남성 위쪽에다 올려놓았다.

"이런."

숨을 들이켠 김태우가 양손으로 두 여자의 발을 쥐었다.

"이런 행운이 있나?"

"방은 스위트룸 하나만 있으면 돼."

마냐가 말했다. 발가락을 꼬물거려 김태우의 남성을 문지르는 마냐의 얼굴이 어느덧 상기되어 있다.

"셋이 한방에서 자는 거야."

김태우는 소피아의 발을 손으로 애무했다. 가늘고 섬세한 발이다. 손으로 쥐자 발가락이 응답하듯이 오므려졌다. 시선이 부딪쳤을 때 소피아는 얼른 외면했지만 눈빛이 상기되었다. 어느덧 남성이 팽창되어 있었으므로 김태우는 심호흡을 했다. 인레 호수 근처의 해호 공항까지는 이제 20분이면 닿는다. 스튜어디스가 앞쪽에 앉아 있었으므로 시간은 없는 데다 야한 행동을 할 수는 없는 것이다. 김태우는 손을 뻗어 소피아의 바지 위로 허벅지를 쓸었다. 바지 천이 얇았으므로 소피아가 몸을 비틀었다.

"자기야, 난 어쩌라고?"

마냐가 발가락으로 김태우의 남성을 바지 위로 누르면서 눈을 흘기는 시늉을 했다.

"소피아만 해줄 거야?"

"하나씩."

김태우가 상반신을 기울여 소피아의 어깨를 움켜쥐고는 앞으로 당겼다. 그러자 소피아가 끌려와 김태우의 옆자리에 나란히 앉았다. 그때 마냐가 다시 눈을 흘겼다.

"저 봐, 소피아만 데려가는군."

"인사만 하는 거야. 앞쪽 잘 감시해."

김태우가 눈을 치켜뜨고 말했다. 이제 마냐만 앞쪽 스튜어디스 자리를 바라보고 있게 되었다. 그때 김태우가 소피아의 허리를 당겨 안고는 키스했다. 소피아가 처음에는 멈칫거리며 입술을 붙였다가 곧 입을 열었다. 더운 숨결과 함께 긴 혀가 빠져나와 김태우의 입안으로 들어왔다. 김태우는 남은 손으로 소피아 셔츠 안의 젖가슴을 움켜쥐었다. 브래지어와 함께 잡힌 가슴이 아담했다.

인레 호숫가의 호텔방에 들어섰을 때는 오후 3시가 되었을 무렵이었다. 해발 875m의 산정에 위치한 호수는 길이가 22km, 폭이 11km가 되는 거대한 규모인데 수상 마을 등 볼거리가 많다. 그러나 셋은 호텔 최상층의 스위트룸에 자리 잡고 먼저 룸서비스로 음식과 술부터 시켰다.

"여기서 호수를 보면 돼."

베란다에 선 마냐가 소리치듯 말했다. 발아래에 바다 같은 호수가 펼쳐져 있는 것이다. 기온은 서늘했고 공기는 청량했다. 스위트룸은 넓은 베란다에 응접실과 주방, 2개의 침실까지 구비되어 있어서 셋이 묵기에도 넉넉했다. 마냐는 커다란 셔츠 하나만 걸치고 있었는데 허벅지가 다 드러났다. 다가간 김태우가 옆에 서자 마냐가 뒤를 돌아보았다.

"소피아는?"

마냐가 낮게 물었다.

"옆방에서 옷 갈아입어."

김태우가 대답하자 마냐가 웃음 띤 얼굴로 다시 물었다.

"어때? 괜찮지?"

“놀랐잖아?”

이맛살을 모았던 김태우가 곧 쓴웃음을 지었다.

“어쩌려고 말한 거야?”

“소피아하고 난 오랜 친구야. 대학도 같이 다녔고 결혼식에는 들러리도 섰어.”

“그래서 남자도 나눠 먹니?”

“소피아는 섹스리스야. 섹스 안 한 지가 5년도 넘었어.”

“그 거짓말, 진실이야?”

“소피아는 10살짜리 남자아이가 있어. 지금 할머니한테 맡기고 여행 온 것이라고.”

다시 뒤쪽에 시선을 준 마냐가 말을 이었다.

“카스틸로가 성불능이 되어서 그래. 소피아는 의사인데 바빠서 섹스 할 시간도 없다지만 어디 그게 사는 거야?”

“……”

“나처럼 성격이 활달하지도 못해서 섹스 대상을 구하지도 못해.”

“마냐, 넌 자주 그렇게 대상을 구하는 거야?”

“아냐.”

쓴웃음을 지은 마냐가 어깨로 김태우를 밀 때 뒤에서 소피아의 목소리가 들렸다.

“무슨 얘기 하는 거야?”

“응? 섹스 얘기.”

바로 대답한 마냐가 난간에 기대서서 소피아를 불렀다.

“소피아, 이리 와. 김 옆에 붙어 서. 나처럼 말이야.”

다가온 소피아가 김태우의 오른쪽에 붙어 서더니 호수를 내려다보고 숨을 들이켰다.

"아름답다."

"황홀하지?"

마냐가 그렇게 묻더니 김태우를 향해 한쪽 눈을 감았다.

"이렇게 셋이 나란히 서 있는 것, 그 기분도 괜찮지?"

"뭐가?"

"섹스에 대한 기대와 함께 말이야, 소피아."

"미쳤니?"

둘은 김태우를 위해 영어로 주고받고 있다. 김태우가 소피아를 보았다. 검은 머리칼은 어깨까지 내려왔고 소매 없는 은색 원피스를 입었다. 김태우의 시선을 느낀 소피아가 머리를 들었다. 눈 주위가 붉게 상기되어 있다. 김태우는 손을 뻗어 소피아의 허리를 감아 안았다. 소피아가 다시 머리를 돌려 호수를 내려다보았다.

"마냐가 뭐라고 했어?"

소피아가 물었으므로 김태우가 허리를 더 당겨 안았다.

"당신이 좋은 여자라고."

"섹스리스라고 했지?"

"아니."

"섹스 안 해도 살아."

"물론이지."

"누가 뭐래니?"

왼쪽에 선 마냐가 끼어들었다. 호수를 내려다보면서 마냐가 말을 이었다.

"너도 어제 아침 같은 섹스를 한 번 해보면 생각이 달라질 거다, 소피아. 그래서 내가 널 끌고 온 거야.”

김태우가 소피아의 원피스를 들치고 안에 손을 넣었다. 그 순간 김태우는 숨을 들이켰다. 소피아는 팬티도 입지 않은 것이다. 바로 맨 엉덩이가 만져졌으므로 김태우는 부드럽게 쓸어내렸다. 그러다 엉덩이 골짜기 끝까지 손이 내려갔고 소피아가 몸을 비틀었다. 그때 뒤쪽 문에서 벨소리가 울렸으므로 셋은 동시에 난간에서 몸을 세웠다. 룸서비스가 온 것이다. 그때 마냐가 앞장서 가면서 말했다.

“오늘밤을 위해서 든든히 먹어 둬야지.”

셋은 아무도 웃지 않는다.

스테이크에 바닷가재, 돼지고기 볶음에다 국수까지 시킨 성찬이다. 술은 포도주와 맥주, 위스키까지 가져왔다. 맛있는 음식은 분위기를 들뜨게 한다. 셋은 먹고 마시면서 많이 웃었다. 술이 들어가면서 들뜬 분위기가 더 고조되었고 식사가 끝났을 때는 오후 7시가 되어 있었다. 지평선에 황금빛 노을이 덮이는 중이다.

“김, 이리 와봐. 황혼이 아름다워.”

다시 베란다로 나간 마냐가 불렀으므로 김태우가 다가가면서 셔츠를 홀떡 벗어던졌다. 잘 빠진 상체가 드러나면서 이제 김태우는 헐렁한 반바지만 입었을 뿐이다.

“오오.”

다가온 김태우를 본 마냐가 감탄했다. 술기운이 오른 얼굴이 웃음을 띠자 요염해졌다. 붉은 머리칼이 헝클어져 어깨를 덮었고 헐렁한 셔츠 한쪽이 올라가 엉덩이가 슬쩍 드러났다. 김태우가 마냐의 허리를 감싸 안고 얼굴을 붙여 키스했다. 마냐가 두 팔로 김태우의 목을 감더니 입을 벌려 혀를 내밀어준다. 김태우는 갈증이 난 사람처럼 마냐의 혀를 빨았다. 마냐가 하반신을 딱 붙이더니 비벼대었다. 이미 김태우의 남성이 단단해져 있는 터라 마냐의 숨결이 거칠어졌다.

"아, 죽겠어."

입술을 뗀 마냐가 헐떡이며 말했을 때다.

"뭐하는 거야?"

소피아가 베란다로 나오면서 물었다. 술기운이 오른 소피아의 얼굴도 상기되어 있다. 소피아는 손에 위스키병과 잔을 들고 있었는데 다가오더니 눈을 흘겼다.

"뭐해? 여기서?"

그때 마냐에게서 몸을 뗀 김태우가 헐렁한 반바지를 벗었다. 그 순간 마냐의 탄성이 울렸다.

"오, 마이 갓."

김태우의 알몸이 드러난 것이다. 그리고 검고 단단한 방망이가 곤두서서 건들거리고 있다. 그것을 본 마냐가 셔츠를 벗어던졌다. 그러자 마냐의 풍만한 알몸이 드러났다. 큰 엉덩이를 흔들면서 다가온 마냐가 번들거리는 눈으로 김태우의 남성을 보았다.

"오, 아름다워."

그때 몸을 돌린 김태우가 소피아에게 다가가 술병을 빼앗아 쥐고는 크게 두 모금을 삼키고 옆쪽 탁자에 놓았다. 베란다에 서늘한 바람이 불어와 알몸의 열기를 식혀주었다. 그때 김태우가 소피아의 원피스 끝을 잡더니 위로 치켜 들었다. 김태우가 원피스를 위로 벗겨내자 소피아가 두 손으로 젖가슴을 가리는 시늉을 하면서 다시 눈을 흘겼다. 다가간 김태우가 소피아의 허리를 감아 안았다. 그때 뒤쪽에서 마냐가 말했다.

“그래, 김. 소피아를 행복하게 해줘.”

김태우는 소피아의 몸이 떨리고 있는 것을 보았다. 얼굴도 굳어 있다. 쓴웃음을 지은 김태우가 소피아의 골짜기에 대뜸 손을 넣었다. 깜짝 놀란 소피아가 다리를 오므렸으므로 김태우가 손을 떼고는 마냐를 불렀다.

“마냐, 침대로 가자.”

“왜?”

술병을 든 마냐가 물었을 때 김태우가 소피아의 허리를 감아 안으면서 말했다.

“침대에서 셋이 놀아.”

“그래, 침대가 편하지.”

마냐가 술병을 들고 앞장서서 안으로 들어섰다. 마냐의 커다란 엉덩이가 발을 뗄 때마다 육감적으로 흔들리고 있다. 허벅지와 종아리는 풍만하면서도 균형이 잡혀 있다. 김태우가 마냐의 뒷모습에서 시선을 떼고는 소피아의 허리를 감아 안고 뒤를 따랐다. 소피아의 알몸은 그림처럼 아름답다. 골짜기의 숲은 진한 검정색이고 골짜기 안쪽은 선홍색이다. 막 정육점에 내놓은 고기 색이다. 허리를 감긴 채 발을 떼던 소피아가 김태우의 시선을 보더니 얼굴이 붉어셨나. 그때 김태우기 발을 멈추고는 소피아의 한쪽 다리를 치켜 올렸다. 갑자기 당한 일이라 소피아가 다리 한쪽이 들린 채 당황했다. 그때 김태우가 손을 뻗어 소피아의 골짜기를 아래에서 위로 깊숙하게 쓸어 올렸다. 손가락이 동굴 안 부분까지 훑고 나온 것이다. 숨을 들이켠 소피아가 얼굴을 새빨갛게 붉혔을 때 김태우가 다리를 내려놓고는 다시 발을 떼었다. 소피아의 허리를 감아 안은 채다. 마냐는 이미 침실로 들어갔으므로 김태우가 소피아에게 말했다.

"소피아, 내가 먼저 마냐하고 할 테니까 옆에서 구경해. 그럼 자극이
될 거야."

조금 전에 생각이 났던 것이다.

세 알몸이 침대에 엉키고 있다. 이미 술기운과 분위기로 셋의 몸은
뜨거워진 상태다. 김태우는 먼저 마냐의 젖가슴에 얼굴을 묻었다가 상
반신을 일으켰다. 마냐가 몸을 비틀면서 다음 행동을 재촉했지만 김태
우는 서둘지 않았다. 손을 뻗은 김태우가 옆에 누워 있는 소피아의 허
리를 당겨 안았다. 이제 셋의 몸은 나란히 붙었다.

"허니, 빨리."

마냐가 김태우의 남성을 감싸 쥐면서 말했다가 다시 눕혀졌다. 김태
우가 등으로 밀면서 소피아를 안았기 때문이다. 지금까지 소피아는 김
태우와 마냐의 애무를 옆에서 보기만 했다. 가끔 김태우가 손을 뻗어
무릎을, 허벅지를 쓸어주었을 뿐이다. 그러다 김태우가 마냐의 몸을 불
덩이로 만들어놓고 옮겨간 것이다. 가슴에 안긴 소피아의 몸은 굳어 있
다. 그러나 뜨겁다. 숨도 가쁘다.

"이 정도면 됐어."

김태우가 소피아의 귀에 대고 말했다. 말을 하면서 귓불을 입술로
물었고 뜨거운 입김을 귀 안으로 불어 넣은 것이다. 소피아가 목을 움
츠리더니 저절로 김태우의 남성을 손으로 움켜쥐었다. 그때 김태우의
등을 마냐가 감싸 안으면서 하반신을 비벼대었다.

"아, 미치겠어."

그때 소피아가 김태우에게 헐떡이며 말했다.

“나, 만져줘.”

“어디?”

김태우가 알면서도 묻는다. 골짜기를 만져달라는 것이다. 침대에 오른 후부터 김태우는 소피아의 골짜기에 손을 대지 않았다. 소피아의 애를 태운 것이다. 옆에서 마냐가 김태우의 애무를 받는 장면을 보면서 소피아는 잔뜩 달아오른 상태다. 그때 소피아가 김태우의 손을 잡더니 제 골짜기에 붙였다.

“아아.”

그 순간 소피아의 탄성이 커다랗게 울렸다. 김태우의 손이 거칠게 골짜기를 헤집고 들어가 동굴 안까지 침입한 것이다. 처음 터진 소피아의 신음이다. 김태우는 숨을 삼켰다. 소피아의 동굴이 넘쳐흐르고 있었기 때문이다. 마냐보다 더 풍부한 용암이다. 그때 소피아가 김태우의 손가락을 받은 채로 하반신을 흔들었다. 준비가 되었다는 표시다.

“김, 해줘.”

그때 등을 안고 있던 마냐가 헐떡이며 소리쳤다. 여전히 하반신을, 특히 골짜기를 김태우의 엉덩이에 문지르고 있다. 마냐가 다시 소리쳤다.

“소피아부터!”

김태우가 상반신을 일으키자 소피아가 밑으로 파고들듯이 자리를 잡고 맞을 채비를 했다. 붉게 상기된 얼굴, 반쯤 벌어진 입, 검은 눈동자는 초점을 잃고 먼 곳을 보는 시선이 되었지만 깨물고 싶은 충동이 일어났다. 아름다웠기 때문이다. 소피아가 그 짧은 순간에도 소리쳤다.

“김, 어서.”

소피아의 손이 김태우의 남성을 움켜쥐더니 제 골짜기에 붙였다.

그러고는 엉덩이를 치켜들고 넣으려는 시늉을 했다. 소피아의 손을 떼어낸 김태우가 자세를 잡자, 그 순간 다시 소피아의 몸이 굳어졌다. 정지상태가 된 것이다. 들썩이던 엉덩이도 멈췄고 두 다리도 움직이지 않는다. 그때 김태우는 골짜기 입구에 정지시켰던 대포를 천천히 진입시켰다.

"아아아"

그 순간 소피아의 비명 같은 탄성이 방 안을 메웠다. 입을 딱 벌린 소피아가 두 손으로 김태우의 팔을 움켜쥐었다.

"아아아."

천천히 진입시키던 김태우는 어금니를 물었다. 소피아의 동굴에서 강한 탄력을 느꼈기 때문이다. 뜨겁고 용암이 넘쳐흐르는 동굴이 무섭게 좁아지고 있다. 그때 마냐가 참을 수 없다는 듯이 몸을 일으켜 김태우에게 키스했다. 이제 마냐와 김태우는 소피아의 몸 위에서 키스를 한다. 그 순간 김태우의 엉덩이가 커다랗게 흔들렸고 소피아의 신음이 다시 터졌다.

"아아아."

소피아는 이제 두 손으로 김태우의 허리를 당겨 안는다. 마냐에게 빼앗기지 않으려는 것 같다. 김태우는 마냐의 뱀 같은 혀가 입안에서 꿈틀거리는 것을 느끼면서 다시 소피아를 공격했다. 뜨거운 동굴 벽에서 수만 마리의 거머리가 김태우의 대포에 붙었다가 떨어졌다. 김태우는 몰두했다. 마냐의 입이 떼어지자 다시 소피아의 비명이 터졌고 마냐가 헐떡이며 소리쳤다. 소피아 대신 소리치는 것 같다.

"아아 좋아!"

2장 세상은 넓다

인레 호수에서 돌아온 다음 날 오전, 사무실로 강철진이 찾아왔다.

"잘 놀다 오셨습니까?"

시선도 주지 않고 강철진이 물었으므로 김태우는 쓴웃음을 지었다. 어제도 인레 호텔에서 강철진과 통화를 한 것이다.

"그런데 오늘은 무슨 일입니까?"

자리를 권한 김태우가 강철진을 보았다. 남북한 합작 공장 '로선'은 지금 건설 중이다. 가건물은 3동이나 세워졌고 양곤 교외의 15만 평 위에 연건평 1만 평짜리 건물을 세우는 중이다. 공사 현상에는 건설 주체인 한국 측 대양건설 현장사무소가 세워졌고 현장소장에는 상무급 임원이 파견되었다. 그때 강철진이 입을 열었다.

"미얀마 법인은 이번 합작 공장 설립과 사업영역이 확대되면서 본사에서 전무급 법인장이 파견될 것이라고 하더군요."

"아마 그렇겠죠."

김태우가 머리를 끄덕였다. 예상은 했다. 그러나 강철진의 입에서 본사의 인사 관계까지 나올 줄은 예상 밖이다. 김태우의 시선을 받은 강철진이 빙그레 웃었다.

"이거 다 김 형이 만들어놓은 것 아닙니까? 그런데 어떤 놈이 윗자리로 옵니까?"

"강 선생, 난 지사장이지만 일개 과장입니다. 이렇게 큰 사업장을 과장이 운영할 수는 없어요."

어깨를 치켰다가 내린 김태우가 길게 숨을 뱉었다. 하긴 공장 건설 현장의 현장소장과 10여 명의 대양건설 간부급 직원들도 이곳 법인 사무실에는 들르지도 않는다. 본사에서 직접 지시를 받고 있는 것이다. 그리고 합작 사업단 사무실도 현장사무실 옆에 위치하고 있어서 상무급 지휘하에 업무를 진행하고 있다. 어느새 별개로 분리된 것이다. 김태우의 현지법인은 자연스럽게 모텔과 식당, 여행사 업무만 맡게 되었다. 그때 강철진이 물었다.

"김 형, 모르고 계셨습니까?"

강철진의 시선을 받은 김태우가 다시 숨을 들이켰다.

"예. 아직은 그런데 강 선생은 어떻게 알고 계십니까?"

"합작 사업단 최 상무가 우리 측 단장한테 얘기해준 겁니다."

"……."

"단장은 나한테 보고를 했고요."

김태우의 시선을 받은 강철진이 빙그레 웃었다.

"내가 상급자지요. 최 상무란 사람은 단장한테 합작 사업은 김 형의 소관이 아니라고 했다는군요."

"맞습니다. 내가 주선은 했지만 맡아서 일하기에는 아직 경력과 능력이 부족해요."

“어쨌든 지사장은 전무급이 오고 합작 공장은 최 상무가 맡아서 관리를 하게 되는 것 같더군요.”

“그렇게 되겠지요.”

“그렇게 되면 전무급 지사장 체제에서 과장급인 김 형이 무슨 일을 합니까?”

강철진이 똑바로 김태우를 보았다.

“본사에서 부장급, 차장급을 데려오지 않겠습니까? 법인 규모가 수백 배로 늘어났으니까 말입니다.”

“…….”

“과장에서 부장으로 수직 승진을 시켜 줄까요? 그래도 부족한데.”

“아이구.”

입맛을 다신 김태우가 소파에 등을 붙이더니 쓴웃음을 지었다.

“강 선생은 그일 때문에 오신 겁니까? 날더러 어쩌라고요? 저는 제 일을 했을 뿐이거든요. 회사에서 시킨 대로 해야죠.”

“내가 김 형이 필요해서 그럽니다.”

여전히 정색한 강철진이 말을 이었다.

“이런 상황에서 김 형이 미얀마의 새 조직에서 일하실 수 없다는 생각이 들었거든요.”

“…….”

“그렇다고 수백 배 팽창한 현지법인을 과장급인 김 형이 총괄하기에는 무리지요. 사주(社主)의 아들이라면 모를까.”

쓴웃음을 지은 강철진이 긴 숨을 뱉었다.

“이건 그 병신 같은 합작 사업단 최 상무한테서 나온 정보가 아닙니다. 남조선 식으로 따끈따끈한 정보인데…….”

"……."

"대양 본사에서 김 형 처우 문제로 고심한다는군요. 특히 신재식 사장이 김 형을 아낀다는 겁니다. 미얀마 현지법인을 2개로 만들어서 하나는 김 형한테 맡기고 합작 사업 부분은 전무급에게 맡기자는 안을 신 사장이 내놓았다는 겁니다."

그건 김태우가 봐도 비효율적이다. 숨을 들이켠 김태우가 강철진을 보았다.

"난 이렇게 생각해주시는 분들이 있다는 것으로 만족해요."

그러나 현실에서는 잠꼬대 같은 말이다.

"나, 좀 씻을게."

방으로 들어선 나정미가 욕실로 다가가며 말했다. 오후 8시 반, 나정미는 1주일에 한 번 정도 김태우의 방에서 자고 간다. 김태우가 나정미의 등에 대고 물었다.

"내가 씻겨줄까?"

"됐네요."

욕실 앞에서 셔츠를 벗던 나정미가 잠깐 주춤하더니 몸을 반만 돌려 김태우를 보았다.

"자기야, 미안해. 바고에서 오다가 차가 고장이 나서 네 시간이나 걸렸어."

"뭐가 미안해?"

"몸이 먼지투성이야."

"글쎄, 내가 씻겨 준다니까?"

"갈아입게 자기 셔츠나 하나 갖다 줘."

“그러지.”

자리에서 일어선 김태우가 방으로 들어갔다. 나정미는 이제 본연의 적십자사 업무를 하고 있는 것이다. 오늘도 바고에서 사흘 동안 진료소 현황을 체크하고 돌아온 참이다. 방에서 셔츠를 들고 나온 김태우가 욕실 앞에 놓았다가 곧 생각을 바꿨다. 셔츠와 바지를 벗은 김태우가 욕실로 들어서자 샤워기 앞에 서 있던 나정미가 웃었다.

“내 그럴 줄 알았어.”

“같이 씻자.”

다가선 김태우가 샤워기 물을 등으로 받으면서 나정미의 허리를 감아 안았다. 나정미가 두 팔로 김태우의 목을 감더니 몸을 딱 붙였다. 이미 발기된 김태우의 남성이 나정미의 골짜기를 건드렸다.

“아, 좋다.”

나정미가 얼굴을 김태우의 가슴에 붙이면서 하품과 함께 말을 뱉었다.

“행복은 영원한 것이 아냐, 자기야.”

하반신을 좌우로 흔들면서 나정미가 말했다. 올려다보는 나정미의 두 눈이 번들거리고 있다.

“갑자기 웬 철학이야?”

나정미를 따라 하반신을 비벼대자 강한 쾌감이 옮겨졌다. 물에 젖은 매끄럽고 따뜻한 피부, 더운 숨결, 올려다보는 나정미의 두 눈은 쾌락을 바라고 있다. 나정미가 손을 내리더니 김태우의 남성을 쥐고 제 골짜기에 붙였다. 그러나 서로 마주보고 선 채여서 겨냥이 틀렸다. 총구가 위쪽으로 뻗어 있다.

“왜 이래? 어디다 쏘라는 거야?”

몸을 딱 붙인 채 물었더니 나정미가 붉어진 얼굴로 웃었다.

"나 몰라. 책임져."

"어떤 책임?"

"들어, 이 바보야."

쓴웃음을 지은 김태우가 나정미의 다리 한쪽을 뒷무릎에 손을 넣고 치켜 올렸다. 나정미의 몸이 위로 솟구치면서 금방 겨냥이 맞는다.

"왜 이렇게 서둘러?"

"자기 보면 항상 그래. 내가 시치미를 떼고 있었던 거지."

김태우의 남성을 잡아 제 동굴 앞에 겨냥을 맞춰 주면서 나정미가 헐떡이며 말했다.

"자, 밀어."

김태우는 그대로 나정미의 몸을 샤워기 옆쪽 벽에 밀었다. 그 순간 나정미의 몸 안으로 남성이 거칠게 진입했다.

"아이구."

나정미의 신음이 욕실을 울렸다. 이제 두 손으로 김태우의 목을 감고 매달린 나정미의 신음이 이어졌다.

"아아아."

김태우는 남성에 전해지는 쾌감을 잊으려고 어금니를 물었다. 이제 나정미의 두 다리는 나무 넝쿨처럼 김태우의 몸에 빈틈없이 감겨 있다.

"아이구, 자기야."

나정미가 금방 절정으로 솟아오르고 있다. 김태우는 나정미의 열띤 얼굴에 입술을 붙였다. 눈, 코, 입, 차례로 정성스럽게 입을 맞추는 사이에 나정미가 폭발했다. 두 다리를 더 힘껏 감은 채로 몸이 굳어진 것이다. 김태우는 나정미의 굳어진 몸이 풀릴 때까지 한동안 샤워기의 물을 맞으며 서 있었다. 유리벽으로 만들어진 샤워장 안은 부연 수증기로 가득 차 있다. 얼굴이 물에 젖은 나정미가 터질 듯이 숨을 뱉다가 차츰 숨소리가 낮아졌다. 이윽고 몸이 늘어진 나정미가 감은 두 팔을 풀 때 김태우는 몸을 내려놓았다.

"아유, 나 몰라."

다리에 힘이 풀린 나정미가 주저앉을 뻔했다가 김태우의 팔을 두 손으로 감았다.

"나 좀 침대로 데려다 줘."

나정미가 말했으므로 김태우는 그때서야 샤워기 물을 끄고는 문을 열었다. 그때 나정미가 두 팔로 김태우의 목을 다시 감았다.

"자기야, 사랑해."

"또?"

침대에 눕힌 나정미 위에 몸을 올렸을 때 나정미가 물었다. 물기를 닦지 않은 나정미의 몸은 금방 물에서 끌어올린 고기처럼 느껴졌다. 그러나 나정미는 곧장 김태우가 진입해오자 커다랗게 신음을 뱉으면서 맞는다. 두 다리가 마음껏 허공으로 솟았다가 침대 바닥을 차고 이번에는 엉덩이가 솟는다. 이제는 서로의 몸에 익숙한 터라 두 쌍의 사지는 거침이 없다. 엉키고 문지르고 헤치면서 쾌락을 극대화시키는 깃이다. 나정미는 김태우에게 단련된 것이나 같다. 김태우는 능숙한 조련사인 하수진에게 단련되었다. 이윽고 나정미가 터졌는데 이번에는 길고 또 깊었다.

"아아아아"

나정미의 절규 같은 탄성이 방 안에 터졌고 동시에 김태우도 폭발했다. 처음 터진 것이다. 둘이 떨어진 것은 그로부터 10분쯤이나 지난 후다. 모로 누워 부둥켜안은 채 둘은 서로의 얼굴을 보았다. 나정미의 붉게 상기된 얼굴이 아름답다. 반쯤 열린 입에서 뱉어지는 숨결에서 포도 향이 맡아졌다. 김태우가 나정미의 엉덩이를 움켜쥐듯이 잡고 끌어당겼다. 나정미가 김태우의 허리를 감아 안는다. 시선이 부딪치자 나정미의 얼굴에 웃음이 떠올랐다.

"자기는 섹스머신 같아."

나정미가 하반신을 비볐다.

"이것 봐. 다시 단단해지고 있어."

"너도 끝없이 터져 오르는 온천이야."

김태우가 움켜진 엉덩이를 흔들면서 말을 이었다.

"네 겉모습하고 온천하고는 딴판이야."

"그거 칭찬이야?"

눈을 흘긴 나정미가 김태우의 목에 키스했다. 그때 김태우가 말했다.

"나, 내일 서울 가야 돼."

"서울 본사에?"

"응. 사장 면담이야."

강철진의 예상이 맞았다. 오전에 강철진이 돌아가고 나서 사장 신재식이 직접 전화를 해온 것이다. 사장의 직접 전화를 받는 임직원은 얼마 되지 않을 것이다. 신재식은 용건은 말하지 않고 할 이야기가 있다고만 했다.

"며칠 동안 갔다 올 거야?"

여전히 김태우의 목에 입술을 붙인 채 나정미가 물었다.

"응, 글쎄. 며칠 되겠지."

"그런 말이 어딨어?"

“사장 면담하고 집에도 들렀다가 와야지.”

“하긴 그러네.”

나정미가 머리를 떼고 김태우를 보았다.

“서울에 여자 있어?”

“없어.”

“정말?”

“하느님께 맹세한다.”

이번에는 나정미가 김태우의 입술에 키스했다. 나정미는 28세, 김태우와 동갑이다. 그러나 2년제 양천공대 출신인 김태우와는 달리 나정미는 일류대인 일성대 사학과를 졸업했다. 대학 출신별로 한국에서도 신분 제도를 매긴다면 나정미는 귀족계급이 될 것이며 김태우는 천민이다. 김태우가 나정미의 엉덩이를 당겨 안으면서 물었다.

“넌 계속 여기 있을 거야?”

“응.”

대답부터 한 나정미가 볼을 김태우의 가슴에 붙였다.

“탈북자 돕는 일은 안 할 거야. 남북한 관계가 좋아졌는데 우리 때문에 나빠지면 안 되지.”

“옳지.”

“적십자사 일도 많아. 여기서 몇 년 더 있어야 돼. 이곳 사정에 익숙해져서 내가 필요하기도 하고.”

김태우가 손을 뻗어 나정미의 젖은 골짜기를 쓸어 올렸다. 나정미가 다리를 비틀더니 긴 숨을 뱉는다. 나정미는 이 애무를 좋아하는 것이다. 김태우도 나정미에게 익숙해져 있다. 김태우가 물었다.

“뭐, 필요한 거 있어?”

"없어. 자기만 있으면 돼."

"이것 말고."

하체를 부딪쳐 보인 김태우가 정색하고 다시 물었다.

"말해 봐. 내가 강철진 씨한테라도 말해서 다 들어줄 테니까. 한국 측은 말할 것도 없고."

"우리 숙소나 좋은 곳으로 옮겼으면 좋겠어. 적십자사 인원이 넷인데 방이 두 개뿐이야."

"내가 방 4개짜리 저택을 구해주지."

그쯤은 일도 아니다. 김태우는 나정미가 입을 열려고 했으므로 서둘러 다시 몸 위에 올랐다. 놀란 나정미가 버둥거렸다가 어느덧 성난 남성을 보더니 몸을 늘어뜨렸다.

오후 5시 반. 용인의 전원주택에 김태우의 식구가 다 모였다. 네 식구에다 이제는 정식으로 가족회의나 애경사의 일원이 된 외삼촌 유상규까지 다섯이다.

"음, 그래. 고맙다."

김태우가 선물로 사온 시계를 한쪽으로 밀어 놓으면서 김명환이 말했다. 오늘은 일찍 퇴근한 김명환의 얼굴은 상기되어 있다. 앞쪽에 앉은 유상규는 지갑과 혁대, 어머니 유진옥과 동생 혜은은 각각 명품 가방을 받았다.

"며칠이나 있을 거냐?"

유진옥은 그것이 가장 궁금한 것 같다. 바짝 붙어 앉은 유진옥이 김태우를 보았다.

"여위었어. 고생하는 거냐?"

“여위기는요?”

가슴이 뜨끔한 김태우가 목소리를 높였다. 요즘 스페인 여자 둘에다 나정미까지 셋하고 뒹구느라 몸이 축났을 것이다. 그때 김명환이 말했다.

“객지 나가면 다 그렇지. 아무튼 음식이 다르니까.”

“엄마, 내 가방하고 바꿔. 아니 내가 번갈아 갖고 다니는 것이 낫겠다.”

방에서 나온 김혜은이 가방 두 개를 양쪽 팔에 걸치고 말했다. 얼굴이 환하다.

“오늘은 혜은이가 가장 신이 났구나.”

유상규가 웃으며 말했다.

“아이고, 밥 차려야지.”

자리에서 일어서며 유진옥이 말하자 김명환이 물었다.

“술은 사다 놨어? 처남까지 왔으니까 오늘 한잔 해야지?”

화목한 분위기다. 3년 전만 해도 이런 분위기는 만들어지지 않았다. 김태우는 방에 박혀 거실에도 나오지 않았고 집 안에서 웃음소리도 거의 들리지 않았던 것이다. 내성적인 성격의 김태우는 하루 종일 몇 마디 말밖에 하지 않아서 혜은이하고 이야기를 나눈 적도 드물었다.

그날 저녁, 저녁을 마친 유상규가 뒷마당 벤치에 앉아 있을 때 김태우가 다가왔다.

“삼촌, 회사 잘돼요?”

옆자리에 앉은 김태우가 묻자 유상규는 어둠 속에서 이를 드러내고 웃었다.

“얌마, 너보다는 못하지만 내 사업도 잘된다.”

유상규는 택배 회사를 운영하고 있는 것이다. 사무실 직원이 7명이나 되고 오토바이가 250대나 된다고 했다. 물론 오토바이 대부분이 자가용이다. 택배 기사가 제 오토바이를 가져와서 영업을 하는 것이다. 김태우의 어깨를 감싸 안은 유상규가 말을 이었다.

"지난달부터 1톤 트럭 12대를 들여와서 대기업 물류 하청을 받는다. 제법 사업 규모가 늘어나고 있지."

"잘됐네요."

"네가 미얀마에서 남북한 합작 공장을 설립하는 데 공을 세웠다는 것, 나도 안다."

놀란 김태우가 유상규를 보았다. 이야기하지 않았기 때문이다. 김태우의 시선을 받은 유상규가 다시 웃었다.

"내가 물류 회사 한쪽에다 용역 회사도 운영하고 있거든. 내 정보망은 꽤 넓고 깊어. 대기업 하청을 한다니까."

"그렇군요."

"기업체에서 공개적, 공식적으로 처리하지 못하는 일을 하지. 신용을 쌓아두면 일이 끊이지 않아."

"삼촌은 진즉 빛을 보셔야 했어요."

"다 네 덕분이다."

"말도 안 되는 말씀 마세요."

쓴웃음을 지은 김태우에게 유상규가 정색했다.

"아니다. 너하고 같이 시작한 것이나 같아. 내가 너를 보고 배웠단다."

"에이, 삼촌."

"네가 일어서는 것을 보고 내가 분발했다니까? 다 네 덕분이야."

김태우의 어깨를 힘주어 끌어안았다가 놓아준 유상규가 길게 숨을 품었다.

"하지만 나도 그렇고 너도 방심하면 안 돼. 이 세상이 호락호락하지가 않아. 수시로 변해. 그리고 변하는 속도가 빠르단다."

그때 옆쪽에서 인기척이 나더니 곧 유진옥이 나타났다.

"둘이 뭐 하냐?"

다가선 유진옥은 활짝 웃는 모습이다.

"무슨 모의를 하는 거야?"

"누님 험담하고 있었어."

유상규가 말하자 유진옥이 다시 웃었다.

"우리가 너한테 얼마나 고맙게 생각하는지 모를 거다."

"아이구, 누님."

두 손을 저은 유상규가 자리에서 일어섰다.

"난 방금 태우 덕분이라고 말한 참이었어."

따라 일어선 김태우는 이것이 가족의 행복이라고 생각했다. 따뜻하고 밝다.

"미얀마 법인을 2개로 만들려고 했어."

신재식의 목소리가 사상실을 울렸다. 대양상시의 사장실은 그룹의 중심이다. 신재식이 그룹회장 신용학의 장남으로 현재 상사와 중화학, 조선, 금융을 맡고 있지만 그룹 지분의 24퍼센트를 보유한 최대주주다. 건설을 맡고 있는 차남 신재로는 7퍼센트인 것이다. 신재식은 호흡을 가누더니 앞에 앉은 김태우를 보았다. 오전 10시 반, 방 안에는 그룹 기조실장 조세진, 상사 부사장 최기태까지 넷이 둘러앉았다. 그룹 기조실장 조세진은 50대 초반쯤으로 그룹회장 휘하의 기조실장이지만 신재식의 지시를 받는다. 그것은 그룹이 신재식을 2인자로 인정한다는 의미일 것이다. 다시 신재식의 말이 이어졌다.

"그런데 2개 법인으로 운영한다는 것에 문제점이 많다는 것으로 밝혀졌다. 가장 큰 문제는 업무 효율성이 떨어진다는 것이지. 이해하나?"

"예, 사장님."

김태우가 모처럼 스트레이트를 뽑는 기분으로 대답했다. 지금까지 듣기만 하고 말할 기회를 주지 않았기 때문이다. 머리를 끄덕인 신재식이 심호흡을 하고 나서 김태우를 보았다. 사장급이며 그룹 전체 서열로 보면 4인자쯤 될 조세진이나 상사의 2인자 최기태는 그저 숨소리만 죽이고 있다.

"그래서 말인데, 우리는 너한테 일단 차장 진급을 시키고 부장 대리 타이틀을 주기로 결정했다."

그러고는 신재식이 김태우를 보았다. 그 순간 김태우는 숨을 들이켰다. 신재식은 대기업 대양그룹의 2인자다. 아니, 회장 신용학이 거의 업무에서 손을 뗀 터라 1인자나 같다. 재계 순위 9위, 32개 계열사를 보유한 그룹 총수가 지금 자신의 눈치를 보고 있는 것이다. 김태우가 앉은 채로 머리를 숙였다.

"감사합니다, 사장님."

"그래서 우리는 너를……."

숨을 들이켰던 신재식이 헛기침을 하더니 조세진을 보았다.

"조 실장이 말씀하시오."

"예, 사장님."

조세진이 대답하고 머리를 숙여 보인 후에 김태우를 보았다.

"사장님께서 방금 진급 결정을 하셨으니 김 차장이라고 부르겠네."

“예, 실장님.”

조세진이 서류를 집더니 다시 김태우를 보았다. 눈동자가 움직이지 않아서 유리알 같다.

“김 차장이 그 직급으로 확대 개편된 미얀마 법인에 계속 근무하게 되면 좀 불편할 것 같네. 이것은 사장님이 배려하신 것이네.”

“예, 실장님.”

“그래서 우리는 김 차장이 다시 해외 법인장이나 지사장으로 갈 수 있도록 조처했네.”

그러고는 조세진이 서류 1부를 김태우 앞에 놓았다.

“여기 김 차장이 갈 수 있는 임지와 그 현황이 적혀 있네. 이것을 검토하고 희망지를 말하면 바로 발령을 내겠네.”

김태우는 숨을 들이켰다. 엄청난 특전이다. 과연 이 특전을 받을 자격이 있는가, 하는 의문이 들 정도다. 그때 다시 신재식이 말했다.

“자넨 그것도 부족해. 솔직히 자넨 미얀마에 남북한 최대 합작 공장을 세우도록 했어. 거기에다 미얀마에 관광 붐을 일으켰고 우리 대양그룹이 그 주도권을 장악하게 만들었단 말이네.”

“아닙니다.”

“난 솔직히 자넬 중역으로 특진시키고 싶었다고!”

마침내 신재식의 목소리가 높아졌다. 얼굴도 붉어져 있다.

“회사 사규가 어떻고, 전례가 어떻고, 경력이 어떻고 하면서 잔소리만 해대는 사람들 1백 명보다 난 자네 같은 한 명이 필요하다네!”

신재식이 말을 그쳤을 때 조세진과 최기태는 숨도 쉬지 않는 것 같았다. 그래서 김태우는 혹시 이 양반들이 그런 사람들이 아닌가 생각했다. 그런 생각을 할 정도로 여유가 일어난 것이다. 그때 신재식이 헛기침을 하더니 둘에게 말했다.

"이야기 다 끝났으니까 두 분은 잠깐 자리를 비워 주시죠. 내가 김 차장한테 할 말이 있어서요."

"예."

동시에 대답한 둘이 서둘러 방을 나갔다. 곧 방 안에 둘이 남았을 때 신재식이 다시 헛기침을 했다.

"너, 앞으로 나한테 직접 연락해. 나도 너한테 연락할 테니까."

이것은 대통령 독대보다도 낫다. 신재식이 굳어진 얼굴로 김태우를 보았다.

"내 측근들 중에서도 너에 대해서 회의적인 인간들이 많아. 운이 좋았다는 둥, 자질이 부족하다는 따위의 이야기를 간접적으로 흘리고 있는 인간들 말이다."

어깨를 올렸다가 내리면서 신재식이 긴 숨을 뱉었다.

"난 네가 정수기 사업본부 A/S팀에서 능력 부족으로 대기 발령을 받고 해직되기 일보직전까지 갔었다는 사실도 안다."

김태우는 잠자코 신재식을 보았다. 까마득한 옛날처럼 느껴졌지만 고작 3년 전이다. 3년 후인 지금 나는 대양그룹의 실질적인 1인자와 독대하고 있다. 그때 신재식이 말했다.

"네 앞에 있는 리스트에 스페인 마드리드의 지사가 있다. 주재원 5명에 현지 인원 10여 명을 고용한 지사인데 연간 매출 5천만 불의 안정적인 지사야. 그곳에 지사장으로 가서 2년쯤만 경력을 쌓고 본사 중역으로 와라."

아직 리스트를 펴보지도 않은 터라 김태우는 눈만 껌벅였고 신재식이 말을 이었다.

“가서 검토하는 것처럼 며칠 쉬다가 기조실장한테 말해. 그럼 바로
발령을 낼 테니까.”

“예, 사장님.”

“그리고 임지로 떠나기 전에 나하고 만나서 밥 먹자. 이건 너하고 나
만의 이야기다.”

“알겠습니다.”

신재식이 머리를 끄덕였으므로 김태우는 인사를 하고 나왔다. 오전
11시 반이 되어가고 있었다. 회사를 나온 김태우가 핸드폰을 꺼내 버튼
을 눌렀다. 곧 신호음 두 번 만에 외삼촌 유상규가 전화를 받는다.

“응, 끝났어?”

“예, 지금 갈게요.”

지나가는 택시를 잡은 김태우가 타면서 말을 이었다.

“한 시간쯤 후면 도착하겠지요.”

유상규와 만날 약속이 있는 것이다.

김태우가 중계동의 건물 안으로 들어섰을 때는 오후 12시 반이었다.
2층 건물은 1층이 체육관이었고 2층은 사무실이었는데 밖에서는 사무
실 건물처럼 보였다. 체육관 간판도 없었기 때문이다. 그러나 체육관
안에는 1백 명이 넘는 관중이 모여 있는 데다 8각형의 링 안에서는 지
금 격렬한 시합이 벌어지는 중이었다. 요즘 유행하는 격투기다.

“어, 왔냐?”

맨 앞쪽 좌석에 앉아 있던 유상규가 옆의 빈자리를 눈으로 가리키며
김태우를 맞았다. 자리를 비워두고 기다린 모양이었다. 김태우가 앉았
을 때 유상규가 턱으로 링을 가리켰다.

"요즘 이런 게임이 크게 열려."

크게 열린다는 말은 도박 판돈이 크다는 말이다. 숨을 들이켠 김태우가 주위를 둘러보았다. 모두 게임을 보고 있었지만 거의 떠들지 않는다. 링에서 치고받는 거친 숨소리까지 아래쪽에서 들릴 정도였다. 모두 40대에서 50~60대의 사내들이었는데 무표정한 얼굴이다. 그때 유상규가 낮게 말했다.

"저놈, 붉은 글러브, 저놈 확률이 20대 1이다. 1백만 원 걸면 2천만 원 받는다."

유상규의 얼굴에 웃음이 떠올랐다.

"가끔 저런 돌연변이가 걸려."

링에서 붉은 글러브는 계속해서 정신없이 맞는 중이었다. 얼굴이 피투성이였고 한쪽 눈은 부어서 거의 감겨 있다. 그런데 계속해서 파고들면서 헛펀치를 날린다. 유상규가 김태우의 귀에 입을 붙였다.

"저놈이 한 펀치가 있거든. 아주 죽인다."

"하지만 저러다 죽겠는데요."

김태우가 말하자 유상규는 쓴웃음을 지었다.

"저놈이 지난번에 작살나게 맞고 지금 두 달 만에 나타났다. 난 저놈한테 오늘 1억 걸었다."

"외삼촌."

놀란 김태우가 숨을 들이켰을 때 유상규가 말을 이었다.

"니 돈도 1억 걸었고."

"외삼촌, 어쩌시려고……."

"저놈한테 돈 건 인간은 우리 둘까지 합쳐서 넷이야. 나머지 90여 명은 다 저 파란 글러브에 걸었다."

“……”

“저 자식은 12전 12승이지, 무적이야.”

유상규가 웃음 띤 얼굴로 김태우를 보았다.

“네가 온 기념으로 배팅을 한 거야. 여기서는 장난하면 죽어, 선수까지. 그러니까 운에 맡겨야 돼. 난 네 운을 믿거든.”

5분 3회전이 시작되자마자 붉은 글러브가 무릎으로 파란 글러브의 배를 찍었다. 파란 글러브가 휘청거렸지만 넘어지지는 않았다.

“저런, 저 병신.”

마침내 유상규의 입에서 외침이 터졌다.

“연타를 쳐야지! 연타를!”

그러나 파란 글러브가 찍힌 것을 만회하려는 듯이 연타, 연타, 니킥, 킥을 계속하는 바람에 환성이 일어났다. 붉은 글러브가 비틀거렸다.

“죽여라!”

유상규 옆자리에 앉은 사내들이 소리쳤다. 흥분한 것이다. 그들이 받는 배율은 2대1, 파란 글러브가 이기면 두 배를 받는다. 김태우가 머리를 돌려 유상규를 보았다.

“저놈 지쳤어요. 얼마 못 가요.”

“누구 말이냐?”

정색한 유상규가 김태우에게로 머리를 돌렸다. 함성이 높아지고 있다. 파란 글러브가 붉은 글러브를 코너로 몰아넣고 연타를 날리는 중이다. 엄청난 기세다.

“저놈 곧 죽겠다.”

다시 그쪽을 본 유상규가 말했을 때 김태우가 쓴웃음을 지었다.

“저 새끼 10프로 정도밖에 안 남았어요.”

"누구?"

코너에 정신이 팔린 유상규가 묻자 김태우가 대답했다.

"파란 글러브요. 지금 붉은 놈은 절반 이상이 남았습니다."

"뭐어?"

유상규가 되물었을 때 함성이 더 높아졌다. 붉은 글러브가 한쪽 무릎을 꿇었기 때문이다. 파란 글러브의 연타가 안면에 적중했다. 남은 시간은 45초, 그것을 본 김태우가 감탄했다.

"붉은 글러브 저놈이 생긴 것은 별로지만 머리가 좋군요."

"야, 4회전은 견디겠냐?"

유상규가 다급하게 물었을 때 김태우가 입술만 달싹이며 말했다.

"4회전에서 끝날 겁니다."

"어떻게?"

긴장한 유상규가 눈을 치켜떴다.

"내가 저놈한테 걸었지만 도무지 믿기지가 않았거든."

그때 공이 울리더니 둘이 코너로 돌아갔다. 붉은 글러브는 비틀거리고 있다. 그때 김태우가 눈을 가늘게 뜨고 유상규를 보았다.

"삼촌, 정말 저놈한테 거셨어요?"

"그렇다니까?"

"왜요?"

"맷집이 좋아서."

"믿기지 않는데, 저건 뛰어본 사람이 아니면 몰라요."

"그래서 널 보자고 한 거다."

주위를 둘러본 유상규가 말을 이었다.

"저놈, 빨간 글러브, 이름이 박철이야."

“그래서요?”

“박철이 우리한테 그랬다. 5회 안에 저 파란 글러브 차기석이를 눕히겠다고.”

그때 세컨아웃 공이 울렸다. 차기석이는 튀듯이 나갔지만 박철은 어기적거린다. 유상규가 말을 이었다.

“박철이 저놈이 3억7천 가치가 있는 제 부동산을 우리한테 맡긴 거다. 그래서 우리가 배팅을 한 것이지.”

“…….”

“박철 저놈이 제 아버지의 빚을 갚는다는 거야. 저놈이 이기면 우리 수익의 4할을 주기로 했어.”

“…….”

“우리야 손해 볼 일이 없는 장사지. 저놈이 이기면 우리는 4대6으로 나누고 지면 저놈 부동산을 처분하면 돼.”

“그렇군요.”

그 순간이다. 4회전이 시작되자 30초도 되지 않아서 박철의 연타가 터졌다. 얻어맞으면서도 파고 들어가 친 연타가 턱과 관자놀이에 정통으로 박힌 것이다.

“우아앗!”

유상규가 거침없는 함성을 질렀을 때 박철의 니킥이 파란 글러브 차기석의 얼굴에 박혔다. 정통이다. 얼굴이 뭉개질 것 같은 파워다.

“앗!”

몇 사람의 외침이 들릴 뿐, 이번에는 링 사이드가 정적에 덮였다. 엄청난 일격이었기 때문이다. 차기석이 그대로 넘어지더니 사지를 뻗었고 레프리가 달려들어 박철을 막았다. KO승이다.

"이겼다."

유상규가 어깨를 부풀리며 잇새로 말했다. 관중석은 술렁거렸지만 환호하는 분위기가 아니다. 모두 차기석에게 걸었기 때문이다. 유상규가 김태우에게 목소리를 낮추고 말했다.

"자, 표정 관리하고 나가자."

오후 6시 반, 중계동 체육관 근처의 카페 방 안에서 세 사내가 앉아 있다. 유상규와 김태우, 그리고 박철이다. 앞에는 맥주병이 놓였지만 마개를 까지도 않았다. 박철이 어두운 실내에서도 선글라스를 끼고 있었는데 두 눈이 퉁퉁 부어 있기 때문이다. 그런데도 얼굴의 상처는 다 가리지도 못했다. 유상규가 쓴웃음을 띤 얼굴로 박철을 보았다.

"네 말대로 배팅은 했지만 긴가민가했다. 어쨌건 너 같은 놈은 처음 보았다."

"죽기 아니면 살기지요."

박철이 억양 없는 목소리로 말을 이었다.

"내가 맞는 것은 자신이 있거든요."

그 순간 김태우의 심장 박동이 빨라졌다. 예전의 자신이 그랬기 때문이다. 그때 유상규가 옆에 앉은 김태우를 눈으로 가리키며 말했다.

"네 선배다. 인사해라."

박철이 머리를 들고 김태우를 보았지만 시큰둥했다. 김태우는 쓴웃음을 지었고 유상규가 이맛살을 찌푸렸다.

"얀마, 지금은 대기업 지사장이야. 그리고 1년 반 전만 해도 너하고 비슷했어. 작살나게 맞다가 상대를 쥐였단 말이다."

박철이 그때서야 김태우를 지그시 보았다.

"많이 본 것 같은데요."

김태우를 보면서 박철이 유상규에게 말했다.

"지난번 저한테 보여주신 게임 테이프 주인공이 아닌가요?"

"그래, 이 자식아."

"아아."

그때서야 박철의 입에서 억양 있는 감탄사가 터졌다. 박철이 선글라스를 벗고 퉁퉁 부운 눈으로 김태우를 보았다.

"제가 존경하고 있었습니다, 형님."

박철이 자연스럽게 형님이라고 불렀다. 상반신을 탁자 위로 굽힌 박철이 정색하고 김태우를 보았다.

"저는 형님의 테이프를 보고 자신감을 얻었습니다."

"자네가 나보다 낫던데 뭐."

"아닙니다. 형님의 펀치가 저보다 몇 배는 세었습니다."

그때 문에서 노크 소리가 들리더니 사내 하나가 들어섰다.

"어, 왔나?"

유상규가 사내를 맞았다. 머리를 숙여 보인 사내가 비닐 가방을 유상규에게 건네주며 말했다.

"계산한 금액입니다."

"그래, 넘겨줘."

유상규가 말하자 사내가 가방을 박철에게 밀었다.

"세금 떼고 24억입니다."

숨을 들이켜는 소리를 낸 박철이 가방을 쥐었다. 퉁퉁 부운 눈이 번들거리고 있다.

"감사합니다."

박철의 목소리가 떨렸다.

"이 돈으로 아버지 채무를 합의할 겁니다."

"아버지 채무가 얼마야?"

유상규가 묻자 박철이 길게 숨부터 뱉었다.

"30억요."

"사채업자한테서 빌렸다고 했지?"

"예. 17억이 30억이 되었어요. 이 돈하고 부동산을 팔면 부채를 상환하고 아버지를 구치소에서 빼낼 수 있어요."

"그것참."

유상규의 시선이 아직도 서 있는 사내에게로 옮겨졌다.

"최 전무, 이 일 맡을 수 있겠나?"

최 전무라고 불린 사내가 가는 눈을 더 가늘게 뜨고 웃었다.

"박철 씨 부친이 고려금융에서 사채를 빌려 쓴 겁니다."

"역시 고려금융이군."

유상규의 말에 박철이 되물었다.

"아세요?"

"알지, 악랄한 기업 사냥꾼이라는 것."

쓴웃음을 지은 유상규가 말을 이었다.

"자네가 30억을 거의 채워가지고 가면 그냥 받아들일 놈들이 아니지. 갑자기 돈이 생긴 출처를 알아볼 것이고, 그렇게 되면 나까지 연루돼."

"그, 그러면……."

"하지만 방법이 있지."

유상규가 부드러운 시선으로 박철을 보았다.

"우리가 해결해줄 테니까 그 돈에서 20억만 내게."

“예?”

놀란 박철이 다시 썼던 선글라스를 벗었다.

“20억으로요?”

“그래, 땅 팔 필요도 없어.”

유상규가 눈으로 가방을 가리켰다.

“나머지 4억은 어머니 생활비로 드리면 되겠다.”

10억을 깎아서 해결한다는 말이다.

둘이 남았다. 김태우와 박철이다. 유상규가 너희들 둘이 한잔 마시라면서 먼저 떠났기 때문이다. 그래서 둘은 근처의 룸살롱으로 들어가 다시 마주앉았다. 시간이 지났기 때문에 조금 어색함이 가셨고 박철이 의외로 사근사근하게 대한다.

“형님이 사시는 거죠?”

방에 자리 잡고 술과 안주를 시켰을 때 박철이 물었으므로 김태우가 풀썩 웃었다.

“내가 왜 사냐?”

“그야 나한테 배팅했을 것 아닙니까? 돈 버셨죠?”

“이런 식으로 돈 벌기는 싫다.”

정색한 김태우가 박철을 보았다.

“난 모르고 있었어.”

그때 문이 열리더니 마담이 아가씨 둘을 데리고 들어왔다.

“끙.”

아가씨들을 본 박철이 대번에 똥 싸는 소리를 내었으므로 김태우가 입맛을 다셨다. 그 소리를 들은 마담의 얼굴에 쓴웃음이 떠올랐다가 지워졌다.

"마음에 안 드세요?"

마담이 묻자마자 박철이 소리를 질렀다.

"아, 마담 모르고 묻는 소리야? 우릴 뭐로 보고 이 지랄이야?"

"죄송합니다."

마담이 몸을 돌렸고 머리를 숙인 아가씨 둘이 따라서 몸을 돌렸을 때다.

"잠깐만."

김태우가 그들을 멈춰 세웠다. 마담은 30대쯤의 검정색 투피스 정장 차림이었는데 잘 빠졌다. 그런데 아가씨 둘은 박철이 제 분수도 잊은 채 똥 싸는 소리를 낼 만했다. 평범한 용모에 몸매도 볼품이 없었기 때문이다. 그러나 이곳은 변두리의 등급도 매길 수 없는 후진 룸살롱이다. 이런 곳에서 미인을 찾는 것은 저수지에서 참치를 찾는 것이나 같다. 김태우가 마담에게 물었다.

"여기 아가씨 팁이 얼마요?"

"옆에 앉는 데 10만 원이고 2차는 30 받습니다. 물론 긴 밤이죠."

술술 대답한 마담의 눈이 기대감으로 반짝였다. 머리를 끄덕인 김태우가 지갑을 꺼내더니 아가씨들에게 말했다.

"미안해, 그냥 보내지만 너희들에게 앉은 팁은 줄게."

김태우가 아가씨들에게 오만 원권 2장씩을 나눠주었다. 당황한 아가씨들이 돈을 받고 나서 주춤거렸다. 인사도 제대로 하지 못하는 것이다. 김태우가 마담에게 말했다.

"됐어요. 아가씨들 데리고 나가고 다른 아가씨 부르지 마."

마담이 굳어진 얼굴로 김태우를 보더니 아가씨들과 함께 방을 나갔다.

"형님, 화났어요?"

박철이 선글라스를 벗더니 조심스럽게 물었다.

"아니, 화 안 났다. 왜 물어?"

"그렇게 보여서요."

"너한테 쫓겨나는 아가씨들이 좀 안돼 보여서 그랬다."

"형님은 마음이 약하세요?"

"그렇게 보이냐?"

"아니, 포스가 느껴져요."

"얌마, 여자한테 그렇게 막 대하는 게 아냐. 못생겼다고 무시하지 말란 말이다."

"앞으로 조심하겠습니다."

박철이 부어터진 얼굴을 테이블에 닿을 정도로 숙였다가 들었다. 그때 문이 열리더니 마담이 아가씨 하나를 데려왔다. 아가씨를 본 순간 박철의 입에서 숨 들이마시는 소리가 들렸다. 배에 어퍼를 한 방 맞았을 때의 숨소리 같다. 그만큼 아가씨가 잘 빠졌기 때문이다. 긴 머리, 늘씬한 체격, 갸름한 얼굴에 짙은 속눈썹, 아가씨의 시선이 김태우와 박철을 훑고 갔다가 다시 김태우에게 머물렀다. 그때 심태우가 말했다.

"응, 거기 앉아."

아가씨에게 박철 옆에 앉으라고 한 것이다. 그때 김태우는 아가씨 얼굴에 잠깐 실망의 기색이 덮이는 것을 보았다. 눈 깜박하는 순간이다. 반면에 마담이 보조개를 보이면서 웃는다.

"거기 앉아."

아가씨에게 박철 옆자리에 앉으라고 말한 마담이 김태우 옆으로 다가와 앉았다.

"제가 술 따라 드릴게요."

술병을 들면서 마담이 말했다.

"저, 정 마담입니다."

"난 김 사장이오."

"반갑습니다, 김 사장님."

"오늘밤 정 마담하고 2차 돼요?"

"어머."

마담이 놀란 시늉으로 눈을 동그랗게 떴지만 싫은 것 같지는 않다. 박철은 파트너한테 빠져 이쪽은 쳐다보지도 않는다.

"형님, 나 2차 갈 겁니다."

박철이 득의양양한 표정으로 말했을 때는 30분쯤이 지난 후다.

"나가기로 합의했어요."

"그럼 나가야지."

정 마담이 따라주는 술에 술기운이 오른 김태우가 손목시계를 보았다. 10시 반이다.

"좋아, 준비시켜."

김태우가 정 마담에게 말했다. 정 마담이 옆자리에 앉았지만 이름도 물어보지 않았고 손도 잡지 않았다.

"알았어요."

대답한 정 마담이 아가씨에게 지시했다.

"옷 갈아입고 와."

"여기 술값 계산서 가져오고."

다시 김태우가 말했을 때 정 마담이 정색하고 물었다.

"저도 나가요?"

"와아."

앞에서 들은 박철이 환성을 질렀다.

"역시 형님은 급수가 높으시군요."

"시끄러, 인마."

눈을 부릅떠 보인 김태우가 정 마담을 보았다.

"가게 끝나고 나온다고 할 참이지?"

"손님도 없어. 그냥 나갈래."

"좋아, 나가자."

"여기 술값은 자기가 낼 거야?"

마담의 반말은 자연스럽다.

그때 박철이 말했다.

"형님, 내가 낼게요."

"놔둬. 얼마야?"

"양주 2병 마셨으니까 안주까지 60쯤 나왔을 텐데……."

"현금 줄까?"

"그러면 더 좋죠."

머리를 끄덕인 김태우가 주머니에서 오만 원권을 써내 60만 원을 세고 건네주었다. 돈을 받아 쥔 마담이 방을 나갔을 때 박철이 물었다.

"형님, 다음에 언제 만나죠?"

"인연이 있으면 만나게 되겠지."

"형님 회사에 취직할 수 없을까요?"

"잘 생각해서 결정해. 그리고 사원은 내가 뽑는 것도 아니니까."

박철은 25세, 사성대 상대를 졸업했고 재학 중 군복무도 마쳤다. 졸업한 지 1년째로 직장에는 들어가지 못했지만 운동은 열심히 해서 오늘의 성과를 이루어냈다. 심호흡을 한 박철이 머리를 끄덕였다.

"세상은 넓으니까요. 어딘가 제가 일할 곳이 있겠지요."

그때 방문이 열리더니 정 마담과 아가씨가 같이 들어왔다.

"나가죠."

김태우 앞에 선 정 마담은 양장을 벗어버리고 바지에 카디건 차림이다. 운동화를 신은 데다 헝겁가방을 메어서 전혀 다른 모습이다. 밖으로 나온 김태우에게 박철이 말했다.

"형님, 저 먼저 갈게요. 내일 다시 연락드리지요."

김태우가 머리를 끄덕이자 박철은 파트너와 함께 어둠 속으로 사라졌다.

"어디로 갈 거야?"

김태우의 팔짱을 낀 마담이 물었다. 몸을 바짝 붙였으므로 옅은 향수 냄새가 맡아졌다.

"내가 자기하고 2차 나가는 이유 말해줄까?"

마담이 혼자서 말을 잇는다.

"애들 내보낼 때 팁 준 거야. 애들이 밖에 나와서 울더라고. 나온 지 며칠 안 되는 애들이거든."

"……."

"내 체면도 섰지. 근데 앞에 앉은 사람, 권투 선수야? 오늘 게임했어?"

두 손으로 김태우의 한쪽 팔을 감싸쥔 마담이 눈웃음을 쳤다.

"자기는 감독이고?"

그때 앞쪽에 모텔 간판이 보였다. 김태우의 시선을 따라 그쪽을 본 마담이 말을 이었다.

"자기야, 내 집으로 가면 안 돼? 집에 아이가 있어서 그래."

발걸음을 늦춘 김태우가 마담을 보았다.

"아이가 있어?"

"응, 아들. 6살이야."

"혼자?"

"잘 때까지 옆집 언니가 봐줘."

"이런."

입맛을 다신 김태우가 걸음을 멈췄다.

"집이 어딘데?"

"여기서 택시로 5분 거리야."

"자다가 애인이나 남편이 쳐들어오는 거 아니야?"

"나, 이혼했어. 애인도 없다고."

"있다고 해도 내가 당할 인간이 아니지. 그나저나 애를 혼자 두고 일하다니."

김태우는 마담의 눈동자가 흔들리는 것을 보았다. 이렇게 사는 인생도 있다.

3장 전장(戰場)으로

정 마담의 집은 연립주택 2층인데 낡았다. 2층 계단으로 올라간 정 마담이 열쇠로 문을 열더니 김태우에게 말했다.

"집이 좁아."

안으로 들어선 김태우는 과연 집이 좁은 것을 보았다. 방 하나에 주방 겸 거실, 그리고 옆쪽 문은 화장실일 것이다. 불을 켜자 집 안이 환하게 드러났다. 반쯤 열린 방 안 구석에서 아이 하나가 잠이 들어 있다. 그러나 집 안은 깨끗하게 정돈되어 있었고 벽지와 바닥도 흠집 하나 보이지 않는다.

"옷 벗고 씻어."

김태우의 뒤로 다가온 정 마담이 윗도리를 벗기면서 말했다.

"집이 좁지?"

"아늑하군. 그런데 갈아입을 옷 있어?"

"없어. 그냥 팬티만 입고 있어도 돼."

정 마담이 웃음 띤 목소리로 말했다.

“믿거나 말거나 자기가 여기 처음 온 남자야.”

“그 거짓말, 정말이야?”

바지를 벗어 정 마담에게 넘겨준 김태우가 정말로 팬티 차림이 되었다.

“아유, 섹시해.”

정 마담이 김태우의 맨가슴을 두 손으로 쓸어내리더니 손 하나가 팬티 속으로 들어가 물건을 움켜줬었다.

“어머, 벌써 꿈틀거리네.”

김태우의 남성이 놀라 꿈틀거렸기 때문이다. 김태우가 정 마담의 바지를 끌어내리면서 물었다.

“그런데 이름이 뭐야?”

“참, 이름도 모르고 있었네. 난 정민화야. 자기는?”

두 손으로 주무르던 남성이 금방 팽창했으므로 정 마담이 팬티를 끌어내렸다.

“자기야, 팬티까지 벗어도 돼.”

“애가 깨지 않아?”

“잘 안 깨. 그런데 자기 이름이 뭐야?”

“김태우.”

어느덧 정민화의 바지와 팬티도 벗겨졌고 하반신은 알몸이 되었다.

“씻기 전에 한 번 할까?”

정민화의 카디건을 올려 벗기면서 김태우가 물었다. 이제 정민화는 가쁜 숨을 뱉으면서 김태우에게 엉켜 있다. 지금 둘은 거실 복판에 서 있는 것이다. 가쁜 숨소리가 이어졌고 정민화의 셔츠에 이어서 브래지어도 벗겨졌다. 이제 정민화도 알몸이다. 정민화가 갑자기 무릎을 꿇고 앉더니 김태우의 남성을 입에 물었다. 그러고는 얼굴을 쳐든 채 남성을 애무하기 시작했다. 김태우는 숨을 들이켰다. 강한 쾌감이 밀려오면서 저절로 어금니가 물려졌다. 정민화의 치켜든 얼굴이 김태우를 응시했지만 눈동자의 초점은 멀다. 김태우가 정민화의 머리칼을 두 손으로 움켜쥐었다.

"그만."

참을 수 없어진 김태우가 정민화의 머리를 밀어내고는 이제 거실 바닥에 쓰러뜨렸다. 김태우가 쓰러진 정민화의 다리를 벌리고는 하반신에 얼굴을 묻었다.

"아아앗."

정민화의 신음이 집 안을 울렸다. 김태우의 입술이 골짜기를 덮었기 때문이다. 김태우는 골짜기에서 넘쳐 나오는 생명수를 빨았다. 혀가 골짜기 안쪽을 더듬자 정민화가 허리를 비틀면서 소리쳤다.

"아아앗, 자기야!"

김태우의 혀가 골짜기 윗부분을 공략했다. 두 손으로 김태우의 머리칼을 움켜쥔 정민화가 허리를 번쩍 올렸다가 내리면서 다시 비명 같은 탄성을 뱉는다.

"쉬잇!"

머리를 든 김태우가 주의를 주었지만 정민화는 머리칼을 당겨 제 골짜기에 묻었다.

"아아앗."

다시 탄성이 집 안을 울렸다. 두 쌍의 다리가 어지럽게 엉킨 채 주방까지 굴러갔다가 멈췄다. 이윽고 정민화가 절정으로 치솟기 시작했다. 엉덩이를 치솟다가 내리는 속도가 더 빨라지더니 이윽고 두 다리로 김태우의 머리를 감싸 쥐면서 몸을 경직시켰다. 악문 잇새로 긴 신음이 이어졌다. 절정에 오른 것이다. 정민화의 알몸은 땀에 젖어 번들거렸고 신음에 섞여 숨이 끊어질 것 같은 숨소리가 겨우 이어지고 있다. 김태우는 정민화의 절정이 가라앉기를 기다렸다가 곧 상반신을 세웠다. 그러고는 정민화의 몸 위에 오르더니 거칠게 다리를 벌렸다. 정민화가 겨우 눈을 떴지만 늘어진 채 반응하지 않는다. 그때 김태우가 정민화의 몸 안으로 진입했다. 정민화가 입을 딱 벌리더니 눈을 떴다. 숨을 들이 켠 정민화의 입에서 다시 신음이 터졌다.

"아아앗!"

다시 집 안에 열풍이 몰아치기 시작했다.

"나, 서른셋이야."

김태우의 품에 안긴 정민화가 숨을 고르면서 말했다.

"가게 나간 지 8년째야. 스물여섯 살 때부터 나간 거지."

밤 12시 반, 주위는 조용하다. 둘은 이제 거실 바닥에 요 하나만 깔고 누워 있었는데 아직도 알몸이다. 정민화가 말을 이었다.

"저 애 아빠는 룸살롱 지배인이었고, 이럭저럭 동거하다가 애 낳았는데 혼인신고도 안 해서 이혼이라고 할 것도 없어."

"……."

"지금은 부산에서 일한다고 들었는데 안 만난 지 3년쯤 되었어."

정민화가 김태우의 가슴에다 긴 숨을 뱉었다.

"장사가 잘 안 돼. 손님도 없고 내가 이렇게 2차 나갈 마음까지 먹게 되었어. 하지만 부담 느끼지 마. 돈 안 줘도 되니까. 나, 오랜만에 가득 찬 것이 터지는 느낌을 받았으니까."

정민화의 목소리에 웃음기가 띠었다.

"오히려 내가 돈을 내야지."

"돈 내라는 말보다 더하군."

쓴웃음을 지은 김태우가 정민화의 엉덩이를 움켜쥐고는 당겨 안았다.

"나도 오랜만에 터지는 느낌을 받았어."

"정말?"

"그래, 네 그곳이 좋았다고."

"자기, 몇 살이야?"

"마흔."

"거짓말 말고."

"서른다섯."

"무슨 띠인데?"

"곰띠."

정민화가 다리를 들어 김태우의 하반신을 감아 조였다. 탄력 있는 하체가 밀착되었고 딱 붙은 젖가슴의 촉감이 부드럽다. 손끝으로 김태우의 가슴을 문지르면서 정민화가 말했다.

"시간 나면 여기 와서 자고 가."

"이거 왜 이래?"

김태우가 정민화의 엉덩이를 움켜쥐고는 당겨 안았다. 어느새 다시 단단해진 남성이 정민화의 배를 찌른다.

"다른 남자는 안 만나겠단 말이야?"

"자기 하나면 됐어."

정민화가 손을 뻗어 김태우의 남성을 감싸 쥐었다.

"나, 이렇게 크고 단단한 놈 처음이야."

정민화의 숨결이 다시 가빠지기 시작했다. 몸을 비틀어 올린 정민화가 모로 누운 채 김태우의 남성을 제 골짜기에 붙였다.

"또 하려고?"

김태우가 묻자 정민화가 붉어진 얼굴로 눈을 흘겼다. 그 모습이 요염했으므로 김태우의 심장 박동이 빨라졌다.

"내가 위에서 할게."

정민화가 상반신을 일으키면서 말했다.

"자기는 가만있어."

"이 여자가 미쳤군."

"그래, 미쳤다. 어쩔래?"

파마한 머리가 어지럽게 흩어졌고 풍만한 젖가슴이 출렁거리고 있다. 김태우 위로 오른 정민화가 곧 말 타는 자세를 하더니 남성을 잡아 제 동굴에 붙였다. 그러더니 상체를 꼿꼿하게 세운 자세로 천천히 진입시켰다.

"아이구 엄마."

정민화의 커다란 목소리가 집 안을 울렸고 동시에 김태우의 입에서도 신음이 터졌다. 남성에 뜨거운 압박감이 느껴졌기 때문이다. 정민화가 상반신을 세운 자세로 말을 타듯 몸을 흔들기 시작했다.

"아, 아, 아."

한 번 흔들 때마다 비명 같은 탄성이 터지고 있다. 김태우는 정민화의 허리를 두 손으로 움켜쥐었다. 눈앞에 정민화의 젖가슴이 거칠게 흔들리고 있다. 이윽고 정민화의 움직임이 거칠어지더니 신음도 더 높아졌다. 정민화의 절정이 또 찾아온 것이다. 동굴이 수축되기 시작했고 뜨거운 용암은 넘쳐흐르고 있다. 김태우는 허리에서 손을 떼고 정민화의 젖가슴을 움켜쥐었다.

"아아악."

정민화가 두 손으로 입을 막더니 비명을 질렀다. 얼굴은 붉게 상기되었고 두 눈은 치켜떴지만 흐리다. 절정이다. 그때 정민화가 썩은 고목이 넘어지는 것처럼 김태우의 몸 위로 엎어졌다. 그러고는 빈틈없이 몸을 붙이더니 경련을 일으켰다. 입에서는 끊임없는 높은 신음이 울리고 있다. 그 순간 정민화의 동굴 벽이 지진이 난 것처럼 흔들리는 것이 느껴졌다. 동굴이 허물어진다. 마침내 김태우의 남성도 함께 폭발했고 그것을 느낀 정민화가 다시 비명을 질렀다.

다음 날 아침 8시, 식탁도 없는 거실 겸 주방에서 작은 상 앞에 앉아 된장국으로 밥을 먹던 김태우는 방에서 나오는 아이를 보았다. 잠에서 깬 아이가 눈을 끔벅이면서 정민화와 김태우를 번갈아 보았다. 귀엽게 생긴 사내아이이다.

"엄마, 이 아저씨 누구야?"

"응, 엄마 친구야. 승기 계란 프라이 해줄게. 씻고 응가하고 와야지."

정민화가 말하자 아이가 고분고분 몸을 돌렸다. 밥을 삼킨 김태우가 감탄했다.

"애가 말 잘 듣네."

"착해."

정민화가 주방에서 뒷모습을 보인 채 말했다.

"말 잘 들어. 엄마가 늦게 와도 울지도 않고 기다리다가 자."

"그것참."

수저를 내려놓은 김태우가 물었다.

“어젯밤 그 난리를 쳤는데 혹시 듣지 않았을까?”

“미쳤어?”

머리를 돌린 정민화가 눈을 흘겼다. 정민화는 헐렁한 원피스 차림이었는데 속에는 아무것도 걸치지 않았다. 아침 8시 반에 아들을 유아원에 보내려고 서둘러 일어났기 때문이다. 다시 몸을 돌린 정민화의 맨 종아리를 응시하던 김태우는 심호흡을 했다. 그 순간 결정한 것이다. 갑자기 이런 분위기에서 왜 그런 결정을 내렸는지 알 수 없다. 그리고 알 필요도 없는 일이다. 무슨 연관이야 있겠지만 결정을 하고 나자 가슴속 응어리가 풀린 듯 개운해졌다. 기분도 더할 나위 없이 상쾌해졌다. 그때 계란 프라이를 만든 정민화가 우유 잔과 함께 밥상 구석에 내려놓았다. 아들의 아침식사다.

“승기야, 이 닦지?”

정민화가 바로 앞쪽 화장실에 대고 묻자 금방 대답이 들렸다.

“응, 엄마.”

“쉬하고 응가도 해.”

“응.”

대답을 들은 김태우가 심호흡을 하더니 정민화를 보았다.

“유아원은 오후 몇 시에 끝나는 거야?”

“2시. 그때부터 내가 출근하는 6시쯤까지 같이 있는 거지.”

“6시부터는 옆집 언니가 봐주고?”

“응. 비슷한 또래가 있어서 다행이야. 저녁밥까지 먹이고 잘 때쯤 데려다 줘.”

“……”

"잠이 들면 언니가 돌아가고, 그래서 한 달에 밥값 명목으로 30만 원씩 줘. 언니네도 형편이 어렵거든."

김태우가 다시 길게 숨을 품었다. 결심이 더욱 굳어졌다. 승기는 화장실에서 응가를 하는지 아무 소리가 나지 않는다.

"내 바지 어딨어?"

아직 팬티에 셔츠 차림이었으므로 김태우가 묻자 정민화가 방 안으로 들어가더니 바지를 들고 나왔다. 어느새 방 안에 걸어둔 모양이다. 김태우가 바지에서 지갑을 꺼내더니 수표와 현금을 다 꺼냈다. 갖고 있던 비상금이다. 어제 배팅해서 번 돈은 아직 받지 않았다.

"이거 얼마 남았는지 세어봐. 어젯밤 얼마 썼는지 모르겠다."

돈뭉치를 받아 든 정민화가 수표와 현금을 방바닥에 나누면서 말했다.

"어젯밤 가게에서 애들 팁까지 90만 원쯤 썼어. 웨이터 두 명한테 5만 원씩 줬거든."

김태우는 방 안을 둘러만 보았고 정민화의 말이 이어졌다.

"돈 헤프게 쓰는 것 같더라. 근데 웬 돈을 이렇게 많이 갖고 다녀?"

"……."

"나한테 돈 주려면 30만 줘. 그러면 돼."

"……."

"모두 7백45만 원이야."

이윽고 계산을 마친 정민화가 말했다. 정민화가 지갑에다 다시 돈을 넣으면서 물었다.

"나, 30만 빼도 돼?"

"응."

"고마워."

30만 원을 뺀 나머지를 지갑에 넣은 정민화가 몸을 기울여 김태우의 볼에 입을 맞췄다.

"다음에 올 때는 돈 갖고 오지 않아도 돼. 내가 외상으로 해줄게."

"승기 보내고 나서 한 번 더 하자."

"그래."

정민화가 선선히 승낙했을 때 김태우가 지갑에서 돈과 수표를 모두 꺼내 정민화에게 내밀었다.

"이거 써, 미리 선금 주는 거야."

숨을 들이켠 정민화가 몸을 굽혔으므로 김태우가 허벅지 위에 돈뭉치를 놓았다.

"나이지리아?"

김태우가 들어서자마자 신재식이 물었다. 눈을 가늘게 뜨고 처음 보는 사람을 보는 것 같은 시선이다. 김태우와 함께 들어선 그룹 기조실장 조세진이 우물쭈물했다. 손으로 뒷머리를 쓰는 것이 제가 꾸중을 듣는 것 같다. 김태우가 똑바로 신재식을 보았다.

"예, 사장님."

그렇다. 김태우는 리스트에서 나이지리아 지사를 선택했다. 현재 지사장은 철수한 상태고 현지인 직원만 4명 남아 있다. 그러나 3년 전에는 수출입 물량이 3억 불 정도였고 2천만 불이 넘는 이윤을 남겼던 지사다.

"거기 앉아."

신재식이 거친 목소리로 앞쪽 소파를 가리키며 말했으므로 김태우가 앉았다. 조세진이 옆쪽에 따라 앉는다. 신재식이 호흡을 가누고 나서 다시 말했다.

"거기 현황 읽어보았지?"

"예, 사장님."

"거기가 지금 전쟁 중이라 지사장은 물론이고 직원들까지 다 철수한 것 알고 있지?"

"예, 사장님."

"혹시."

어깨를 부풀렸다가 내린 신재식이 눈을 가늘게 떴다.

"너, 회사의 이번 인사에 대해서 불만이 있는 것 아니냐?"

"아닙니다."

김태우가 놀란 표정으로 말했다.

"제가 그럴 리가 있습니까?"

"그럼 왜 그러는 거야? 거긴 전쟁터란 말이다. 부족들이 지금도 서로 학살하고 있다는 뉴스도 못 봤어?"

"봤습니다."

"그런데 왜?"

"거시기."

이제는 김태우가 호흡을 가누었다. 어제 아침에 정민화의 작은 집에서 주방에 서 있는 정민화의 맨종아리를 바라보다가 결정한 것이다. 이유는 모른다. 거짓말 잘하는 소설가들이나 TV에서 숨도 쉬지 않고 떠들어대는 평론가들은 알지 모르겠다.

"나이지리아에 우리 대양그룹이 투자한 금액이 1억 5천만 불이더군요."

김태우가 말하자 신재식은 숨을 죽였다. 다시 김태우가 말을 이었다.

"대양그룹 직원이 가서 지켜야 한다는 생각이 들었습니다."

"전쟁 중이야, 못 지켜."

"그런데 러시아 회사는 영업을 하고 있더군요."

"그거야 거기 현지 실력자들 하고……."

신재식이 말을 그치더니 머리를 저었다.

"안 된다. 너, 더 이상 운을 기대하면 안 된다……."

문득 말을 멈춘 신재식의 얼굴이 조금 굳어졌다. 그러더니 쓴웃음을 짓고 말을 이었다.

"네가 운이 좋아서 지금까지 이런 성과를 냈다는 말이 아니야. 오해 마라."

"저, 나이지리아에 가겠습니다."

정색한 김태우가 신재식을 보았다.

"지금은 파리에서 라고스로 비행편이 다시 개통되었다고 합니다."

"아직 상사원들은 들어가지 않고 있네."

그때 조세진이 끼어들었다. 신재식의 눈치를 살핀 조세진이 말을 이었다.

"며칠 전에 일본 상사 지사원이 입국했다가 피살된 사건도 뉴스에 났지 않은가? 위험하네."

"위험하다고 영업을 안 하면 됩니까?"

김태우가 끈질기게 말을 이었다.

"그래서 제가 납치를 당하거나 무슨 일이 있을 때 회사에 책임을 묻지 않는다는 서약서를 쓰고 가겠습니다."

"그게 무슨 말이야?"

버럭 소리친 신재식의 얼굴이 상기되었다. 눈을 부릅뜬 신재식이 김태우를 노려보았다.

"누가 그것 때문에 널 보내지 않으려는 줄 알아?"

"알고 있습니다, 사장님."

"안 돼!"

신재식이 다시 소리치더니 조세진을 보았다. 격앙된 표정이다.

"조 실장, 난 받아들일 수 없으니까 그렇게 알고 계시도록."

"예. 알겠습니다, 사장님."

조세진이 머리를 숙여 보였을 때 신재식이 말했다.

"난, 김 차장한테 할 이야기가 있으니까 잠깐만."

"예, 사장님."

서둘러 일어난 조세진이 방을 나갔을 때 신재식이 길게 숨을 뱉더니 김태우를 보았다.

"너 왜 이러는 거야?"

신재식이 물었는데 이번에는 목소리가 낮다. 눈빛도 부드러워져 있다.

"누가 네 성과에 대해서 비판이라도 하더냐? 그래서 그래?"

"아닙니다, 사장님."

김태우가 정색하고 신재식을 보았다. 그때 김태우의 눈앞에 정민화의 모습이 떠올랐다. 왜 이러는가? 정민화한테 또 만나자는 약속을 했지만 다시 만날 가능성은 없다. 어제 오전에 헤어진 것으로 끝이다. 그때 신재식의 목소리가 울렸으므로 김태우는 정신이 들었다.

"그러지 말고, 내가 말한 대로 스페인 지사장으로 가라, 알았지?"

"어차피 라고스 지사장은 금년에 파견될 예정이 아닙니까?"

"그건 그렇지만 외부 용역을 쓸 계획이야."

신재식이 말을 이었다.

"그런 일을 전문으로 하는 회사지. 중동전쟁 때 건설 회사들이 회사 자산을 보호하려고 이용했지."

"제가 그 일을 하겠다는 말씀입니다."

"안 돼."

"그럼 제가 할 일이 없습니다."

신재식의 시선을 받은 김태우의 얼굴에 웃음이 떠올랐다.

"저는 제 자신을 잘 압니다, 사장님."

"뭘 말이냐?"

신재식의 목소리는 갈라져 있다. 어깨를 부풀렸다가 내린 김태우가 말을 이었다.

"전문대 출신의 학력에다 업무 능력도 하위권이어서 대기 발령까지 받았던 실력입니다. 제가 두각을 나타낸 것은 현장입니다. 현장 적응력과 임기응변력이었습니다, 사장님."

숨을 돌린 김태우가 신재식을 보았다.

"회사를 위해서나 저 자신을 위해서도 저는 현장에 가야 합니다. 적격자인 제가 있는데 외부 용역을 고용하다니요?"

이제는 신재식이 시선만 주었고 김태우의 목소리가 방을 울렸다.

"내일부터 현지 상황과 제가 해야 할 일에 대한 교육을 받고 싶습니다. 사장님께선 저를 보내주셔야 됩니다. 제가 부탁드립니다."

그러고는 더 이상 말하지 않겠다는 듯이 김태우가 입을 꾹 다물었다. 시선도 외면하고 있었으므로 신재식은 숨만 들이켰다.

오후 4시 반, 시청 앞 소공동의 커피숍에서 김태우와 유상규가 마주 앉았다. 이윽고 머리를 든 유상규가 지그시 김태우를 보았다. 유상규는 방금 김태우한테서 신재식과의 대담 내용을 들은 것이다. 유상규가 긴 숨을 뱉고 나서 말했다.

"태우야, 난 네가 자랑스럽다."

"삼촌도 참."

쓴웃음을 지은 김태우가 말을 이었다.

"그것이 나한테는 최선이에요, 삼촌."

신재식은 마침내 김태우의 나이지리아 지사장 발령을 승인한 것이다. 김태우는 내일부터 나이지리아 지사 업무에 대한 교육을 받아야만 한다. 교육은 1개월간 집중적으로 실시될 것이다. 김태우가 이제는 정색하고 유상규를 보았다.

"삼촌, 집에는 비밀로 해주셔야겠어요."

유상규의 시선을 받은 김태우가 말을 이었다.

"전 당분간 미얀마에 그대로 있는 것으로 할 테니까 삼촌도 그렇게 말을 맞춰야 해요."

"알았다."

입맛을 다신 유상규가 손목시계를 보면서 혼잣소리를 했다.

"이놈이 늦는군."

"누구 기다리세요?"

김태우가 묻자 유상규가 머리를 들었다.

"응, 널 만나고 싶다는 애가 있어서."

순간 김태우가 눈썹을 올렸다. 떠오르는 얼굴이 있었기 때문이다. 그것을 본 유상규가 쓴웃음을 지었다.

“짐작이 가냐?”

“이진 아니에요?”

“그래, 하지만 걔가 널 소개시켜준다는 애가 있다.”

“같은 사기꾼 일당인가요?”

“유유상종이지.”

유상규가 웃음 띤 얼굴로 다시 커피 잔을 들었다. 이진은 유상규의 심복이 되어서 일하다가 지금은 프리로도 뛴다고 했다. 그만큼 성장한 것이다. 그때 유상규가 입구 쪽을 보더니 말했다.

“저기 오는군.”

그쪽으로 머리를 돌린 김태우는 이진을 보았다. 다가오던 이진이 김태우를 보더니 활짝 웃는다. 따라 웃던 김태우가 이진 뒤쪽의 여자를 보고는 숨을 들이켰다. 저절로 숨이 들이켜진 것이다.

다가선 이진이 눈을 가늘게 뜨면서 웃었다. 눈이 부시다는 표정이다.

“얼굴까지 달라진 것 같네. 진짜 남자로 보여.”

“그래? 고마워.”

유상규만 없었다면 진한 이야기를 했겠지만 김태우는 이진이 내민 손을 잡고 따라 웃었다. 이진이 곧 여자를 소개했다.

“얘는 내 후배, 나하고 같이 일해.”

“아, 그래?”

“말씀 많이 들었어요.”

여자가 웃음 띤 얼굴로 말했다. 목소리가 맑고 서늘하다.

“서정인입니다.”

“반갑습니다.”

시선이 마주친 순간 다시 숨이 들이켜진다. 셋이 다시 자리에 앉았을 때 유상규가 말했다.

"서정인이는 스펙이 좋아, 한성대 출신에 국회의원 비서도 했고, 일본 대사관 통역도 했어. 영어, 일본어를 모국어처럼 사용하지."

그때 이진이 뒤를 이었다.

"김태우 씨가 왔다니까 자꾸 나한테 소개시켜달라고 하지 뭐야? 내가 피알을 했나 봐."

"자, 그럼."

유상규가 자리에서 일어서더니 김태우를 향해 말했다.

"태우야, 난 간다."

"곧 연락드릴게요."

김태우가 유상규를 입구까지 배웅하고 돌아왔더니 이진이 웃음 띤 얼굴로 물었다.

"그동안 여자 많이 만났어?"

이진도 그동안 몰라보게 세련되어졌다. 몸매는 더 늘씬해졌고 반들거리는 피부는 몸 관리를 한 흔적이 보인다. 웃음만 짓는 김태우에게 이진이 다시 물었다.

"미얀마에서 또 큰 건 터뜨렸다면서? 도대체 운이 좋은 거야? 아니면 신의 손이라도 갖고 있는 거야?"

그때 김태우가 서정인을 보았다.

"요즘 어떤 일을 해요?"

"피라미드 조직의 골드바까지 진출했어요."

바로 대답한 서정인이 이를 드러내고 웃었으므로 김태우는 또 숨을 들이켜야 했다. 이제는 목구멍까지 욕정이 솟아오르는 느낌이 든다. 그렇다. 숨이 들이켜진 이유는 서정인에게서 풍기는 성적 매력 때문인 것이다. 서정인의 눈동자를 응시한 김태우가 홀린 것처럼 묻는다.

"골드바가 뭡니까?"

"위에서 세 번째 단계."

대답은 이진이 했다. 이진이 웃음 띤 얼굴로 말을 이었다.

"피라미드 조직에 침투했어. 최상층의 다이아몬드바에 접근하려면 바로 밑 단계 로얄바까지 올라가야 돼."

"그래서?"

"그때 다이아몬드바 놈을 잡는 거지."

"잡으면?"

"엄청난 자금이 남아 있어. 아마 2천억쯤 될 거야."

그러자 서정인이 웃음 띤 얼굴로 말을 받는다.

"아마 빼낼 수 있는 현금은 6백억쯤 될 거예요. 3일간 유통되는 현금이 그 정도니까, 나머지는 골드바, 실버바의 수백 명 팀장들이 쥐고 있어서 빼기가 힘들죠."

"나를 보고 싶었다는 이유는?"

불쑥 김태우가 묻자 서정인이 다시 눈웃음을 쳤다.

"임지로 떠나시기 전에 우리를 도와주셨으면 해서요."

"그렇군, 일 치르고 현지로 부임하면 감쪽같겠네."

이진이 끼어들었다.

"이건 유 사장님한테도 말하지 않은 거야. 우리가 그냥 보고 싶다고만 했어."

"이 일은 누가 하는 거야?"

김태우가 묻자 이진이 정색했다.

"우리야. 유 사장님한테는 자문만 받았어."

“내가 어떻게 도우라는 거지?”

“마지막 단계에서 다이아몬드를 잡아주는 역할.”

“제일 큰일이군.”

“남자는 많지만 믿을 만한 놈이 없어.”

이진의 시선이 서정인을 스치고 지났다.

“정인이가 특별히 자기를 원했어.”

“날 어떻게 알고?”

머리를 돌린 김태우가 서정인에게 물었다.

“도대체 내 피알을 어떻게 들었지요? 난 이 여자한테 벗고 뛰는 것 하나만은 자신 있게 해준 것 같은데.”

“그 이야기도 들었지만…….”

다시 똑바로 김태우를 응시한 서정인의 얼굴에 웃음이 떠올랐다.

“끈질기고, 센 데다 믿을 만하다고 들었거든요. 우린 오빠 같은 사람이 필요해요.”

서정인이 이제는 오빠라고 부른다.

오후 8시, 인사동 한정식당으로 옮긴 셋은 한정식 찬을 안주로 소주를 마시고 있다. 방석이 깔린 방에 셋이 둘러앉은 것이다.

“참 변화무쌍한 인생이야.”

술잔을 든 이진이 붉어진 얼굴로 김태우를 보았다. 웃음 띤 얼굴이다.

“만 3년 전, 이맘때 김 형은 대기 발령을 받았었지?”

“그렇구나.”

김태우가 따라 웃었다.

“서울역, 용산역에서 노숙을 하고 무료 급식을 얻어먹었지.”

“정말요?”

서정인이 눈을 크게 뜨고 물었지만 웃음을 띤 것이 믿기지 않는다는 표정이다. 머리를 끄덕인 김태우가 한 모금에 소주를 삼켰다.

“그러다가 통장 사기단한테 걸려 2천만 원 가까운 돈도 사기를 당했고.”

“어머머.”

“파란만장했지.”

그때 이진이 김태우의 잔에 술을 따르면서 말했다.

“아무도 김 형이 이렇게 변신할 줄은 예상하지 못했지.”

머리를 든 김태우가 이진을 보았다. 시선이 마주친 순간 이진의 눈빛이 강해진 것처럼 느껴졌다. 유혹적이다. 김태우의 눈앞에 이진의 꿈틀거리는 알몸이, 쾌락에 젖어 찡그러진 얼굴이, 그리고 끊임없이 터져 나오던 신음 소리까지 귀에 울렸다. 이진의 눈과 마주친 그 짧은 순간에 떠오른 것이다. 이진이 곧 시선을 내렸지만 얼굴은 더 붉어졌다. 교감이 이루어진 것이다. 그때 서정인의 목소리가 잠깐 동안의 정적을 깨뜨렸다.

“두 분, 분위기가 뜨겁네요.”

김태우는 시선만 들었지만 이진이 대답했다.

“당연하지, 난 이 남자를 보면 뜨거워져. 난 불륜 체질인가 봐.”

“언니, 내가 자리 비워줘?”

“아니, 내가 비켜줄게.”

술병을 내려놓은 이진이 번들거리는 시선으로 김태우와 서정인을 번갈아 보았다.

“당분간은 우리 둘이서 이 남자를 공동으로 소유하는 것이 낫겠어.”

“괜찮아?”

“난 괜찮아, 너는?”

“언니만 좋다면 난 고맙지.”

말을 그친 둘이 거의 동시에 김태우를 보았다. 김태우는 둘이 이야기하는 동안 자작으로 술을 따라 한 잔 마셨고 파전 안주도 떼어 먹었다. 그러다가 둘의 시선을 받자 허리를 펴고 젓가락을 내려놓았다.

“얼마 줄 거야?”

김태우가 묻자 이진과 서정인이 서로의 얼굴을 보았다. 먼저 입을 연 것은 이진이다.

“뭘?”

“나하고 잘 때, 내가 돈을 받아야 할 것 같아서.”

이제 둘은 시선만 주었고 김태우가 하나씩 훑어보았다. 시장에서 생선을 고르는 식당 주인과 비슷한 시선이다.

“이제는 내가 낭만의 싸나이가 아니라는 것도 다 알 것이고, 서로 주고받는 관계라야 일을 함께 한다는 것도 알고 있겠지?”

그러자 이진의 얼굴에 쓴웃음이 번졌다.

“섹스를 하고 돈까지 받는다고?”

“당근.”

“그 잘난 섹스는 빼면 안 돼?”

“넌 그 잘난 섹스를 잘도 무기로 사용하더니만, 지금은 안 그래?”

그때 서정인이 나섰다.

“가만, 이러다 싸우겠네.”

“싸우는 거 아냐.”

서정인을 향해 웃어 보인 이진이 다시 물었다.

"값이나 말해, 얼마야?"

"넌 5백만 원."

"며칠간?"

"무슨 며칠? 하룻밤."

"금자지야?"

이진의 말을 무시한 김태우가 서정인을 보았다. 그 순간 김태우가 숨을 들이켰다. 서정인이 웃고 있었기 때문이다. 가지런한 이가 드러났고 눈은 초승달처럼 눕혀졌다. 김태우가 서정인을 똑바로 보았다.

"넌 1천만 원."

그때 서정인이 머리를 끄덕였다.

"좋아요, 합의했어요. 1천만 원."

놀란 듯 이진이 눈을 치켜떴지만 서정인이 웃음 띤 얼굴로 물었다.

"오늘 밤 어때요?"

"오늘 밤은 집에 들어가야 돼."

김태우가 어깨를 부풀렸다.

"내일 밤으로 하지."

"네가 불어볼 줄 알고 자료를 가져왔나."

유상규가 식탁 위에 서류 봉투를 내려놓으면서 말했다.

"여기 서정인에 대한 자료와 지금 그 팀에서 진행 중인 피라미드 조직에 대한 계획까지 적어놓았어."

"이거 경찰이 가져가면 좋아하겠네요."

김태우가 주위를 둘러보는 시늉을 했다. 이곳은 신촌역 근처의 일식집 방 안이다. 오후 6시 반, 오늘부터 김태우는 나이지리아 현황 교육을 받는 터라 오후 5시에 회사에서 나와 유상규를 만난 참이다. 그때 유상규가 말을 이었다.

"서정인은 이진의 고등학교 1년 후배야. 고등학교 때 전교 수석을 했고 대학까지 일류를 나왔지. 이진과는 달라."

"그렇군요."

"이진과 서정인이 같이 일한 것은 3개월쯤 됐어. 둘이 우연히 만났다가 의기투합했다는구나. 서정인의 어머니가 그 피라미드 조직과 유사한 업체에 재산을 날렸다는 거야."

유상규가 눈을 가늘게 뜨고 김태우를 보았다.

"계획을 세운 건 서정인이야. 내가 봐도 치밀하고 빈틈이 거의 없다. 이진의 배후인 나에게 조언을 받고 조사 의뢰를 하면서 신뢰를 쌓은 것까지 말이다."

"……."

"난 이런 경험이 전혀 없는 서정인이 전문가 뺨치는 계획을 세우고 과감하게 진행시켜 나가는 것에 탄복했다."

"2억 가깝게 투자했다던데요."

"모두 이진이 댔어."

"가능성은 있나요?"

"거의 확실해."

"다이아몬드바를 잡으면 6백억이 나옵니까?"

"그 이상이 될 수도 있어."

"대박이네요."

"대박이지."

"절 끌어들인 건 언제부터 계획을 잡은 건가요?"

“이진이 네 이야기를 하니까 서정인이 마지막 단계를 너한테 맡기자고 한 거다.”

“오늘 밤에 서정인을 만나기로 했어요.”

그러자 유상규가 지그시 시선을 주었다.

“너를 알아보려는 것이지. 용의주도한 애니까 너하고 같이 있어보려는 거다. 그럼 성품을 알게 될 테니까.”

“위험해요?”

김태우가 불쑥 묻고 나서 픽 웃었다.

“외삼촌 성품도 제가 좀 알거든요. 오늘은 좀 찜찜한 것 같으시네요.”

“뭐가?”

“서정인에 대해서요.”

“서정인이는 내가 너하고 이렇게 만나는 것도 알 거다.”

“당연하죠, 내 외삼촌인데.”

“좀처럼 허점을 보이지 않는 애야.”

그러자 김태우가 다시 웃었다.

“바로 그거예요. 외삼촌은 지금 서정인이가 완벽하다고 여러 번 말씀하셨어요. 그게 걸리네요.”

그때 유상규가 정색하고 머리를 끄덕였다.

“너도 이제 눈치를 챈 것 같구나.”

“완벽한 것이 걸리세요?”

“그래.”

유상규가 젓가락을 들고 회를 집었다가 도로 내려놓았다. 생선회는 몇 점 먹지 않아서 그대로다. 유상규가 말을 이었다.

“마지막 단계에서 본래 서정인이 고용한 해결사를 내세우기로 했어.

그러다가 네가 왔다는 말을 듣자 너로 바꾼 거다.”

“…….”

“그 해결사 선정이 조금 찜찜했거든. 이진이도, 나도 말이다. 그런데 바로 너한테 그 역할을 맡기니까 단숨에 풀렸지.”

그러고는 유상규가 빙그레 웃었다.

“적어도 이진이는 그렇다. 그런데 나는 시간이 지나고 나니까 더 찜찜해졌다.”

“…….”

“이것이 나이든 도둑놈의 예감이라는 것이지, 아무런 증거나 근거가 없는 예감 말이야.”

“저, 참가하기로 했어요, 외삼촌.”

“해야지.”

머리를 끄덕인 유상규가 말을 이었다.

“이건 사회의 해충인 사기꾼의 등을 치는 것이지만 적법한 것은 아니지.”

“외삼촌이 예상하시는 최악의 변수는 뭔데요?”

“최악의 변수는 많이 예상할수록 피해가 적은 법이야.”

젓가락을 내려놓은 유상규가 말을 이었다.

“네가 온 것이 다행이다. 그럼 가 보거라.”

손목시계를 본 김태우가 입맛을 다셨다. 오후 7시 15분이 되었다. 8시에 서정인을 만나기로 한 것이다. 서류를 집은 김태우가 자리에서 일어섰다.

- 고등학교 때 성격: 차분하고 리더십 강함. 솔선수범. 웅변반, 영어

회화반, 연극반 활동.

　- 성적: 고1 때부터 전교 1~2등을 유지. 졸업성적은 전교 1등.

　- 가정환경: 은행 중역인 부, 인테리어 회사 사장인 모. 부유한 환경에서 성장.

　- 형제관계: 무남독녀

　서류에서 시선을 뗀 김태우가 창밖을 보았다. 차는 광화문 쪽으로 다가가고 있다. 인사동 한정식당에서 서정인을 만나기로 한 것이다. 5분이면 택시가 도착할 것 같다. 다시 서류를 펼친 김태우가 숨을 들이켰다. 한국 제1의 한성대 영문과를 차석으로 입학했고 문과대 수석으로 졸업했다. 김태우에게는 딴 세상의 인류나 같다. 그때 김태우는 서류 사이에 낀 사진 한 장을 집어 들었다. 서정인의 사진이다. 그런데 남자와 껴안고 있다. 웃음 띤 얼굴, 남자는 잘생겼다. 키도 크고 웃는 모습이 호감이다. 김태우가 사진 뒤쪽의 종이에 쓴 유상규의 글을 읽는다.

　- 이놈이 이번 작전의 열쇠다. 어렵게 구한 사진이야. 이놈은 6개월 전까지 서정인의 애인이었던 고경수다. 한성대 경제과 졸업, 28세. 지금은 실종 상태인데 6개월 전까지 고시 공부를 했고 서정인으로부터 경제적 지원을 받았다. 뛰어난 수재였지만 고시에 5번 낙방. 친구도 만나지 않는다. 가족관계는 대전에서 철물점을 운영하는 부모와 세 동생이 있다. 30평형 아파트에 살고 현재 1억 가까운 부채가 있으며 막냇동생은 대학 진학을 못하고 논다.

　택시가 인사동 입구로 다가가고 있었으므로 김태우는 서둘러 읽는다.

 - 서정인의 배후가 고경수인 것 같다. 너는 그 둘이 내세운 마지막 역할이고. 내가 지금까지 조사한 건 여기까지다.

서류를 다 읽었을 때 택시가 멈췄다. 인사동 입구다. 택시에서 내린 김태우가 서류를 갈기갈기 찢어서 길가의 쓰레기통에 넣었다. 얼굴에 쓴웃음이 떠올라 있다. 김태우가 한정식당 전주옥에 들어섰을 때는 8시 5분이다.

"여기야."

식당 안쪽 자리에 혼자 앉아 막걸리를 마시고 있던 서정인이 손을 들어 보이며 웃었다. 밝은 웃음이다. 저도 모르게 숨을 들이켠 김태우가 다가가 앞쪽에 앉았다. 식당은 손님들로 가득 차 있었는데 이곳저곳에서 중국어가 들렸다. 관광객들이다. 김태우가 눈을 가늘게 뜨고 서정인을 보았다.

"금방 나한테 반말했지?"

"응, 오빠도 나한테 말 놔."

웃음 띤 얼굴로 말한 서정인이 김태우의 잔에 막걸리를 따랐다.

"소주 탔어. 소막이야."

과연 옆쪽에 빈 소주병이 놓여 있다.

"섹스를 위해선 적당한 알코올이 도움이 돼. 안 그래, 오빠?"

주전자를 내려놓은 서정인이 김태우에게 물었다.

"난 알코올 없어도 돼."

술잔을 든 김태우는 다시 목구멍이 좁혀지는 느낌을 받는다. 서정인이 풍기는 기운이 강렬했기 때문이다. 오늘은 서정인이 젖가슴 바로 위쪽까지 파인 카디건을 걸치고 있었는데 희고 매끄러운 피부와 젖가슴 골짜기까지 다 드러났다. 옆쪽에 앉은 중국인 사내들이 계속 서정인을 흘끗거리고 있다.

“자, 건배.”

서정인이 잔을 들어 올리며 말했다.

“작업을 위하여.”

쓴웃음을 지은 김태우가 잔을 들어 보이고는 술을 삼켰다. 잔을 비우고 내려놓은 김태우가 서정인에게 물었다.

“내 몫은 얼마야?”

“10퍼센트.”

“좋아.”

선선히 머리를 끄덕인 김태우가 서정인을 보았다.

“내 역할은?”

“나하고 같이 다이아몬드바가 주최하는 로얄바 부부 동반 파티에 참석해서 다이아몬드바를 납치하는 것.”

“엄청난 일이군.”

“경기도의 별장이고 로얄바 부부는 7쌍이야. 물론 다이아몬드바 경호원들이 있겠지.”

“몇 명?”

“별장 경비까지 합쳐서 10명 정도.”

“그것을 나 혼자?”

“우리도 용병이 있어. 다이아몬드만 잡는 것이 오빠 역할이야.”

그때 이번에는 김태우가 주전자를 들어 잔에 술을 따르면서 말했다.

“조용한 곳에서 이야기를 해야겠군.”

이곳도 한식 모텔 방 안이다. 김태우가 특실을 달라고 했더니 안방
과 청, 주방까지 달린 방이 주어졌다. 청에서 커튼을 젖히면 뒷마당이
드러난다. 밤 9시 반, 아직 이른 시간이어서 담장 너머의 거리 소음이
들려왔다. 이곳은 인사동 한복판인 것이다. 찬장에는 양주와 마른안주
까지 있었으므로 김태우는 청의 탁자 위에 잔과 냉장고에서 꺼낸 얼음
통까지 가져다 놓았다. 그동안 서정인도 욕실에서 씻고 나왔는데 옷을
갈아입지 않았다. 김태우도 윗도리만 벗은 차림으로 청의 소파에 앉아
위스키를 잔에 채웠다.

“자, 이제 조용한 분위기에서 작전을 이야기해 볼까?”

앞쪽에 앉은 서정인이 웃음 띤 얼굴로 잔을 쥐면서 대답했다.

“난 이번 작업 끝내고 한국을 떠날 거야.”

“그러는 게 낫겠지. 그놈들이 신고는 못한다고 해도 가만있지는 않
을 테니까.”

머리를 끄덕인 김태우가 말을 이었다.

“별장 습격 팀은 몇 명으로 준비했어?”

“경찰이야.”

“경찰이라고?”

놀란 김태우가 호흡을 골랐다. 이건 유상규도 모르는 일이다. 한 번
에 술을 삼킨 김태우가 서정인을 보았다.

“경찰을 부른다고?”

“그래.”

한 모금 위스키를 삼킨 서정인이 붉어진 얼굴로 김태우를 보았다.

"이건 진 언니도 몰라. 오빠한테 처음 이야기해준 거야."

"경찰에 신고한 거야?"

"이미 얘기 해놓았어. 위치만 알면 바로 출동할 거야."

"어떻게 얘기를 했는데?"

"있는 그대로. 피라미드 사기단, 엄청난 금액, 유령처럼 나타나지 않는 다이아몬드바 이야기까지."

서정인이 웃음 띤 얼굴로 말을 잇는다.

"경찰도 지금 굶주린 사자처럼 기다리고 있어, 오빠."

"그, 그러면……."

"내가 지금 경찰하고 합동 작전을 하는 거냐고 묻는 거지?"

"어떻게 된 거야?"

"합동 작전 맞아."

서정인이 김태우의 잔에 술을 채우면서 말을 이었다.

"다만 마지막 단계에서 우리가 다이아몬드바를 데리고 사라지는 것만은 합동 작전의 각본에 없지."

"……."

"경찰은 별장을 급습해서 그곳에 있던 로얄바 초청자들, 경호원들을 몽땅 체포하겠지. 아마 그것만으로노 꽤 큰 성과를 올리게 될걸."

"별장 위치는?"

"그건 우리가 로얄바로 승급한 내일 저녁에 알게 돼. 그때 우리 부부는 다이아몬드바가 보낸 승용차를 타고 별장으로 갈 거야."

"그럼 내일 밤이 작전 개시일이군."

"오늘 밤이 우리 둘의 작전일이고."

서정인이 웃음 띤 얼굴로 김태우를 보았다.

“타이밍이 잘 맞지?”

“그렇구나.”

“오늘밤 너무 힘 빼지 마.”

“그렇다면 경찰이 내일 우리 뒤를 따라온단 말인가?”

“아냐.”

서정인이 다시 한 모금 술을 삼키더니 말을 이었다.

“내가 경찰한테서 받은 칩을 내 몸에 심어놓으면 돼.”

“…….”

“그 칩은 경찰 탐지기에만 반응해. FBI가 개발한 신제품으로 금속 탐지기에도 걸리지 않아. 나도 직접 시험해 봤어.”

“그렇군.”

“이 마지막 단계는 진 언니한테도 이야기하지 않았어.”

김태우가 천천히 머리를 끄덕였다. 용의주도하다. 외삼촌 유상규도 이만큼 치밀할 것 같지 않았다. 그때 서정인이 옆에 놓인 가방을 집더니 안에서 오만 원권 뭉치 2개를 꺼내 탁자 위에 놓았다.

“오빠, 오늘밤 서비스 대금이야.”

“아, 그렇지.”

정색한 김태우가 손을 뻗어 돈뭉치를 집더니 벗어놓은 윗도리 주머니에 넣었다. 만족한 듯 얼굴에 웃음기가 떠올랐다.

“호흡을 맞추기 위해서는 가장 먼저 배부터 맞춰 봐야 돼.”

김태우가 서정인의 표정을 보고는 숨을 들이켰다. 그 말을 듣고 빤히 바라보고만 있는 것이다. 웃기를 기대했지만 빗나갔다.

4장 선녀의 정체

“좋아. 그럼 내가 먼저 씻고 나오지.”

자리에서 일어선 김태우가 욕실로 다가가며 말했다.

“같이 씻으려면 들어오고.”

기대하지도 않았지만 말은 그렇게 했다. 시간이 지날수록 서정인에 대한 욕구가 시들면서 작업에 대한 의문이 일어난다. 본능이 꿈틀거리는 것이다. 예감이라고 해도 맞다. 이 치밀한 계획, 거침없는 태도, 서정인의 분위기는 이쪽을 리드하고 있다. 처음 만난 수재 급 여자이기 때문인가? 지성으로 말하면 연상의 여인이었던 하수진노 못지않았나. 그렇지만 하수진은 잘난 척을 하지 않고 겸손했다. 옷을 벗어 던진 김태우가 욕실로 들어가 샤워기의 물줄기를 받으면서 문득 쓴웃음을 지었다. 서정인한테서 받은 1천만 원이 떠올랐기 때문이다. 농담으로 한 말이었는데 서정인은 돈뭉치를 가져온 것이다. 조금 전 배를 맞춘다고 했을 때 정색했던 얼굴도 떠올랐다.

“이상한 년이군.”

입속으로 중얼거렸을 때 욕실 문이 열리면서 서정인이 들어섰다. 알몸이다. 숨을 들이켠 김태우가 서정인을 똑바로 보았다. 눈동자의 초점을 분명히 잡고 어깨에서 젖가슴, 아랫배와 검고 짙은 숲과 선홍빛 골짜기까지 훑어 내려간 것이다. 그때 김태우의 시선을 받은 서정인이 짧게 웃으면서 다가왔다.

"후후, 여자 벗은 거 처음 봐?"

아름답다. 한마디로 표현하면 그렇다. 어느새 다가온 서정인이 손을 뻗어 김태우의 남성을 쥐었다. 김태우의 남성은 어느덧 발기되어 있었던 것이다.

"얘 좀 봐. 나한테 인사하네."

남성을 움켜쥔 서정인이 몸을 붙였다. 샤워기의 물줄기가 서정인의 등에 쏟아지고 있다. 머리칼이 물에 젖었지만 서정인은 아랑곳하지 않는다. 김태우는 저도 모르게 서정인의 엉덩이를 감아 안았다. 몸을 바짝 당기자 서정인의 젖가슴이 뭉개지듯 붙었다. 서정인이 가쁜 숨을 뱉는다.

"날 어떻게 해 줄 거야?"

김태우의 남성을 쥔 서정인이 진퇴 운동을 하면서 물었다. 두 눈이 번들거렸고 더운 숨결이 턱에 닿는다. 김태우가 서정인의 다리 한쪽을 치켜들었다.

"여기서?"

서정인이 물었지만 순순히 몸을 붙인다. 그때 김태우가 서정인을 그 자세로 안은 채 샤워기 밑을 나왔다. 욕실 문을 어깨로 밀고 나온 김태우가 서정인의 몸을 방바닥에 깔린 요 위에 던지듯이 내려놓았다. 서정인의 알몸이 구겨지듯 눕혀졌지만 푹신한 요 위여서 충격은 적다. 그때 서정인이 이를 드러내고 웃었다.

"그래, 거칠게 해 줘."

두 손을 벌린 서정인이 사지를 활짝 편 자세로 김태우를 올려다보았다.

"날 죽여 봐."

김태우는 숨을 들이켰다. 눈빛이 강해졌고 저절로 어금니가 물려졌다. 다음 순간 김태우가 서정인을 덮쳤다. 거칠게 다리를 젖히고는 단숨에 서정인의 몸 안으로 진입했다.

"아악."

서정인의 입에서 외침이 터졌다. 신음이다. 과연 서정인의 동굴은 삭막했다. 좁고 건조해서 남성에도 통증이 왔다.

"아유, 아파."

서정인이 두 손으로 김태우의 어깨를 움켜쥐고 비명처럼 말했다. 그러나 김태우는 무시했다. 서정인의 두 다리를 어깨 위에 걸치고는 거칠게 움직이기 시작했다. 남성이 서정인의 동굴 끝까지 부수고 들어가는 느낌이다.

"악, 악."

서정인의 입에서 비명이 이어졌다. 이 여자의 정체는 무엇인가? 서정인이 이제는 움켜쥔 김태우의 어깨를 밀어내려고 힘을 주었다.

"아, 아파, 아파!"

서정인이 비명을 지르면서 몸을 비틀었지만 김태우는 오히려 더 거칠게 부딪쳤다. 이 여자의 지금까지 행동은 가식이었다는 증거가 드러났다. 몸은 전혀 준비되어 있지 않았는데도 교태를 부리는 시늉을 했다. 이쪽이 달아오르게 해 줄 수도 있지만 그럴 생각은 없다. 정상적인 여자라면 다가와 남성을 움켜쥐고 몸을 비빌 정도가 되었을 때는 준비가 되어 있어야 한다. 이것이 김태우의 느낌이다. 그때 서정인의 비명이 더 높아졌다.

"나 죽겠단 말이야! 이 자식아!"

서정인의 얼굴이 빨갛게 상기되었고 신음이 더 높아졌다. 그때 김태우는 서정인의 동굴에 차츰 물기가 스며나오는 것을 느꼈다. 바위투성이의 동굴에 엷은 막이 덮인 것 같다.

"악, 악."

비명은 질렀지만 서정인이 어깨를 미는 힘이 약해졌다. 김태우는 천천히 진퇴 속도를 늦추었다. 그러나 그와 반대로 서정인의 숨결이 더 가빠졌다. 동굴의 습기가 급격히 많아지더니 남성을 압박하는 강도도 낮아졌다.

"아이구, 엄마."

서정인의 비명도 달라졌다. 치켜떴던 눈동자의 초점이 흐려지면서 동굴의 벽이 꿈틀거리기 시작했다. 그때 다시 김태우가 거칠게 움직이기 시작하자 서정인이 어깨를 움켜쥐었다. 이제는 끌어당기는 시늉을 한다. 서정인이 다시 비명을 질렀다.

"아이구, 나 죽어."

얼굴의 물기는 이제 땀으로 바뀌고 있다. 입을 딱 벌린 서정인의 얼굴이 그때서야 여자로 보이기 시작했다. 김태우가 부딪치면 서정인의 하체가 저절로 솟구치면서 받는 강도를 높이기까지 한다. 김태우는 다시 어금니를 물었다. 서정인한테서 오는 자극이 강했기 때문이다.

서정인의 몸은 이제야 달아오르기 시작했다. 거칠게 부딪친 지 5분이나 지난 후였다. 5분 동안은 그야말로 싸움이었다. 서정인은 기를 쓰

고 진입을 막았고 김태우는 막무가내로 동굴을 무너뜨렸다. 그리고 나
서야 동굴이 허물어지기 시작한 것이다. 그때 서정인이 소리쳤다.

“아이구, 여보, 여보!”

서정인의 두 손이 김태우의 허리로 내려오더니 끌어안는 시늉을 했
다. 벌어져 있기만 하던 두 다리가 움직임에 맞춰 방바닥을 짚었다가
다시 김태우의 어깨 위로 올라갔다.

“여보, 여보, 여보.”

김태우의 움직임에 맞춰 비명 같은 탄성을 뱉던 서정인이 헛소리처
럼 비명을 지르고 있다. 그때 김태우는 서정인이 폭발하려는 것을 알았
다. 동굴이 갑자기 수축되기 시작한 것이다. 서정인의 비명이 더 높아
졌고 움직임이 더 격렬해진다. 이제는 온몸이 김태우에게 엉켜서 떼어
지지 않으려고 한다. 김태우의 움직임이 더 빨라지면서 거칠어졌다. 서
정인의 몸을 산산조각으로 부숴 버릴 것 같다. 서정인의 온몸이 구겨지
고 뭉개지고 있다.

“악, 악.”

연거푸 괴성 같은 신음을 뱉던 서정인이 갑자기 온몸을 굳히더니 떨
기 시작했다. 이제는 입을 딱 벌린 채 숨도 쉬지 않는다. 그러다가 긴 비
명을 뱉으면서 사지를 늘어뜨렸다. 그 순간 김태우는 동굴이 허물어지
는 느낌을 받았다. 무너지는 것이다. 저도 모르게 어금니를 문 김태우
는 서정인을 내려다보았다. 두 눈을 치켜 뜬 서정인도 김태우를 보았지
만 눈동자의 초점이 멀다. 딱 벌린 입에서는 아직도 신음이 이어지고
있다. 절정이다. 그때 서정인이 늘어뜨렸던 사지로 김태우의 온몸을 감
았다. 그리고는 한동안 떨어지지 않았다. 절정의 여운이 계속되고 있는
것이다. 둘의 몸이 떼어진 것은 한참 후였다. 천장을 향해 네 활개를 편

채 누운 서정인은 알몸을 가리려는 시늉도 하지 않았다. 납작해진 배가 아직도 가쁜 숨결로 오르내리고 있다. 방 안의 불을 켜 놓아서 콧잔등에 돋아 난 땀방울도 보인다. 방 안의 열기는 아직도 가라앉지 않았다. 비린 애액의 냄새도 맡아졌다. 서정인은 나중에 동굴에서 쏟아내듯 용암을 분출했기 때문이다. 그때 몸을 굴려 떨어졌던 김태우가 다시 서정인의 어깨를 당겨 안았다. 흐느적거리며 안겼을 때 김태우가 몸 위에 오르면서 말했다.

"자, 이차전이야."

놀란 듯 서정인이 숨을 들이켜더니 힘들게 눈동자의 초점을 맞췄다.

"또?"

"끝나려면 아직 멀었어."

"난 됐는데."

"넌 됐지만 난 아직이야."

더 이상 말할 필요도 없다는 듯이 김태우는 아직도 발기된 채 기다리고 있던 남성을 다시 거칠게 동굴로 진입시켰다.

"아."

서정인이 짧은 비명을 질렀지만 동굴은 젖어 있는 상태다. 다시 쾌감을 받은 온몸이 반응했다. 저절로 두 팔로 김태우의 허리를 감았고 두 다리가 들렸다.

"빨리 해, 응?"

서정인이 신음을 뱉으면서 말했다.

"이러다 나 죽을 것 같아."

김태우의 거친 움직임에 맞추면서 서정인의 신음이 높아졌다. 서정인이 다시 목소리를 높여 소리쳤다.

“나, 이렇게 좋은 건 처음이야!”

김태우는 이 말이 진실인 것처럼 느껴졌다. 서정인이 처음 진실을 말한 것인가?

육체관계를 맺고 나면 가까워지는 것이 고금(古今)의 진리다. 물론 강압에 의한 경우는 제외된다. 다음 날 아침, 출근하려고 먼저 일어난 김태우가 옷을 다 입었을 때까지 서정인은 누워 있었다.

“나, 간다.”

머리맡으로 다가간 김태우가 말했을 때 서정인이 누운 채 눈을 흘겼다. 오전 7시 반, 서정인은 아직도 알몸으로 이불 한쪽으로 음부만 가렸을 뿐이다. 이것이 섹스 전과 후의 차이로 봐도 될 것이다. 서로 깊게 연결되었다는 표시가 시선에서 묻어난다.

“나 키스해 주고 가.”

서정인이 두 손을 뻗으며 말했으므로 김태우는 한쪽 무릎을 꿇고 앉아 상반신을 굽혔다. 서정인이 두 팔로 김태우의 목을 감아 안더니 입술이 붙자 혀를 내밀었다. 그러고는 이불을 걷어차 한쪽 다리로 김태우의 등을 감았다. 서정인의 혀를 빨던 김태우의 손이 저절로 벌어진 골짜기를 덮었다.

“한 번만 해 주고 가.”

다리를 더 세게 감은 서정인이 입술을 떼고 헐떡였다.

“응? 30분만.”

“늦었어.”

“20분만, 아니 10분만.”

서정인의 손이 김태우의 남성을 바지 위로 움켜쥐었다. 그때 김태우가 몸을 세웠다. 서정인의 다리가 떨어졌고 남성을 쥐었던 손이 팔목을 잡혀 떼어졌다. 김태우가 서정인의 펼쳐진 알몸을 내려다보고 서서 웃었다.

"넌 색녀야."

"자기가 그렇게 만들었어."

서정인이 다리를 펴 보이면서 눈을 흘겼다. 붉은 골짜기로 유혹하는 것 같다.

"저 봐. 자기 대포는 지금 날 원하고 있어."

서정인이 김태우의 바지 지퍼를 노려보면서 말했다.

"나 미치겠어, 자기야."

서정인이 다리를 폈다가 비비꼬는 시늉을 하면서 말했으므로 김태우가 입안의 침을 삼켰다.

어젯밤 새벽 3시가 넘도록 둘은 엉켜 있었다. 서정인은 10여 번 절정에 올랐고 김태우도 절제했지만 세 번 사정을 했다. 김태우로서는 하수진 이후로 처음이다.

"안 돼, 일해야 돼."

그때 다시 다리를 활짝 편 서정인이 말했다.

"그럼 오늘 저녁에 다시 만나. 내일 예행연습을 해야지. 그리고 같이 자."

"그러든지."

"8시에 어젯밤에 만났던 전주옥에서."

"알았어."

한 걸음 물러섰던 김태우가 미련이 남은 시선으로 서정인을 내려다보았다. 그러자 서정인이 미끈한 두 다리를 활짝 벌렸다. 얼굴에는 웃음이 떠올라 있다.

회사에서 교육을 마친 김태우가 다시 유상규를 만났을 때는 오후 5시 10분이다. 5시에 교육이 끝나는 터라 회사 근처로 유상규가 찾아온 것이다.

"네가 8시에 서정인을 만난다고 했지?"

커피숍 앞자리에 김태우가 앉자마자 유상규가 물었다.

"예, 무슨 일 있으세요?"

유상규가 회사 근처로 오겠다고 할 때부터 김태우는 긴장하고 있었다.

"응, 내가 그랬지? 완벽한 것이 부자연스럽다고."

쓴웃음을 지은 유상규가 묻더니 길게 숨부터 뱉었다.

"지금까지 이진이 이번 작전에 2억 3천을 투자했다."

"예, 들었어요."

"오늘 로얄바가 되는 데 2억을 다시 넣어야 돼. 그래야 내일 밤 다이아몬드바를 만나 승인을 받게 되는 거지."

김태우가 머리만 끄덕였다. 로얄바로 승인이 되면 이제는 아래 단계 회원들로부터 매월 수천만 원씩의 리베이트를 받게 되는 것이다. 물론 돌려 막기 식이지만 당분간은 매월 3천에서 1억까지 받을 수가 있다. 최소한 5개월이면 자본금을 회수하게 된다. 로얄바쯤 되면 이젠 동업자, 공범 수준인 것이다. 피라미드 조직 내막을 아는 터라 쉽게 무너지지 않는다는 계산도 했다. 그때 유상규가 말했다.

"이진이 오후 7시에 서정인을 만나 2억을 주기로 했다."

"압니다."

그리고 8시에 전주옥에서 김태우는 서정인을 만나는 것이다. 커피 잔을 쥔 유상규가 김태우를 보았다.

"그런데 서정인이가 오후 9시에 출발하는 칭다오행 비행기 티켓을 끊었더군."

"그렇군요."

쓴웃음을 지은 김태우가 유상규를 보았다.

"서정인은 경찰을 끌어들였어요."

"경찰을?"

정색한 유상규에게 김태우가 어젯밤에 서정인한테 들은 이야기를 했다.

"그렇구나."

유상규도 쓴웃음을 지었다.

"이제 9시 비행기 티켓을 끊은 것하고 퍼즐 조각이 딱 맞았다."

"어떻게요?"

"서정인이 경찰에 신고한 건 맞아."

김태우의 시선을 받은 유상규가 말을 이었다.

"피라미드 조직인 대세산업의 중역 중 하나로 이진과 김태우, 너희 들이 경찰에 체포될 거야. 아마 서정인은 이진이 시켜서 한 짓이라면서 경찰에 정보를 주었겠지."

"……."

"어쨌든 이진은 이제 로얄바까지 진입한 사기꾼으로 경찰에 알려졌 고 넌 다이아몬드바를 치려는 강도 미수범이야."

"……."

유상규가 길게 숨을 뱉고 나서 물었다.

“네가 8시에 만나기로 했다고?”

“예.”

“그럼 서정인 대신 경찰이 가서 널 먼저 체포하겠군. 서정인이가 비행기 타는 데 지장이 없도록 말이야. 네가 동네방네 찾지 못하도록 미리 손을 쓰는 거지.”

“……”

“본래 서정인이는 5백억이나 6백억이란 거금을 목표로 삼지 않았어. 그것은 미끼야. 현혹시키려는 수작이었고 나도 눈앞을 못 보고 5백억에 넘어갔었다.”

그것은 김태우도 마찬가지다. 조금 전까지만 해도 내일 강탈할 5백억이 눈앞에 어른거렸지 않은가? 유상규가 말을 이었다.

“서정인의 목표는 이진한테서 돈을 빼내는 것이었어. 지금까지 2억 3천을 빼냈고 오늘 2억이면 4억 3천이다.”

의자에 등을 붙인 유상규가 어깨를 부풀렸다가 내렸다.

“내가 계속해서 출국자 체크 리스트에 서정인을 올려놓지 않았다면 이번 작업은 너하고 이진까지 피라미드 조직의 공범과 강도 미수범으로 경찰에 입건되는 것으로 끝날 뻔했다.”

김태우도 길게 숨을 뱉었다. 이것이야말로 피가 되고 살이 되는 현장 학습이다.

오후 6시 55분, 시청 앞 커피숍 안이다. 이진이 봉투를 내밀자 서정인이 웃음 띤 얼굴로 받았다.

“1천짜리로 20장이야.”

“알았어, 언니.”

머리를 끄덕인 서정인이 봉투를 열고 수표를 확인했다. 1천만 원권 수표 20장이 맞다. 가방에 봉투를 넣은 서정인이 이제는 정색하고 이진을 보았다.

"내일 밤에 끝날 거야, 언니."

"안 내놓으려고 빼지 않을까?"

이진이 낮게 묻자 서정인은 쓴웃음을 지었다.

"그런 놈들은 제 목숨 살리려고 다 내놓게 되어 있어. 살아나면 얼마든지 또 사기를 칠 수 있거든."

"그렇구나."

감탄한 이진이 머리를 끄덕였다.

"역시 머리 좋은 애들은 달라."

"난 우리 어머니 원수를 갚는 거야. 그러려고 저놈들을 연구한 것이지."

"어쨌든 내일은 다 끝나겠구나."

이진이 말하자 서정인이 웃음 띤 얼굴로 머리를 끄덕였다.

"김태우 씨가 피날레를 장식하는 거야, 언니."

"너, 오늘도 만나기로 했다면서?"

"응, 이거 회사 경리부에 입금시키고 만나야 돼."

손목시계를 본 서정인이 가방을 쥐고 자리에서 일어섰다.

"내일 오전 10시에 내가 연락할게."

"그래."

선선히 머리를 끄덕인 이진이 웃음 띤 얼굴로 서정인을 보았다.

"오늘밤 너무 무리하지 마, 어젯밤에도 외박했다면서."

"알았어."

따라 웃은 서정인이 몸을 돌린 순간 이진의 얼굴에서 금방 웃음기가 사라졌다. 서정인이 커피숍을 나갔을 때 이진이 핸드폰을 집더니 버튼을 눌렀다. 신호음 두 번 만에 유상규가 전화를 받는다.

"금방 서정인이 나갔어요."

이진이 보고하자 유상규의 웃음 띤 목소리가 울렸다.

"일단 너한테 받은 2억을 넘길 거야. 지금 미행하고 있으니까 곧 결과를 알 수 있을 거다."

이진이 길게 숨을 뱉었다.

최기동에게 수표를 건네 준 서정인이 손목시계를 보았다.

"저, 약속이 있어서 빨리 가 봐야 돼요."

"아유, 10분이면 됩니다."

쓴웃음을 지은 최기동이 수표를 조 상무에게 건네주었다.

"수표 확인하고 바로 중국에 연락할 테니까요."

지난번에도 5천을 가져와서 중국에 있는 고경수가 찾는 데 10분밖에 걸리지 않았다. 최기동의 '고려 환전'은 환전 업무보다 송금이 주업무다. 대개 불법 송금으로 주 고객이 해외 원정 도박을 가는 부유층이나 불법 자금 입출을 하는 기업체인 것이다. 서정인은 이미 단골 측에 들어서 바로 사장과 독대를 한다. 조 상무가 밖으로 나갔을 때 최기동이 서정인을 보았다.

"마카오는 자주 안 가십니까?"

"요즘 바빠서요."

최기동이 머리를 끄덕였다. 50대 중반의 최기동은 경찰 간부 출신으로 인맥이 넓었다. 또 고객의 비밀을 철저히 보장했기 때문에 연예인 고객도 많다고 들었다. 그때 문이 열리더니 조 상무가 들어섰다. 조 상무 뒤에는 곽 부장이 따르고 있다. 곽 부장은 담당 영업부장이다.

"응, 처리했나?"

최기동이 묻자 다가선 조 상무가 귀에 대고 귓속말을 했다. 귓속말이 길어졌고 최기동은 머리만 끄덕였지만 이쪽에 시선을 주지 않는다. 이윽고 조 상무가 옆쪽으로 비켜서자 최기동이 서정인을 보았다. 무표정한 얼굴이다.

"저기, 좀 기다리셔야겠는데요."

"네? 왜요?"

이맛살을 찌푸린 서정인이 손목시계를 보았다. 오후 7시 20분이다. 이곳에서 인천공항까지는 택시로 40분, 9시 비행기니까 시간이 촉박하다.

"약속이 있어서 10분 안에는 출발해야 돼요. 서둘러 주세요."

그때 최기동이 머리를 들고 곽 부장에게 물었다.

"언제 온다고 그래?"

"예, 10분 안에 온답니다."

곽 부장이 대답하자 최기동이 서정인을 보았다.

"10분 안에 여기서 나갈 수 있겠네요."

"그럼 제가 중국에 연락할 필요는 없죠?"

지금 고경수가 칭다오의 환전상 안에서 기다리고 있는 것이다. 최기동의 고려환전과 연결된 회사다. 이곳에서 돈이 입금만 되면 그곳에서 현지 화폐로 찾을 수 있다.

"아, 그럼요."

머리를 끄덕인 최기동이 소파에 등을 붙이더니 지긋이 서정인을 보았다.

“지금쯤 중국에도 연락했을 겁니다.”

“수고하셨어요.”

“당연한 일이죠.”

최기동이 곽 부장에게 물었다.

“그쪽도 지금 잡아 놓았겠지?”

“예.”

대답은 조 상무가 했다.

“바로 공안에 넘길 겁니다.”

최기동이 머리를 끄덕였으므로 서정인도 다시 손목시계를 보았다. 그들은 다른 사람 이야기를 하는 것 같다. 그때 최기동이 조 상무에게 말했다.

“지난번 5천만 원 환전도 그대로 이야기해. 숨길 필요 없어.”

“예, 사장님.”

“자, 그럼 난 당신들한테 맡기고 갈 테니까.”

그러면서 최기동이 일어섰으므로 서정인이 시선만 들었다. 그런데 최기동은 시선도 마주치지 않고 방을 나갔으므로 서정인이 조 상무를 보았다.

“곧 끝나겠지요?”

“뭐가요?”

조 상무가 되물었으므로 서정인이 입맛을 다셨다.

“10분 안에 연락이 온다면서요?”

“연락이 아니라 경찰이죠.”

웃음 띤 얼굴로 조 상무가 말을 이었다.

"우리가 위조 수표 사용자로 경찰에 고발했거든요."

"그게 무슨 말이에요?"

얼굴을 굳힌 서정인이 묻자 이번에는 곽 부장이 대답했다. 뒤쪽에 서 있는 곽 부장은 인상처럼 말도 거칠다.

"당신이 내놓은 1천만 원권 수표 20장이 모두 위조 수표였어. 이 시발년아."

숨을 들이켠 서정인에게 곽 부장이 덮어씌우듯이 말했다.

"누구한테 받았다느니 그런 개소리는 안 하는 게 좋아. 이서도 안 한 깨끗한 수표니까. 너 이 시발년, 큰일 났어."

오후 10시, 인사동의 한식당에서 셋이 둘러앉았다. 유상규와 김태우, 그리고 이진이다. 유상규는 방금 서초경찰서에서 조사를 받고 있는 서정인 상황을 알아보고 들어왔다. 이곳은 김태우한테도 낯익은 식당이다. 오늘도 손님 태반이 중국인들이어서 식당 안은 떠들썩했다. 소주잔을 든 유상규가 가라앉은 시선으로 이진을 보았다.

"서정인은 너를 목표로 반년쯤 전부터 공을 들인 것 같다. 치밀하게 계획을 세웠지만 결국 마지막에 허점이 드러났지."

"하지만 전 2억 3천을 날렸어요."

쓴웃음을 지은 이진이 유상규와 김태우를 번갈아 보았다.

"지금도 정신이 멍해요, 실감이 안 나요."

"오늘 2억까지 털렸다면 머리가 이상해질 뻔했겠다."

김태우가 말하자 이진이 눈을 흘겼다.

"저도 속아 넘어가고는 뭘."

마지막 단계에서 출국자 체크가 되지 않았다면 지금쯤 서정인은 2

억을 위엔화로 바꾼 후에 칭다오행 비행기 안에 앉아 있을 것이었다.

"그런데."

한 모금 소주를 삼킨 유상규가 말을 이었다.

"경찰 데이터가 확실히 잘되어 있어. 서정인을 수사하면서 바로 정체가 드러났다."

유상규가 긴장한 둘을 향해 쓴웃음을 지었다.

"서정인의 애인 고경수가 1년 전에 사기 미수로 입건되었다가 교묘하게 무혐의로 풀려났는데 그때 서정인도 관련되었더군. 고경수를 조회했더니 나온 거다."

"……."

"그때도 부동산 관계로 수백억을 모으려다가 중간에 틀어진 것이지."

"서정인은 구속될까요?"

이진이 묻자 유상규가 머리를 기울였다.

"네가 나타나지 않는 한 내일쯤 풀려나게 될 거다. 불구속 수사가 되겠지."

"……."

"서정인이 널 끌고 들어가지는 않을 거야. 그럼 같이 죽게 될 테니까."

유상규의 시선이 김태우에게도 옮겨졌다.

"네 생각은 어떠냐?"

"잘된 거죠."

이진이 퍼뜩 시선을 들었을 때 김태우가 말을 이었다.

"나와야 지금까지 먹은 것을 뱉어내게 만들 수가 있죠."

"그렇지."

유상규가 머리를 끄덕였다.

"아마 경찰 기록에도 남지 않은 사기를 여러 개 쳤을 거야. 이번에 이진이 돈 2억만 찾고 한국을 떠나려고 하지는 않았을걸."

"토해내게 만들어야죠."

"그놈이 그것도 예상하고 있을 거다."

그때 이진이 물었다.

"칭다오에서 기다리던 그년 애인은 공안이 체포했나요?"

"아니."

유상규가 웃음 띤 얼굴로 다시 둘을 번갈아 보았다.

"고경수가 배후 조종자였는지 어쩐지는 곧 알게 될 거야."

"어떻게요?"

다시 이진이 묻자 김태우가 정색했다.

"고경수를 잡아 놓으셨군요?"

"그래, 내가 서둘렀다."

잔에 자작으로 소주를 따른 유상규가 떠들고 있는 중국 관광객을 둘러보고 나서 말을 이었다.

"칭다오에 도망가 있는 조폭들을 내가 좀 알지."

둘의 시선을 받은 유상규가 한 모금에 소주를 삼켰다. 두 눈이 번들거리고 있다.

"석 달 동안 나와 이진이를 병신 취급을 한 연놈들을 놔둘 것 같으냐?"

"가만두면 안 돼요."

얼굴이 상기된 이진이 어깨를 부풀렸다.

"돈보다도 화가 나서 미치겠어요. 그년이 날 갖고 논 것을 생각하면 심장이 터질 것 같아요."

“그래서 조폭들을 시키셨어요?”

김태우가 화제를 제자리로 돌렸다.

“그쪽 환전상을 어떻게 알게 되었지요?”

“그야 고려환전에서 경찰에 진술했지. 난 경찰 진술서를 훔쳐 읽었고.”

“그럼 칭다오의 고려환전으로 그 사람을 보냈군요?”

“조금 전에 공안에서 조사받고 나오는 그놈을 잡았다는 연락을 받았어.”

“잘됐네.”

이진이 웃으면서 손뼉까지 쳤다.

“오늘 가장 기쁜 소식이네.”

김태우는 심호흡을 했다. 불륜(不倫)의 세상이 맞다. 쫓고 쫓기는, 윤리가 실종된 세상.

알몸이 된 이진이 두 팔을 벌려 김태우를 맞는다. 상기된 얼굴에 웃음기가 덮여 있다. 밤 11시 반, 유상규와 헤어진 둘은 근처의 모텔 방으로 들어온 것이다.

“아무 말 마.”

김태우가 몸을 합쳤을 때 이진이 그렇게 말했다. 애무도 없고 아무 말도 하지 말라 한다. 그러나 몸을 합친 순간 김태우의 심장 박동이 빨라졌다. 이진의 몸은 받아들일 준비가 되어 있었던 것이다.

“아아아, 여보.”

이진이 요란한 탄성을 뱉은 것도 김태우의 감동을 배가시켰다. 뜨거운 몸, 그리고 익숙한 몸이기도 하다. 방 안은 곧 가쁜 숨소리와 신음으로 덮였다. 두 쌍의 사지가 어지럽게 엉켰다가 풀리기를 반복하면서 뜨겁게 달아올랐다. 김태우는 이진의 몸이 격렬하게 자신을 원하고 있는 것을 알 수 있었다. 빈틈없이 붙었다가 떼어지면서 온몸으로 환호하고 있다. 이진은 셀 수 없이 절정에 올랐다가 내려오면서 지쳐 늘어질 때까지 김태우를 놓지 않았다. 김태우 또한 이진과 함께 올랐지만 끝까지 억제했다. 이윽고 이진이 또 다시 터뜨리면서 환호했다. 김태우는 이진의 숨이 끊어질 것 같다고 느꼈다. 방 안은 마치 태풍이 휩쓸고 간 것 같았다. 습기가 가득 찼고 달콤하고 비린 애액의 냄새는 꼭 소낙비가 내린 후의 대기 같다. 김태우가 옆으로 떨어져 천장을 바라보고 누웠다. 이제 둘은 나란히 누워 숨을 고르고 있다. 방 안이 갑자기 조용해졌다. 방음 장치가 잘된 방이어서 바깥 소음은 거의 들리지 않는다. 그때 이진이 천장을 향한 채 물었다.

“나이지리아로 가는 거, 결정했어?”

“응.”

“전쟁 중이라는데 왜 가?”

“전쟁은 아냐, 내란 중이지.”

“나도 신문은 본다고, 수십만 명이 죽었다면서?”

“응.”

“김 형은 이상해.”

“본래부터 그래.”

“아냐, 만날수록 이상해져.”

“그것도 이상해?”

“뭘?”

“섹스.”

120

“그래.”

몸을 돌린 이진이 손을 뻗어 김태우의 남성을 쥐었다.

“이것 봐.”

놀란 이진이 아직도 발기된 상태인 김태우의 남성을 두 손으로 감싸 쥐었다.

“김 형 안 했지?”

“응.”

“왜 안 했어?”

“너 더 뜨겁게 해주려고.”

“그래, 더 이상해졌다니까.”

김태우의 남성을 감싸쥔 채 이진이 말을 이었다.

“김 형은 이제 예전의 김태우가 아냐.”

“그럼 이태우냐?”

김태우가 이진의 어깨를 감싸 안았다.

“현실에 맞춰 갈 뿐이야. 적응하고 있을 뿐이라고.”

“김 형 꿈은 뭐야?”

“나가다 보면 알게 되겠지.”

김태우가 다시 이진의 몸 위에 오르면서 말했다. 이진이 김태우의 어깨를 잡고 자세를 갖춘다. 다시 방 안에서 열기가 피어올랐다. 다음 날 아침 7시가 되었을 때 출근 준비를 하는 김태우에게 이진이 물었다.

“김 형, 서정인이 만날 거야?”

가운 차림의 이진은 김태우에게 주려고 커피를 끓이는 중이었다. 셔츠를 입던 김태우가 쓴웃음을 지었다.

“내가 만날 이유가 없지.”

"참, 1천만 원 받았어?"

"받았어. 가져왔는데 안 받을 수가 없더구먼."

"미친년."

"그것도 네 돈이겠지?"

"오늘 만날 거야."

커피 잔을 탁자에 내려놓은 이진과 김태우가 마주보고 앉았다. 이진은 유상규와 함께 서정인을 만날 것이다. 칭다오에서는 서정인의 애인이자 배후인 고경수가 잡혀 있는 터라 서정인은 빠져 나갈 길이 막힌 상태다. 김태우가 한 모금 커피를 삼키고 나서 이진에게 물었다.

"이제는 내가 묻자. 네 꿈이 뭐야? 앞으로 뭐 할 거야?"

"도둑놈들 등치는 사업을 계속할 거야."

정색한 이진이 똑바로 김태우를 보았다.

"나는 이게 적성에 맞아, 김 형."

"좋은 일 있으면 연락해, 이번 일 같은 거 말고."

"알았어."

이진이 김태우에게 시선을 떼지 않고 말했다.

"김 형은 내가 가슴을 여는 유일한 남자니까."

김태우가 양곤에 도착한 것은 다음 날 오후 5시경이다. 나이지리아 지사장 발령이 난 터라 양곤 지사에 업무 인계차 들른 것이다. 공항에는 사모라가 나와 있었는데 김태우를 보더니 금방 울상이 되었다. 그러더니 곧 웃었지만 얼굴이 일그러졌다. 사모라 뒤에 서 있던 여행사 직원이 두 손을 모으면서 인사를 하고 나서 김태우의 가방을 받아 쥐었다. 김태우는 사모라가 건네준 한 묶음의 꽃을 받았다.

“바쁠 텐데 왜 나왔어?”

“지사에서 나온다고 해서 제가 나간다고 했지요.”

공항 건물을 나오면서 사모라가 말을 이었다.

“양곤을 떠나신다는 소문은 진작부터 돌고 있었어요. 그런데 나이지리아로 가시다니요? 거긴 전쟁 중인데.”

“내전이야.”

둘의 앞으로 대양여행사 리무진이 멈춰 서더니 운전사가 서둘러 내렸다. 김태우와 함께 내렸던 한국 관광객들이 그들을 힐끗거리며 지나갔다. 리무진에 나란히 앉아 공항을 나가면서 김태우가 말했다.

“내가 원해서 가는 거야.”

“그건 들었어요.”

좌천이 될 이유가 없는 것이다. 어제 일자로 사내 통신에 김태우의 인사발령이 공고되었다. 김태우는 차장으로 승진되었고 부장 대우 직급이 되어 나이지리아 지사장 발령을 받은 것이다. 리무진은 넓고 운전석과 칸막이가 되어 있다. 김태우가 웃음 띤 얼굴로 사모라의 몸을 훑어보았다. 사모라는 분홍색 원피스를 입었는데 몸의 곡선이 다 드러났다. 원피스 옆쪽이 허벅지까지 갈라져서 앉아 있으면 허벅지 살이 살짝 드러났다. 그때 사모라가 김태우의 시선을 보너니 원피스로 허벅지를 가리는 시늉을 했다.

“사모라, 오늘밤 내 숙소로 와.”

김태우가 말하자 사모라의 얼굴이 금방 붉어졌다. 그러나 검은 눈동자가 똑바로 김태우를 응시했다.

“몇 시에 갈까요?”

“내가 저녁때 연락할게.”

머리를 끄덕인 사모라의 눈에 습기가 차올랐다.

"서운해요. 전 여기 계실 줄 알았어요."

"내가 떠나더라도 넌 여행사를 계속 맡게 될 거야. 내가 그건 확실하게 해놓고 갈 테니까."

"그것 때문은 아니에요."

"알아."

김태우가 손을 뻗어 사모라의 손을 쥐었다. 사모라가 마주 쥐더니 어깨도 붙여 왔다. 사모라한테서 옅은 향내가 맡아졌다. 옆에 내려놓은 꽃다발 향내 같다. 그때 사모라가 말했다.

"언제 가실 건데요?"

"2~3일 있을 거야."

"만날 사람이 많죠?"

"인사할 사람은 많지."

쓴웃음을 지은 김태우가 이제는 사모라의 허벅지 위쪽을 손바닥으로 쓸었다. 사모라의 말뜻을 아는 것이다. 그때 사모라가 다시 김태우를 보았다.

"우리 하룻밤 자고 오는 코스로라도 여행가요."

"여행?"

"지난번 인레 호수에 다녀오셨으니까 저하고는 다른 곳으로."

김태우가 사모라의 검은 눈동자에 박혀 있는 자신의 얼굴을 보았다. 스페인 여자 마냐와 소피아의 얼굴이 머릿속에 떠올랐다. 사모라도 알고 있는 것이다.

"그러지, 일 끝내고."

"오늘 저녁에 술 많이 마시지 마세요."

불쑥 사모라가 말했으므로 김태우가 눈을 크게 떴다.

"왜?"

"같이 있는 시간을 기억하지 못하실까 봐서요."

김태우의 시선을 받은 사모라가 눈웃음을 쳤다.

"사모라, 네가 이런 면도 있다니."

"보스는 저에 대해서 거의 모르시죠."

그때 김태우의 손이 원피스의 갈라진 틈 밑으로 들어가 사모라의 허벅지를 쓸었다. 사모라가 원피스 위로 김태우의 손을 눌렀지만 강하지는 않다. 사모라의 허벅지는 비단처럼 매끄럽고 탄력이 있다. 김태우의 손끝이 팬티에 닿았고 곧 볼록한 동산 위를 쓸었다. 사모라가 김태우의 손등을 누르면서 말을 이었다.

"언제가 될까 하고 매일 기다렸는데 결국 보스가 떠나게 되었을 때가 되었군요."

"사모라, 네가 그리울 거다."

"곧 잊게 되실 거예요."

사모라가 웃음 띤 얼굴로 김태우를 보았다. 이제는 김태우의 손을 내버려 두고 있다.

"나이지리아는 한반도보다 더 복잡한 나라지."

강철진이 술잔을 들고 말했다.

"하지만 거긴 세계 10위의 산유국이야. 그래서 세상이 공평하다니까."

깐도지 호숫가의 한식당 '서울'의 밀실 안이다. 강철진은 오늘 약속을 한식당으로 정한 것이다. 바깥쪽 홀에서는 한국인 단체 관광객이 몰려와 있었으므로 소란하다. 오후 8시 반, 김태우는 강철진과 둘이 불고기 안주로 소주를 마시는 중이다. 강철진이 말을 이었다.

"이곳을 떠날 줄은 알고 있었지만 나이지리아로 지원할 줄은 몰랐어. 어쨌든 김 형은 유별난 사람이야."

"다른 덴 내 능력이 부족해서요."

한 모금에 소주를 삼킨 김태우가 웃었다. 천진스럽게 보이는 웃음이다.

"전, 체제가 잘 잡힌 조직에서는 금방 무식하고 경험 없는 것이 드러나거든요. 그러니까 몸으로 때우는 일부터 겪으면서 경륜과 지식을 쌓아야 돼요."

"옳지."

머리를 끄덕인 강철진이 지그시 김태우를 보았다.

"그것이 바로 김 형의 유별난 점이야. 다른 사람들이라면 대부분 스페인 지사장으로 갔을 거야."

강철진이 김태우의 잔에 술을 채웠다.

"그리고 사주의 후원하에 본사로 금의환향하겠지."

"그러다가 곧 밑천이 드러나고 사주한테 부담스러운 존재가 되겠지요."

"어떻게 그렇게 잘 알아?"

"제가 왕따로, 루저로 20여 년을 보냈거든요. 절 동정했던 사람들이 나중에 짜증을 내는 걸 보는 것이 가장 괴로웠습니다."

"김 형한테 그런 시절이 있었다니 믿기지가 않아."

"제가 이종 격투기 선수였던 것 아세요?"

"날 뭘로 보는 거야?"

눈을 치켜떴던 강철진이 쓴웃음을 지었다.

“김 형의 격투기 테이프도 보았다고.”

놀란 김태우가 어깨를 부풀렸다가 내렸다. 가능한 일이다. 그 테이프는 박철도 보았다고 하지 않는가? 한국에서는 이제 서울 시내에서 누가 간첩이라고 소리쳐도 놀라지 않는 세상이 되었다. 오히려 소리친 사람을 쳐다본다고 한다. 그만큼 남북교류가 활성화되었다는 말도 될 것이다. 강철진이 말을 이었다.

“여기 걱정은 마, 김 형. 김 형이 닦아놓은 터에 곧 고층 빌딩이 들어설 거야.”

“잘 부탁합니다, 그리고.”

김태우가 쓴웃음을 지었다.

“여행사의 사모라도 잘 부탁합니다.”

“나아, 참.”

눈을 흘기는 시늉을 한 강철진이 한 모금 소주를 삼켰다.

“제 여자까지 부탁하고 가는군.”

광범위한 정보를 자랑하던 강철진이 사모라와 자신의 관계까지는 모르고 있었던 것 같다. 그때 강철진이 정색하고 김태우를 보았다.

“우리가 나이지리아 반군한테 군사 교육과 무기 공급을 하고 있어.”

그것은 공공연한 사실이다. 세계 분쟁 지역을 보면 북한산 무기와 군사 고문단이 끼어 있는 경우가 많다. 김태우의 시선을 받은 강철진이 말을 이었다.

“내가 오늘 그 이야기를 해주려고 이곳에서 만나자고 한 거야.”

“뭡니까?”

“북부 조스 지역에 이슬람 반군 무스타파 세력이 있어. 병력이 2만5

천, 탱크와 미사일까지 보유한 잔인한 놈들이지.”

“…….”

“그놈들한테 우리가 무기를 공급해주고 있어. 무기 값으로 다이아몬드를 받는데 꽤 남는 장사야.”

강철진이 눈을 가늘게 뜨고 김태우를 보았다.

“어때? 흥미가 일어나지 않아?”

“별로…….”

“김 형답지가 않군.”

“제가 그런 일은 경험도 없는 데다 잘못하면 회사나 국가에…….”

“누가 대놓고 장사하라는 거야?”

“그래도…….”

“내 말 들어봐.”

정색한 강철진이 다가앉았으므로 김태우는 긴장했다. 그때 강철진이 말했다.

“김 형이 나이지리아로 간다는 말을 듣고 바로 무스타파가 떠오르더라고. 왜냐하면 무스타파 조직 안에 우리가 보낸 군사 자문관 이준혁 중좌가 있어. 그놈은 내 부하였던 놈으로 믿을 만해.”

강철진의 목소리가 낮아졌다.

“이 중좌하고 손발을 맞춰 봐. 그럼 이곳보다 더 큰 사업을 만들 수 있어. 엄청난 사업을.”

집 안으로 들어선 김태우는 창가에 서 있는 사모라를 보았다. 이곳은 양곤모텔 3층, 김태우가 숙소로 개조한 곳이다.

“일찍 끝내셨네요.”

웃음 띤 얼굴로 다가오는 사모라는 선홍빛 가운을 입었다. 이것은 헐렁해서 걸음을 옮길 때마다 커튼 자락처럼 출렁거린다. 밤 11시, 사모라 말대로 강철진과의 이야기는 일찍 끝냈다. 두 시간 가깝게 알찬 대화를 주고받은 터라 한국산 소주를 두 병씩 마셨지만 둘은 멀쩡한 상태로 헤어졌다. 김태우가 다가온 사모라의 허리를 감아 안았다. 놀란 사모라가 주춤 손바닥으로 김태우의 가슴을 미는 시늉을 하더니 곧 힘을 풀었다. 곧 사모라가 빈틈없이 안기면서 젖가슴의 감촉이 닿았다.

"옷 벗으셔야죠."

사모라가 김태우의 가슴에 볼을 붙인 채 말했다.

"욕조에 물 받아 놓았어요."

그때 김태우가 사모라의 가운을 걷어 올렸다. 손이 사모라의 엉덩이에 닿는 순간 김태우가 숨을 들이켰다. 사모라는 팬티를 입지 않은 것이다. 김태우가 사모라의 엉덩이를 움켜쥐고 말했다.

"사모라, 침대로 가자."

"벌써요?"

머리를 든 사모라가 김태우를 보았다. 검은 눈동자 아래쪽의 입술이 반쯤 벌어져 있다. 김태우가 홀린 듯이 머리를 숙여 사모라의 입술을 덮었다. 입술이 부딪치자 사모라가 입을 닫았다가 곧 숨이 막힌 듯 열었다. 더운 숨결이 쏟아졌고 숨었던 혀가 빠져 나왔다. 김태우는 사모라의 가운을 위로 젖히면서 벗겼다. 과연 사모라는 알몸이다. 가운 밑에 아무것도 걸치지 않은 것이다. 그때 사모라가 김태우의 셔츠를 벗기기 시작했다. 단추를 풀고 벗기는 동작이 서툴다. 김태우가 가만있지 않고 사모라의 젖가슴과 허벅지 안쪽까지 주무르는 바람에 바지를 벗기는 데도 애를 먹었다. 이윽고 김태우의 팬티까지 벗겨지자 둘은 알

몸이 되었다. 벗기면서도 움직이는 바람에 둘은 소파 근처까지 밀려났
는데 김태우가 사모라를 소파 위로 밀어 눕혔다. 사모라가 검정색 가
죽 소파 위로 눕혀졌다. 그 순간 김태우는 숨을 들이켰다. 불빛에 사모
라의 알몸이 드러난 것이다. 사모라는 키가 큰 편이고 날씬했다. 그런
데 펼쳐진 알몸은 풍만했다. 젖가슴도 컸고 알몸의 엉덩이는 단단하게
소파에 붙었다. 김태우의 시선을 본 사모라가 두 손으로 골짜기를 덮었
다. 얼굴이 붉게 상기되어 있다. 그때 김태우가 소파 옆에 엎드려 사모
라의 젖가슴을 입에 물었다. 놀란 듯 사모라가 두 손으로 김태우의 얼
굴을 만졌지만 밀치지는 않는다. 김태우는 한입에 사모라의 젖가슴을
입에 물고는 혀로 젖꼭지를 굴렸다. 그러고는 손을 뻗어 사모라의 골
짜기를 애무했다. 사모라가 김태우의 머리칼을 움켜쥐면서 다리 사이
에 낀 손을 죄었다. 거친 숨소리에 섞여 옅은 신음이 뱉어졌다. 김태우
의 입술이 젖가슴에서 아랫배로 옮겨졌다. 납작해진 배가 거친 숨결로
오르내리는 중이다. 배를 혀끝으로 애무하면서 골짜기를 공략하던 김
태우의 손이 젖기 시작했다. 골짝기가 젖어온 것이다. 사모라가 다리를
벌렸다가 움츠리면서 신음 소리도 커졌다. 이윽고 김태우의 입술이 골
짜기를 덮었다. 기다리고 있었는지 사모라는 다리를 벌려 김태우를 맞
는다.

"아아아아."

사모라의 신음 같은 탄성이 응접실을 울렸다. 김태우의 혀끝이 사모
라의 골짜기 윗부분을 건드렸기 때문이다. 두 다리로 김태우의 머리를
감싸 안았던 사모라가 다리를 풀더니 이제는 힘껏 엉덩이를 올렸다. 김
태우의 입술을 더 강하게 맞으려는 것 같다. 그러고는 다시 탄성을 뱉
는다. 김태우는 뜨거운 골짜기에 얼굴을 묻고 온몸이 사모라와 함께 날

130

아가는 느낌을 받는다. 한 몸이 되어서 날아가고 있다. 그때 사모라가 다급하게 소리쳤다.

"아아아, 어서."

사모라가 절정에 오르고 있다. 온몸을 떨면서 다리로 김태우를 움켜쥐려고 한다. 그때 김태우는 사모라의 몸 위로 올랐다. 뜨거워진 몸을 붙이고는 거침없이 사모라와 한몸이 되었다. 그 순간 사모라가 입을 딱 벌렸지만 목이 막혔는지 숨소리도 뱉지 않았다. 김태우는 자신의 몸이 뜨거운 화산 구멍으로 빠져드는 느낌을 받고는 이를 악물었다. 그때 사모라의 신음이 터졌다.

"아아아."

그러더니 사모라가 사지를 흔들었다. 격렬한 몸짓이다. 탄성과 함께 사지가 힘차게 치솟았다가 엉킨다. 이것이 사모라가 맞는가?

5장 용병

　신임 미얀마 지사장으로 임명된 최 전무에게 업무 인계를 끝낸 것은 사흘 후였다. 미얀마에는 전무급 지사장이 부임하게 된 것이다. 최 전무는 김태우가 임명한 여행사 사장 사모라와 호텔 등의 직원에 대해 임기와 직위를 보장한다는 약속을 했다. 김태우가 남은 직원들에게 해줄 수 있는 일은 그것뿐이었지만 모두 감동했다. 사모라는 김태우가 떠나는 날에도 공항까지 따라 나왔는데 오늘도 여행사 리무진에 탔다.

　"미안해, 사모라. 너하고 여행 가고 싶었지만 시간이 없네."

　김태우가 옆에 앉은 사모라의 허리를 당겨 안았다. 그러나 매일 밤 사모라와 함께 있었던 것이다. 사모라가 이를 드러내며 소리 없이 웃었다.

　"하지만 4일 동안이나 우린 함께 있었지 않아요? 더 욕심 부리면 안 되죠."

　"사모라, 내가 나이지리아에서 한국에 갈 때면 너한테 들를게."

　"언제든 연락만 해요."

　사모라가 김태우의 가슴에 얼굴을 붙였다.

"난 당신을 잊을 수 없어요, 김."

"잘 지내, 사모라."

김태우가 머리를 숙여 사모라의 입술에 키스했다. 입술이 열리면서 젤리 같은 혀가 빠져나왔다. 김태우가 혀를 빨면서 사모라의 중국식 치마를 젖혔다. 그러고는 팬티를 끌어내리자 사모라가 김태우의 바지 혁대를 푼다. 이제는 동작이 겹치지도 않고 매끄럽다. 사모라의 흰 팬티가 한쪽 다리에만 걸쳐졌고 김태우의 바지와 팬티가 무릎 아래까지 밀려 내려갔다. 사모라가 김태우의 어깨를 움켜쥔 채 의자에 눕더니 한쪽 다리를 의자 위쪽으로 걸쳤다. 그 순간 김태우가 숨을 들이켰다. 사모라의 선홍빛 골짜기가 활짝 펴진 것이다. 사모라가 김태우의 남성을 손으로 쥐더니 골짜기 윗부분에 붙였다. 올려다보는 사모라의 눈이 번들거리고 있다.

"김, 젖었어요. 어서요."

사모라가 가쁜 숨을 뱉으며 재촉했다. 리무진은 가벼운 엔진 음을 내면서 달리는 중이다. 적당히 흔들리는 진동이 분위기를 더 고조시켰다. 김태우는 남성 끝에 닿는 촉감을 즐기지도 않고 곧장 진입했다.

"오, 허니."

사모라가 외쳤다. 운전석과 칸막이가 되어 있는 데다 지시를 히러면 전화기를 들고 이야기를 해야 되지만 큰 소리에 김태우는 다시 자극을 받았다. 사모라의 동굴은 이미 젖어 있었다. 뜨겁고 탄력이 강한 동굴이다.

"허니, 천천히."

사모라가 엉덩이를 흔들면서 소리쳤다.

"시간 많아요, 허니."

나흘 동안 사모라가 이렇게 변한 것이다. 이제 서로 익숙해져서 김태우가 몸을 끌어올리면 함께 딸려 올라오는 시늉을 했고 애를 태우며 기다리다가 환호하면서 맞아들인다. 김태우가 사모라의 원피스를 가슴 위까지 끌어올리고는 브래지어도 벗겨 던졌다. 그러고는 입에 가득 젖가슴을 넣고는 혀로 젖꼭지를 굴렸다. 사모라가 환성 같은 외침을 뱉는다. 이윽고 사모라가 절정으로 치닫기 시작했으므로 김태우의 움직임도 거칠어졌다. 차 안은 가쁜 숨소리와 신음으로 가득 찼고 진동으로 흔들리는 것 같다. 이윽고 사모라가 온몸을 경직시키면서 폭발한 순간 김태우도 같이 터졌다. 그것을 느낀 사모라가 두 손으로 김태우의 엉덩이를 움켜 안은 채 한동안 놓지 않는다. 사모라의 입에서 끊이지 않고 울리던 신음이 점점 약해지더니 마침내 엉덩이를 움켜쥐었던 손이 떼어졌다. 다리를 감았던 두 다리가 풀리면서 사모라가 늘어졌다. 그러나 거친 숨소리는 아직 가라앉지 않았다. 김태우가 사모라의 몸에서 떨어져 나오면서 입술에 다시 키스했다.

"사모라, 네 몸은 특별해."

그것이 이 순간에 김태우가 해줄 수 있는 최고의 찬사였다. 바지를 올려 입은 김태우가 겨우 일어나 옷매무새를 다듬는 사모라를 도와 브래지어 후크를 잠가주었다. 이윽고 머리까지 매만진 사모라가 창밖을 보더니 김태우를 향해 웃었다.

"시간 잘 맞췄네요."

공항 건물이 보였기 때문이다.

"운전사하고 파옹이 눈치 챘겠다."

김태우가 쓴웃음을 지으며 말했다. 파옹은 여행사 상무로 사모라의 측근이다. 그도 운전석 옆자리에 앉아 있는 것이다. 그러자 사모라가 정색하고 말했다.

"그들에게 내가 당신 여자라는 것을 분명하게 알려줄 필요가 있죠."

"그런가?"

"소리도 들렸을 거예요."

"사모라, 너 변태냐?"

"그들이 듣는다고 생각하니까 더 흥분이 되었어요."

김태우가 사모라의 어깨를 당겨 안으면서 다시 키스했다. 사랑스럽기 때문이다. 그때 리무진이 속도를 줄이기 시작했다. 공항 출국 게이트로 다가가고 있는 것이다.

"오늘 저녁에 킹덤호텔 한식당으로 오너라."

신재석이 말했으므로 김태우가 머리를 들었다. 오전 10시 반, 나이지리아 지사장 연수를 끝낸 보고를 하려고 김태우는 대양상사 사장실에 들어와 있다. 함께 앉아 있던 기조실장 조세진과 부사장 최기태가 방을 나가고 둘만 남아 있을 때다. 신재식의 얼굴에 웃음이 떠올랐다.

"내가 떠나기 전에 저녁 먹자고 했지? 저녁 7시에 와."

"예, 사장님."

대답은 했지만 김태우는 불편했다. 이런 초대에 익숙지가 않은 것이다. CEO가 저녁 먹자고 하는데 불편하다고 느낀다면 아직 직장 생활에 길이 덜 든 직장인일 것이다. 미얀마에서 돌아온 지 3일째가 되는 날이다. 이제 나이지리아 출발 일정이 정해졌다. 다음 주 수요일이다. 앞으로 5일이 남은 것이다. 5일 동안 휴가를 보낸 후에 라고스행 비행기를 타야 한다. 그때 신재식이 말을 이었다.

"너, 내가 딸 둘만 있는지 알고 있니?"

갑자기 웬 딸 이야기인가. 모르고 있었으므로 김태우가 심호흡을 하고 나서 대답했다.

"모르고 있었는데요."

"그렇겠지."

머리를 끄덕인 신재식이 눈을 가늘게 떴다.

"그래서 내가 조 실장, 최 부사장을 먼저 나가라고 한 거다."

"……."

"오늘 식당 예약도 비서 시켜서 누구 만나는지 모르게 했어."

신재식의 얼굴에 희미하게 웃음이 떠올랐다.

"아무리 내 측근이라고 해도 소문이 나면 좋을 것이 없거든."

"……."

"내 둘째 딸, 그러니까 막내가 지금 스물다섯이다."

그 순간 김태우는 숨을 죽였다. 그렇다면 TV드라마에서 자주 볼 수 있었던 거지와 공주의 결혼인가? 그럼 내가 신데렐라가 아닌 김데렐라가 되는 것인가? 아니, 신데렐라는 여자지. 그럼 왕자와 거지의 주인공, 광해군 영화도 얼른 스치고 지나갔다. 머리가 뒤죽박죽이 된 김태우의 입이 저절로 1센티쯤 벌어졌다. 그때 신재식이 말을 이었다.

"미국에서 대학 나왔어. 조지워싱턴 대학, 알고 있니? 거기 졸업했다."

조지 워싱턴이 미국 초대 대통령이라는 건 안다. 그건 초등학생도 아는 지식이니까. 그때 신재식이 길게 숨을 뱉었다.

"꽤 유명한 대학이야, 우리나라 건국 대통령, 이승만 대통령이 졸업하신 대학이기도 하고……."

"……."

“그놈이 거기 정상적으로 입학한 건 아냐. 그럴 실력도 없어. 내가 기부금을 많이 냈기 때문에 입학시켜준 거지.”

신재식이 그늘진 얼굴로 김태우를 보았다.

“아주 사고뭉치야. 미국에서도 웬 멕시코 놈하고 연애를 해서 1년 동안 동거를 했다니까.”

이런, 갑자기 양탄자 위를 걷다가 똥을 밟은 기분이 된 김태우가 다시 숨을 죽였을 때 신재식이 말을 이었다.

“그래서 한국으로 데려왔더니 밤마다 나이트에 나가서 남자 만난다.”

그래서 어쩌란 말인가. 은근히 짜증이 난 김태우가 외면했다. 그래서 그년하고 밥 먹으라고? 아무리 전문대 출신이며 정수기 사업본부 A/S부에 채용되었다가 대기 발령까지 받은 경력이 있지만 어쩌라고? 그때 신재식이 답을 내놓았다.

“내가 집에서 우연히 네 이야기를 했더니 그놈이 널 만나게 해달라는구나. 관심이 있다는 거다.”

신재식의 얼굴에 쓴웃음이 떠올랐다.

“내가 너한테 그놈 전력을 다 이야기해준 건 그런 줄 알고 만나주라는 거다. 부담 느낄 필요도 없어. 그놈은 내가 포기한 지 오래니까, 그냥 만나주기만 해.”

“아, 예.”

“그놈이 너한테 반해서 친해진다면 더 바랄 게 없지. 꿩 먹고 알 먹는 거지.”

김태우는 이제 누가 꿩이고 누가 알인지 생각해볼 만큼 여유가 생겼다. 그런데 자신은 꿩도 알도 아닌 것 같다. 신재식이 열을 받은 김에 표현을 잘못한 모양이다. 이제는 신재식이 정색하고 말했다.

"너한테서 그놈이 살아가는 것이 얼마나 어렵고 이 세상이 얼마나 잔인한지 배운다면 더 바랄 나위가 없고. 그럼 이따 저녁때 보자."

그러고는 신재식이 자리에서 일어섰으므로 김태우가 서둘러 몸을 일으켰다. 사장실을 나온 김태우에게 여 비서가 머리를 숙여 인사를 했다. 꼭 연꽃을 연상시키는 청초한 모습의 미인이다. 여러 번 얼굴을 마주쳤지만 김태우는 아직 이름도 모른다. 마침 비서실에는 여 비서 하나뿐이었으므로 다가간 김태우가 말했다.

"제 핸드폰 번호 아실 테니 전화 연락이나 해주시죠. 떠나기 전에 식사나 하십시다."

이것은 오늘 사장 딸을 만나는 반발이다.

"수요일 출발이면 5일 남았구나."

앞쪽 자리에 앉은 유상규가 말했다. 시청 앞 소공동 골목 안의 일식당에서 둘이 만나고 있다. 오후 12시 반, 종업원에게 초밥을 시킨 유상규가 방에 둘이 되었을 때 말을 이었다.

"……."

"이진이가 너한테 전화한다고 하더라."

"참, 서정인이 사건 끝내셨어요?"

김태우가 묻자 유상규가 피식 웃었다.

"아, 그럼. 다 잡고 있는데 안 끝내겠어?"

"어떻게요?"

"서정인이가 15억을 내놓았다."

"아이구, 부자네."

"그동안 많이 사기 쳐 모은 거지."

"이진이는 더 뜯어내자는 걸 15억으로 끝냈다."

유상규가 담담한 표정으로 결말을 이야기해 주었다. 서정인은 그동안 10번이 넘는 사기를 쳐서 20억 가까운 현금과 부동산을 보유하고 있었다는 것이다. 물론 고경수와의 합작 사업이다. 유상규는 고경수를 인질로 잡은 상태에서 서정인을 만나 합의했는데 15억 중에서 경비가 1억 들었다는 것이다. 중국에서 고경수를 잡고 있던 해결사들에게 든 비용이다.

"그래서요? 서정인이는 지금 어디 있어요?"

김태우가 묻자 유상규는 빙그레 웃었다.

"한국을 떠났어."

"그럼 어디로 갔는데요?"

"미국으로."

김태우의 시선을 받은 유상규가 말을 이었다.

"내가 보낸 거지. 떠나는 조건까지 끼어서 합의했으니까."

"……."

"한국에서는 두 번 다시 사기를 치지 못하게 된 것이지. 만일 한국에 돌아온다면 어디 골짜기에다 묻어버린다고 했으니까."

"잘하셨네요."

외면한 김태우가 말하더니 심호흡을 하고 나서 유상규를 보았다.

"사장이 오늘 같이 저녁 먹자는데요."

"어, 그래? 잘되었다."

표정이 밝아진 유상규가 반겼을 때 문이 열리더니 종업원이 초밥을 들고 들어섰다. 종업원이 나갈 때까지 입을 다물고 있던 유상규가 물었다.

"격려해준다는 것이구나? 이건 특전이다. CEO가 너한테 관심을 보이는 거야. 네 장래가……."

"그게 아니고요."

손을 들어 말을 막은 김태우가 자초지종을 말해주었더니 유상규가 소리 내어 웃었다.

"그것 재미있군."

"외삼촌, 제가 쓰레기 하치장입니까? 사주 딸이면 무조건 달려드는 병신같이 보여요?"

"야, 금쓰레기다."

제 말이 우스운지 짧게 웃고 난 유상규가 말을 이었다.

"그래도 네 사장은 다 털어놓고 말해준 것 아니냐?"

"그 기집애가 날 장난감 취급하는 것 아닙니까? 지가 보고 싶다고 하면 내가 나가줘야 하는 겁니까?"

"사장이 부탁하잖아?"

달래듯이 말한 유상규가 젓가락으로 초밥을 집으면서 말을 이었다.

"떠나기 전에 이야깃거리를 만들어봐라."

그때 옆에 놓인 핸드폰이 울렸으므로 김태우가 발신자부터 보았다. 모르는 번호다. 머리를 기울였던 김태우가 통화 버튼을 누르고는 귀에 붙였다.

"예, 김태웁니다."

"저, 비서실 유진화인데요."

맑고 밝은 목소리. 그 순간 김태우의 심장 박동이 빨라졌다.

"아, 전화해주셨네. 고맙습니다."

김태우의 목소리도 밝다. 유상규가 눈을 크게 떴지만 김태우가 서두르듯 말을 이었다.

“내가 오늘 저녁 약속이 있지만 조금 일찍 끝낼 겁니다. 그러니까 9시쯤 어떻습니까? 저녁 먹고 술 한잔 하십시다.”

“그럼 킹덤호텔 근처에서 만나야겠네요.”

유진화가 말했으므로 김태우가 숨을 들이켰다가 곧 웃었다.

“알고 계셨네요. 유진화 씨가 예약하셨군요?”

“네, 그 시간에 끝날 수 있을까요?”

“아니, 왜요?”

“사장님 따님하고 셋이 만나시는 거 아녜요? 시간이 좀 걸릴지 모르는데…….”

“그것까지 알고 계시네요.”

“사장님이 저한테 따님한테 연락하라고 시키셨거든요.”

유진화의 목소리에 다시 웃음이 섞였다.

“그런데 제가 두 분 방해하는 것 아녜요? 불안하네요.”

“천만에요.”

자르듯 말한 김태우가 말을 이었다.

“킹덤호텔 라운지에서 9시에, 됐지요?”

“네, 9시에.”

그래놓고 유진화가 덧붙였다.

“늦으면 연락하세요. 약속 미뤄도 되니까.”

7시 5분이 되었을 때 한식당의 방 안으로 신재식과 여자 하나가 들어섰다. 자리에서 일어선 김태우가 숨을 들이켰다. 김태우의 시선은 신재식의 뒤를 따르는 여자에게로 꽂혀 있다. 그때 김태우의 시선을 본 신재식이 쓴웃음을 띠고 말했다.

"야, 입 다물어. 침 떨어지겠다."

신재식으로서는 엄청나게 파격적인 발언이다. 놀란 김태우가 입을 다물었을 때 여자가 까르르 웃었다. 웃음소리가 맑고 밝다. 다가온 신재식이 뒤에 선 여자를 소개했다.

"내 딸 영미야."

"안녕하십니까, 김태우입니다."

김태우가 머리를 숙여 인사했다.

"신영미예요."

웃음 띤 얼굴로 여자가 인사를 했지만 머리도 숙이지 않는다. 셋이 원탁에 자리 잡고 앉았을 때 신재식이 신영미를 눈으로 가리키며 말했다.

"얘가 제 엄마를 닮아서 미인이야."

과연 그렇다. 신영미는 빼어난 미인이다. 파마한 머리가 어깨를 덮었고 늘씬한 몸매, 희고 갸름한 얼굴에 선명한 윤곽, 눈이 번쩍 뜨일 만한 미모다.

"김태우, 네가 이놈한테 인생이 얼마나 힘들고 또 그만큼 보람을 느낄 만한 것인지 좀 가르쳐 줘라."

신재식이 정색하고 김태우에게 말했다. 그때 신영미가 김태우에게 물었다.

"정말 정수기 A/S부서에서 대기 발령을 받았어요?"

쓴웃음을 지은 김태우가 대답했다.

"예."

"거기서 3년 만에, 그러니까 1년에 한 계단, 두 계단씩 승진해서 지금은 부장급 지사장이 되었단 말이죠?”

“그런 셈입니다.”

“2년제 지방 전문대 나오셨어요?”

“예.”

“와, 출세했다, 진짜.”

입을 딱 벌리고 신영미가 감탄했을 때 음식상이 들어왔다. 종업원 셋이 쟁반에 담긴 음식을 가져와 원탁에 차려놓고 돌아가는 동안 셋은 잠자코 기다렸다. 그동안 김태우와 신영미는 여러 번 시선이 마주쳤다. 차츰 신영미의 용모가 눈에 익으면서 김태우는 몸에서 풍기는 교태를 느낄 수가 있다. 색기(色氣)다. 발정 난 암컷처럼 수컷을 유혹하는 기운을 풍기고 있는 것이다. 김태우 앞에서 엉덩이를 내밀고 있는 것이나 같다. 종업원들이 나가고 셋이 되었을 때 신재식이 둘을 번갈아 보면서 말했다.

“옛말에 두 명을 만나면 두 명의 선생님을 만난 것이나 같다는 말이 있어. 너희들도 서로 배울 점이 있을 거다.”

그때 신영미가 엄지로 제 얼굴을 가리키면서 웃었다.

“특히 제가 말이죠?”

“넌 그 밝은 성격이 좋은 점이야. 하지만 밑바닥에서 온갖 난관을 헤치고 올라온 태우한테 배울 점도 있어.”

신재식이 이제는 웃음 띤 얼굴로 김태우를 보았다.

“네가 부담이 되겠지만 부탁한다.”

“아닙니다, 사장님.”

“내가 사장으로 부탁하는 게 아냐.”

“알겠습니다.”

그때 신재식이 자리에서 일어섰다. 신재식은 젓가락도 들지 않았다.

"나, 먼저 갈 테니까 둘이 이야기해라."

당황한 김태우가 일어났지만 신영미는 웃기만 했다. 김태우가 식당 출입구까지 신재식을 배웅하고 돌아왔을 때 신영미가 말했다.

"술 시켰어요. 소주, 괜찮죠?"

"아, 예."

자리에 앉은 김태우가 신영미를 보았다.

"내가 나흘 후에는 나이지리아로 갑니다."

"알아요."

신영미가 지그시 김태우를 보았다.

"바로 어제도 라고스에서 프랑스 사업가 하나가 피살되었더군요."

김태우도 뉴스에서 보았다. 테러범에게 납치되었다가 몸값을 내지 않자 시체로 버려진 것이다. 반군에다 회교도 테러 단체는 모두 들어와 있어서 누구 소행인지도 알 수가 없다. 머리를 끄덕인 김태우가 말을 이었다.

"그러니까 날 가볍게 대할 수가 있는 거죠. 신영미 씨도 말입니다."

"무슨 말이죠?"

그때 종업원이 쟁반에 소주 2병을 들고 다가왔다. 종업원이 방을 나 갔을 때 김태우가 잔에 소주를 따르면서 말했다.

"다시 만날 가능성이 희박한 상대니까 말이죠. 부담이 없다는 말입 니다."

"난 그런 생각은 안 했는데."

"난 했어요."

술잔을 든 김태우가 말을 이었다.

“그리고 솔직히 요즘 제대로 정신이 박힌 놈 치고 누가 재벌 딸한테 점수 따려고 아부하는 놈이 있습니까?”

한 모금에 소주를 삼킨 김태우가 웃음 띤 얼굴로 신영미를 보았다.

“그런데 이렇게 미인인 줄은 예상 밖입니다.”

“여자로서는 매력이 느껴져요?”

불쑥 신영미가 물었으므로 김태우가 머리를 끄덕였다.

“들어오는 순간부터.”

“어떤 매력?”

“용모도 그렇지만 성적인 매력.”

“흥.”

콧등에 주름을 잡으면서 신영미가 귀엽게 웃었다.

“섹스어필?”

“그렇지.”

“충동이 느껴졌어요?”

“당연히.”

김태우가 눈을 가늘게 뜨고 신영미를 보았다.

“난 섹스 상대가 많은 편인데도 이런 분위기는 처음이었어.”

“섹스 좋아해요?”

“에너지를 분출하기에는 그만이지.”

어느덧 김태우가 반말을 썼지만 신영미는 잠자코 듣는다.

“에너지를 분출해?”

되물은 신영미의 두 눈이 번들거렸다.

“재밌는 표현이네.”

“3분 10회전을 멋지게 치르는 것하고 비슷해.”

“무슨 말인데?”

“격투기.”

“요즘 유행하는?”

“응.”

“그거 잘해?”

“좀 하지.”

“아빠는 이야기 안 하던데.”

“비밀이니까.”

“전적은?”

“전적이랄 건 없지. 하지만 다 이겼어.”

“거짓말.”

신영미가 눈을 흘기더니 한 모금에 소주를 삼켰다. 둘은 밥에는 손도 안 대고 반찬만 안주로 집어먹고 있다. 술잔을 내려놓은 신영미가 정색하고 김태우를 보았다.

“아빠가 나에 대해서 뭐라고 했어?”

“뭐라고 하긴? 둘째 딸이라고만 했지.”

“난 아빠 세컨드가 낳은 딸이야.”

“그게 어때서?”

“울 엄마가 세컨드라고.”

“글쎄, 그게 어떻단 거야?”

다시 한 모금에 소주를 삼킨 김태우가 손목시계를 보면서 말했다.

“내가 9시에 약속이 있어. 그러니까 한 시간 반이 남았는데.”

김태우가 똑바로 신영미를 보았다.

“나하고 섹스하지 않을래? 너하고 하고 싶어.”

“…….”

“널 본 순간부터 목구멍이 근질거렸고 재채기가 나오려고 했어. 참느라고 혼났어.”

그때 신영미가 피식 웃었다.

“발정이 나면 재채기가 나와?”

“여러 가지야. 목구멍이 좁아지는 경우도 있고 숨이 막힐 때도 있어.”

그때 신영미가 머리를 끄덕였다.

“그래, 방 잡아.”

“알았어. 잠깐 기다려.”

자리에서 일어선 김태우가 한식당을 나와 호텔 프런트에 가서 방 키를 받아 들고 왔을 때는 10분도 걸리지 않았다. 술잔을 들고 앉아 있던 신영미가 손을 내밀었다.

“키 줘. 내가 먼저 들어가서 씻고 있을게.”

“왜? 같이 들어가면 안 돼?”

그러면서 키를 건네주자 신영미가 자리에서 일어서면서 쓴웃음을 지었다.

“속도가 빠르네. 내가 왜 이러지?”

김태우는 잠자코 잔에 술을 따라 한 모금에 삼켰다. 이렇게 되리라고는 상상도 하지 못했다. 7시 35분이다. 한 시간쯤 몸을 풀고 나서 씻고 라운지로 올라가 유진화를 만나는 것이다. 소주가 조금 남아 있었으므로 다시 잔을 채운 김태우가 병을 비우고 방 앞에 섰을 때는 10분쯤 후다. 벨을 누르자 곧 안에서 문이 열리더니 신영미가 웃음 띤 얼굴로 맞는다.

“어서 와, 자기야.”

신영미를 본 김태우가 숨을 들이켰다. 어느새 가운 차림이 되어 있었기 때문이다.

"씻으려고 벗었어."

신영미가 욕실로 다가가면서 말했다.

"자기도 씻을래?"

"꼭 씻어야 하나?"

재킷을 벗어 소파에 던지면서 김태우가 말했다.

"이리 와, 씻을 것 없어."

"아유, 급하기는."

욕실 앞에 선 신영미가 눈을 흘겼을 때 다가간 김태우가 허리를 당겨 안았다. 와락 몸이 붙은 신영미가 두 손으로 김태우의 목을 감았다. 김태우의 입술이 다가오자 신영미는 눈을 감았다. 입술이 부딪쳤을 때 신영미의 입술이 열리면서 말랑한 혀가 내밀어졌다. 김태우는 꿈틀거리는 혀를 빨았다. 혀에서 포도 맛이 났다. 하반신이 딱 붙어 있었으므로 김태우의 쇳덩어리 같은 남성이 신영미의 하체를 문지르고 있다. 신영미가 가쁜 숨을 뱉으면서 입을 떼었다. 눈동자의 초점이 흐려져 있다. 신영미를 소파로 밀어 눕힌 김태우가 가운을 젖히고는 숨을 들이켰다. 가운 밑은 알몸이었던 것이다. 신영미의 알몸은 풍만했다. 젖가슴은 밥그릇을 엎어놓은 크기였지만 단단했고 아랫배는 부드러운 곡선을 이루고 있었으며 짙은 숲에 싸인 선홍빛 골짜기가 드러나 있다. 그때 눕혀진 신영미가 손을 뻗어 김태우의 바지 혁대를 풀었다. 서둘러 바지를 푼 신영미가 팬티까지 한꺼번에 끌어내리는 동안 김태우의 손은 골짜기를 어지럽게 훑었다. 이윽고 바지가 벗겨진 김태우가 신영미의 몸 위로 오른다. 방 안에 거친 숨소리가 울리고 있다. 두 쌍의 사지는 쉴 새 없이 꿈틀거리며 엉켰다가 풀렸고 다시 솟는다. 그때 김태우가 남성을 신영미의 골짜기에 붙이고는 잠깐 움직임을 멈췄다. 신영미가 두 손으로 김태우의 허리를 감아 안은 채 헐떡였다.

"빨리."

신영미가 하체를 들썩이며 말했을 때 김태우는 거칠게 진입했다. 그 순간 신영미가 입을 딱 벌리면서 신음했다.

"아이구, 엄마."

김태우는 신영미의 동굴에서 전해진 강한 수축력에 어금니를 물었다. 신영미의 동굴은 젖어 있었지만 탄력이 강했다. 김태우의 남성을 빨아들이는 것처럼 흡인력도 엄청나다. 김태우는 거치게 몸을 움직였다. 지독한 쾌감이 남성을 통해 뇌로 전달되었으므로 김태우는 눈을 부릅떴다. 신영미가 입을 딱 벌린 채 아래쪽에서 비명과 같은 신음을 뱉어내고 있다. 얼굴은 붉게 상기되었고 머리칼은 어지럽게 흩어졌다.

"아이구, 엄마."

신영미의 비명이 더 높아지면서 동굴의 수축력은 더 강해졌다. 이미 동굴에서 쏟아지는 애액이 소파를 적시고 있다. 김태우는 더욱 거칠게 허리를 움직였고 신영미의 비명은 더 높아졌다. 두 다리를 올렸다가 소파 위로 떨어뜨리더니 다시 심태우의 나리를 감았다가 푼다. 그때 김대우의 움직임이 느려지면서 신영미의 두 다리를 어깨 위로 걸쳤다. 그러고는 더 깊고 천천히 진입하기 시작했다.

"아아아."

신영미의 신음에 울음이 섞였다. 그러더니 김태우의 허리를 두 팔로 감아 안고는 외국어로 외치기 시작했다. 스페인어다. 그 순간 김태우의 머릿속에 신재식의 얼굴이 떠올랐다. 신영미가 멕시코 사내하고 1년

동안 동거를 했다는 말이 사실인 것 같다. 숨을 들이켠 김태우의 얼굴에 희미하게 웃음이 떠올랐다. 멕시코 선수하고 링에서 붙은 느낌이 들었다. 김태우의 움직임이 그 자세에서 다시 거칠어졌다.

"으아악."

신영미의 비명이 다시 높아지면서 사지를 비틀기 시작했지만 두 다리가 김태우의 어깨에 얹힌 상태에서 촉감이 더 강해졌다. 비명이 이어졌고 애액은 쉴 새 없이 분출되었다. 신영미는 애액이 많은 편이다. 이제 신영미의 목소리가 쉬는 것 같았으므로 김태우는 거칠게 남성을 뽑아내고는 신영미의 몸을 굴렸다. 그 상황에서도 눈치를 챈 신영미가 몸을 엎드려 엉덩이를 올렸다. 김태우는 신영미의 풍만한 엉덩이를 내려다보았다. 짙은 숲에 싸인 선홍빛 골짜기가 이제는 애액의 흰 거품에 덮여 번들거리고 있다. 그때 신영미가 재촉하듯 치켜든 엉덩이를 흔들었으므로 김태우는 몸을 붙였다. 그러고는 소파에 신영미의 상반신을 낮게 붙인 다음 두 다리를 벌린 자세로 조정했다. 다시 거칠게 몸을 합친 순간, 신영미의 비명이 터졌다.

"아아악."

소파에 볼을 붙인 신영미가 이제는 몸부림을 쳤다. 김태우가 손바닥으로 신영미의 엉덩이를 세차게 내려치면서 다시 동굴을 무너뜨릴 것처럼 공격했다.

"아이구 엄마."

신영미가 절규했다. 그러더니 엉덩이를 흔들면서 이제는 한국어로 소리쳤다.

"너무 좋아! 자기야!"

김태우는 수없이 연타를 얻어맞던 게임을 떠올렸다. 참고, 참고, 또 참으면서 기회를 기다렸다. 그 충격, 정신을 잃을 것 같았던 고통을 참으면서 기다렸다.

"으아악!"

신영미의 비명이 끊임없이 이어지고 있다. 그렇다. 지금도 나는 시합 중이다. 내 상대는 멕시코 놈. 이놈보다는 내가 낫지 않겠는가?

"아아아 자기야!"

이윽고 신영미가 절정에 올라 몸이 굳어지고 있다. 엄청난 절정이다. 끝없이 치솟아 오르다가 맨 꼭대기에서 폭발하는 것 같다. 절규하던 신영미가 늘어졌다.

"나 갈게. 쉬었다가 가."

소파에 누워 있는 신영미에게 말한 김태우가 문의 손잡이를 쥐었다가 돌아섰다. 소파로 다가간 김태우가 신영미를 내려다보았다. 눈을 감은 채 누워 있는 신영미는 아직 알몸이다. 김태우가 가운으로 젖가슴과 아래쪽 숲까지만 대충 가려주었을 뿐이다. 김태우가 손을 뻗어 신영미의 이마에 붙어 있는 머리칼을 옆으로 쓸어주었다.

"나 간다."

그때 신영미가 눈을 떴다. 맑은 눈, 아직 붉은 얼굴, 반쯤 벌어진 입술, 김태우는 아름답다고 생각했다. 안쓰러운 생각도 들었다. 그러나 가야 한다. 옆에 있기는 싫다. 그때 신영미가 말했다.

"가지 마."

"안 돼, 약속이 있어."

"가지 마."

그 순간 김태우는 숨을 들이켰다. 신영미의 눈에 눈물이 고였기 때문이다.

"가지 마."

다시 신영미가 말했을 때 김태우는 한 걸음 물러섰다. 그러고는 몸을 돌리면서 말했다.

"미안. 나 간다."

방문을 열고 복도로 나온 김태우는 심호흡을 했다. 멕시코 선수와의 게임은 티케이오(TKO)쯤으로 이긴 느낌이 드는데 이상한 심판을 만난 기분이다. 엘리베이터를 탄 김태우가 다시 손목시계를 보았다. 9시 3분, 3분 늦었다. 엘리베이터가 호텔 최상층의 라운지에 도착했을 때는 9시 5분. 안으로 들어선 김태우는 곧 창가의 좌석에 혼자 앉아 있는 유진화를 보았다. 김태우가 다가가자 유진화가 수줍게 웃으면서 맞는다.

"식사 끝나셨어요?"

"예, 방금 헤어졌어요."

손목시계를 보는 시늉을 한 김태우가 자리에도 앉지 않고 말했다.

"자, 나갑시다."

"어디로요?"

"인사동. 거기서 술 한잔 해요."

순순히 따라 일어선 유진화와 함께 엘리베이터를 탄 김태우가 조금 긴장했다. 엘리베이터가 7층을 지날 때는 심장 박동이 약간 빨라졌다. 712호실에 신영미가 있는 것이다. 이윽고 호텔 앞에서 택시를 탔을 때 김태우가 손을 뻗어 유진화의 손을 쥐었다. 놀란 듯 유진화가 머리를 돌려 김태우를 보았지만 손을 빼지는 않았다.

"약속이 있다 하고 헤어진 겁니다."

김태우가 유진화의 손을 감싸쥐면서 말했다.

"무슨 약속이 있다고 했어요?"

웃음 띤 얼굴로 유진화가 묻자 김태우도 따라 웃었다.

"애인하고."

"설마."

"오늘 외박해도 되죠?"

"왜 이러세요?"

눈을 흘기는 유진화의 모습이 요염했으므로 김태우는 심호흡을 했다. 유진화는 청초한 모습의 미인이다. 대양그룹의 수만 명 직원 중에서 대양상사 사장실 비서가 되는 것은 미스코리아로 당선되는 것보다 더 어렵다. 미모와 학력, 업무 능력까지 겸비해야 되기 때문이다. 둘은 인사동의 한식당에서 마주앉았는데 이곳 분위기는 밝고 소란했다. 오늘도 중국 관광객들이 절반쯤 찬 이 식당은 김태우가 하수진, 이진, 최근의 서정인까지 데리고 온 곳이다.

"분위기가 좋네요."

주위를 둘러본 유진화가 밝은 표정으로 말했다. 김태우가 요리와 술을 익숙하게 시켰더니 그것에 대해서도 감탄했다.

"자주 와보셨군요?"

"아, 친구들하고."

"부장님, 사장님 따님 만난 이야기 해주세요."

유진화가 눈을 반짝이며 말했을 때 김태우는 흰 연꽃이 떠올랐다. 신영미가 진한 향내를 풍기는 붉은색 장미라면 유진화는 은근한 자태의 연꽃이다.

"유진화 씨, 우리 호칭 뺍시다. 그냥 김태우 씨 하든지 내가 나이가 위일 테니까 오빠라고 해요."

김태우가 말하자 유진화가 흰 이를 드러내고 웃었다.

"제가 세 살 아래니까 오빠라고 부를게요."

김태우의 심장 박동이 또 빨라졌다. 이쯤 되면 절반은 성공이다. 술과 안주가 놓였으므로 김태우가 막걸리를 담은 함지박에 소주를 부어 섞었다. 유진화가 웃기만 했으므로 김태우는 잔에 술을 채우면서 호기롭게 말했다.

"난 내일 죽어도 오늘 외박할 거야."

술잔을 든 유진화가 다시 웃었다. 이를 드러내고 소리 없이 웃는다.

"오빠, 걸귀 알죠?"

"걸귀?"

"응, 거지가 뱃속에 든 귀신."

김태우의 시선을 받은 유진화가 두 팔꿈치를 탁자 위에 고이더니 손으로 턱을 받쳤다. 그 자세로 유진화가 말을 이었다.

"먹어도 먹어도 배가 고픈 귀신인데 전생(前生)에서 너무 욕심을 부렸기 때문에 그런 벌을 받았대요."

"으음, 지금 날 빗대고 있는 거지?"

눈을 가늘게 뜬 김태우가 묻자 유진화는 웃기만 하고 말을 잇는다.

"난 그 걸귀를 다르게 해석해, 오빠."

"……"

"빨리 성공하겠다는 조급함."

"……"

"그리고 욕구 불만의 반작용 현상."

"……"

"또는 열등의식의 반작용."

김태우가 천천히 숨을 뱉었다. 유진화의 맑고 검은 눈동자에 자신의 걸귀 같은 모습이 떠 있었다. 취기에 달아오른 얼굴이 추하게 보였으므로 김태우는 쓴웃음을 지었다.

"난 어느 항목에 해당될 것 같아?"

김태우가 묻자 유진화가 손등에 고인 턱을 들고 말했다.

"해당 사항이 있다면 오빠가 말해 봐."

"다 해당되는 것 같다."

"……"

"그런데 네가 말하는 걸귀는 말이야."

술잔을 든 김태우가 빙그레 웃었다.

"벌을 받은 게 아냐. 축복을 받았어."

벌컥 술을 삼킨 김태우가 잔을 내려놓고 말을 이었다.

"나는 그것을 축복으로 만든 사람이야. 앞으로도 그렇게 살아갈 것이고."

김태우는 이제 유진화의 눈동자에 비친 제 얼굴이 당당하게 보였다. 그렇다. 나는 그렇게 만들었다. 유전자가 되었건 그동안의 성실성 문제이건 왕따, 열등아, 소극적 성격, 낙오자로 낙인 찍혔던 김태우가 지금은 이렇게 변신했다. 명문대 출신의 재원, 득급 신붓감인 유진화가 데이트 신청 한마디에 이렇게 나와 상대해 주는 것도 결국 그 결과물 아니냐. 전생에 걸귀가 됐건 색귀(色鬼)가 됐건 현실이 중요하다. 잘 치다가 난데없이 기습 펀치를 정타로 서너 방 얻어맞은 느낌이 들었지만 김태우는 곧 회복되었다. 시선을 든 김태우가 유진화를 보았다.

"내 길지 않은 직장 생활에서 느낀 점이 있다면 명문 출신들의 도전 정신 결핍과 오만, 그리고 배타성이었지. 그들이 맡겨진 일은 제대로 처리할 수는 있겠지만 위험한 일은 기피했고 저보다 잘난 놈들은 시기하고 끌어내렸다.”

“…….”

“목숨 걸고 나설 이유가 없는 거지. 가만있어도 명문, 일류의 간판, 선배의 보호로 승승장구할 테니까.”

“…….”

“알아? 새 대기업, 새 세상은 걸귀가 이룩해 낼 거다. 나 같은 걸귀가 말이야.”

다시 바가지에 술을 따르면서 김태우가 말을 이었다.

“자, 걸귀론은 그만두고, 색귀론에 대해서 아는 게 없냐?”

손등에서 어느새 턱을 뗀 유진화가 머리를 저었다. 시선도 내려져 있었으므로 김태우가 쓴웃음을 지었다.

“그럼 색귀에 대해서 이야기해 주지.”

“난 오빠가 진정성이 없는 것 같아서 걸귀 이야기를 한 거야.”

유진화가 술잔을 쥐면서 말을 이었다.

“하룻밤에 두 여자를 만난다는 게 어디 정상이야? 내가 장난감 취급을 받는 것 같기도 했고.”

한 모금 폭탄주를 삼킨 유진화가 똑바로 김태우를 보았다.

“하지만 오빠한테 끌렸으니까 이렇게 나왔지. 그리고 오빠 말에도 공감해.”

“네 말도 맞아. 난 진정성이 없어. 그래서 색귀 이야기를 해 주려고 한 거다.”

유진화의 시선을 받은 김태우가 빙그레 웃었다.

“난 섹스 잘해. 여자의 느낌을 잘 알지. 그래서 여자를 만족시킬 자신이 있어."

"……."

"여자가 수없이 절정에 오르는 걸 보면서 난 자신감을 쌓아 가는 거야. 무슨 훈장처럼 말이야. 아무래도 내가 전생에 색에 죄를 짓고 이 세상에 나온 놈 같다."

"……."

"여자가 만족해서 기절하듯이 늘어졌을 때에야 행복해. 물론 내 몸은 지치고 피곤하지만 말이야. 그리고 여자를 그렇게 만들려면 난 참고 참고 또 참아야 해. 그 고통은 말도 못 한다."

"……."

"이것이 또 색귀의 열등의식, 조급함, 욕구 불만의 반작용인 것 같다."

그러고는 김태우가 활짝 웃었다. 진심이다.

한식당에서 나왔을 때는 11시 반, 앞장 선 김태우가 택시 정류장 앞에 섰을 때 유진화가 다가서서 물었다.

"어디 가려고?"

"집."

머리를 돌린 김태우가 유진화를 보았다.

"너한테 색귀 흉내 안 내기로 했어."

"걸귀 이야기 때문에 화났지?"

바짝 다가선 유진화한테서 향내가 맡아졌다. 화장품과 체취가 섞인 짙은 냄새다. 유진화의 시선을 받은 김태우가 머리를 끄덕였다.

"정신이 든 거야. 나는 너같이 괜찮은 여자한테는 화 안 내."

“정신 차리지 말고 우리 호텔 가자, 오빠.”

유진화가 김태우의 팔을 끼며 말했다. 이번에는 입김이 볼에 닿았다. 택시 정류장에는 둘뿐이었는데 빈 택시가 잠깐 멈췄다가 떠나갔다.

“나한테 색귀를 보여 줘, 오빠.”

“얘가 미쳤군.”

“그래, 정신 나갔다, 왜?”

유진화가 팔을 끌어당겼지만 김태우는 움직이지 않았다.

“다음 택시 오면 타.”

“싫어.”

“널 아낄 거야.”

“아끼면 똥 돼.”

“너 같은 여자하고 결혼할 거야.”

그 순간 유진화가 끄는 것을 멈추고 김태우를 보았다.

“오빠, 뭐라고 했어?”

“너 같은 여자하고 결혼하면 내 품질이 향상될 거야.”

“품질?”

“등급.”

“아휴, 못 살아.”

유진화가 이제는 바짝 몸을 붙이더니 김태우를 올려다보았다. 앞쪽으로 차들이 휙휙 지나고 있었고 뒤로는 통행인이 스치고 지났지만 이제 둘은 신경 쓰지 않았다.

“오빠, 나, 이런 일 처음이야, 오해 마.”

“뭐가?”

“호텔 가자고 한 일.”

“여관은 많이 가자고 했냐?”

“장난 말고.”

유진화가 껴안고 있던 팔을 힘껏 꼬집었다. 어금니를 문 김태우에게 유진화가 말을 이었다.

“오빠, 가기 전에 나한테 흔적 남기고 가.”

“흔적?”

“내가 줄게.”

“왜 이래 정말?”

정색한 김태우가 몸을 돌려 유진화를 보았다. 그러자 유진화가 두 팔로 김태우의 허리를 감아 안았으므로 둘의 몸이 딱 붙었다.

“난 너한테 정중해지고 싶었던 거다.”

김태우가 말했더니 유진화가 바로 말을 받는다.

“난 정직해지고 싶은 거야. 가면 싹 벗고 오늘밤 색귀를 만나고 싶어졌어.”

“얘가 진짜 걸귀가 된 것 같군.”

“그래, 이제야 확실하게 이해가 가. 나 오빠 놓치기 싫어.”

“내가 참는 건 도사라고 했지?”

그때 유진화가 하반신을 비벼대면서 웃었나.

“얘는 참지 못하는 것 같네, 뭐.”

어느새 몸이 밀착되는 바람에 김태우의 남성이 단단해져 있었기 때문이다. 유진화가 번들거리는 눈으로 김태우를 보았다.

“오빠, 나 좋아.”

그때 김태우가 유진화의 입술에 키스했다. 유진화가 입을 벌려 김태우의 입술을 받는다. 혀가 밀려나왔으므로 김태우는 젤리 같은 혀를 빨았다. 유진화가 이제는 두 팔로 김태우의 목을 감아 안았다. 유진화의 혀에서 포도 맛이 났다. 숨결에서 달콤한 레몬 냄새가 났다. 뒤를 지나던 남녀가 짧게 웃음소리를 내었다. 그때 김태우가 감았던 유진화의 허리를 풀면서 몸을 떼었다. 그러고는 머리를 돌려 찻길을 보았다. 마침 빈 택시 한 대가 다가오고 있었으므로 한 걸음 나가 손을 들었다. 택시가 멈춰 서자 김태우가 유진화를 보았다.

"타."

유진화가 잠자코 택시에 오르자 김태우는 문의 손잡이를 쥐고 말했다.

"집에 가."

유진화가 시선만 주었으므로 김태우가 말을 이었다.

"네 생각하면서 일할게."

그러고는 택시 문을 닫고 몸을 돌렸다.

그러나 시간이 지나면 잊히게 된다. 더구나 수만 킬로미터 떨어진 세상인 것이다. 인생은 승자의 기록이다. 패자는 매도당하고 사라지게 된다. 유진화를 다시 보려면 승자가 되어 나타나야 할 것이다. 패자가 되었다면 기대하지 말아야 한다. 마침 다가오는 택시를 세워 타면서 김태우는 유진화 같은 여성상이 한때 자신의 이상형이었다는 것을 떠올렸다. 그래서 유진화에게 결혼하겠다는 말을 한 것 같다. 그러나 그것도 시간이 결정해 준다.

출국하는 날 오전 8시, 집에서 인사를 마친 김태우가 외삼촌 유상규의 차를 타고 공항으로 출발했다. 유상규가 공항까지 배웅을 나간 것이다. 유상규가 말했다.

“몸 조심해라.”

집안 식구들은 김태우가 미얀마로 돌아가는 줄 아는 터라 자주 연락하라고만 했지 몸조심하라는 말은 안 했다. 핸들을 쥔 유상규가 앞쪽을 응시한 채 말을 이었다.

“거긴 차라리 갈라서서 전쟁 중인 시리아나 이라크 상황보다 더 험악하다고 소문이 난 곳이야. 그러니까 영웅심으로 나서지 마.”

“압니다, 삼촌.”

마침 출근 시간이어서 혼잡했으므로 차는 서행하고 있다. 그러나 출국 시간은 넉넉해서 유상규는 서두르지 않는다. 유상규가 머리를 돌려 김태우를 보았다.

“네 회사에서 라고스 지사를 어떻게 운영하려고 했는지 알지?”

“알아요.”

“넌 어떻게 들었는데?”

“회사원이 아닌 대행업체에 맡겨 회사 재산을 보호할 계획이었다고 하더군요.”

“대행업체?”

“예, 예산을 1년에 50만 불로 책정했다고 들었습니다. 대행업체에 줄 예산 말입니다.”

“흥.”

쓴웃음을 지은 유상규가 마침 앞이 트였으므로 차에 속력을 내면서 말했다.

“다 똑같다. 사기꾼이나 대기업이나.”

“무슨 말씀이세요?”

“너, 지사장으로 가면서 보수는 얼마나 받지? 수당까지 합쳐서 말이다.”

“1년에 1백만 불 한도에서 사용하고 별도 경비는 추가 지급하기로 했어요.”

“그렇군.”

머리를 끄덕인 유상규가 앞쪽을 응시한 채 말을 이었다.

“네 회사에서는 라고스 지사를 용역업체인 동양산업에 맡겨 관리하되 관리비는 50만 불 주기로 한 것은 같지만 대행업체가 아니라 용역업체야.”

“……”

“연간 사무실 관리비지. 하지만 용역비는 따로 지급하기로 했는데 너한테는 말 안 했군.”

“……”

“동양산업에서 나가는 직원 보수 말이야. 3명을 보내 사무실 관리, 회사 재산 보호 업무를 맡기기로 했는데 1인당 연간 30만 불씩 계산해서 지급하기로 했어. 그럼 90만 불이야.”

“……”

“그리고 그것은 순수 인건비고 활동비가 또 있지. 그것이 1년에 1백만 불이다. 그래서 연간 총 250만 불의 예산을 세우고 있었어.”

“……”

“네가 가게 되었으니 용역 회사 비용이 대폭 절약된 것이지.”

“그건 당연한 일이지요.”

김태우가 웃음 띤 얼굴로 유상규를 보았다.

“회사 직원이 경비를 절감시키는 것 아닙니까? 이상할 것도 없습니다.”

그때 유상규가 힐끗 김태우를 보았다. 정색한 얼굴이다.

"태우야."

"예, 삼촌."

"넌 그런 자세가 훌륭하다. 그래야만 발전이 있지."

"감사합니다."

"그런데 넌 지금 용병으로 라고스에 가는 거다."

머리를 돌린 김태우가 유상규를 보았다. 앞쪽을 응시한 채 유상규가 말을 이었다.

"회사 재산을 보호하려고 반년쯤 전부터 네 회사에서는 라고스에 사원을 파견하려고 했지만 아무도 지원하지 않았어. 1년만 근무하면 1계급 진급을 시켜주고 원하는 보직을 맡긴다는 등 온갖 조건을 걸었지만 지원자가 없었다."

"……."

"그래서 결국 용역업체에 의뢰를 하게 된 건데 네가 나선 거야."

"……."

"넌 용병이다."

"그럼 어때요? 아무렇게나 불려도 상관없어요, 삼촌."

"회사에서 너를 10억짜리 생명보험에 늘었더구나."

"아, 예. 제가 사인했어요."

"넌 10억짜리 용병이야."

차가 인천공항으로 뚫린 고속도로에 접어들었으므로 유상규는 속력을 내었다.

"네 부모님이 이걸 알면 나를 두 번 다시 보지 않으려고 할지도 모르겠다."

유상규가 혼잣소리처럼 말하더니 길게 숨을 뱉었다.

"무슨 일 있으면 나한테 연락해."

"예, 삼촌."

"박철한테 네 이야기를 했더니 따라가고 싶어 하더라."

유상규가 쓴웃음을 띤 얼굴로 힐끗 김태우를 보았다.

"그놈은 진짜 용병감이지. 네 부하로 딱 어울려."

차는 이미 거침없이 달려가고 있다.

6장 라고스

무르텔라 무하마드 공항, 라고스의 공항이다. 파리를 거쳐 무하마드 공항에 도착한 것은 오후 2시 반, 일부러 낮 시간에 도착하도록 파리를 거쳐 왔기 때문에 인천공항을 출발한 지 25시간 만이었다. 무하마드 국제공항은 악명이 높기로 유명했지만 2014년 이후로 많이 개선되었다는 소문이 났다. 그러나 금방 깨끗해질 수는 없는 노릇이다. 김태우가 한 달 동안 현지 상황을 익힌 이유가 바로 이것이다. 위험 지역으로 분류된 국가여서 국정원의 교육도 일주일이나 받았다. 공항 입국 심사대 앞으로 다가갔더니 군복을 입은 거구의 흑인이 다가왔다. 어깨의 견장에 노란 색 별이 세 개나 붙어 있다.

"미스터 김?"

두터운 입술을 벌리며 묻는다. 눈의 흰자위가 붉다. 김 씨가 한둘인가? 하지만 이번 에어 프랑스에는 동양인이 김태우 하나뿐이었다. 백인 열댓 명에 나머지는 모두 거구의 흑인 남녀였던 것이다. 그때 흑인이 다시 물었다.

“김태우?”

“그래, 나야.”

김태우가 그때서야 끄덕였더니 사내가 대뜸 김태우의 서류가방을 빼앗아 쥐었다. 미처 손쓸 사이도 없이 가져간 것이다. 기습 펀치도 이런 기습 펀치가 없다. 거구에 배까지 나온 괴물의 몸놀림이 이렇게 빠르다니. 그때 사내가 이를 드러내고 웃었다.

“난 빅토리아가 보낸 조지야.”

김태우가 숨을 들이켰다. 빅토리아는 현지인 여직원이다. 미얀마의 사모라나 베트남의 반디 같은 여직원이면 좋으련만 이쪽은 아니다. 컴퓨터에 입력된 신상 카드를 보았더니 38세에 아이가 셋이나 있는 데다 역시 거구의 이혼녀다.

“날 따라와.”

조지가 어깨를 흔들며 앞장을 서서 입국 심사대 맨 오른쪽으로 다가갔다. 그곳은 비상출입구가 있는 곳이다. 함께 비행기를 타고 온 모든 사람들의 시선이 쏠렸으므로 김태우는 굳어졌다. 모두 2개의 심사대에 개미떼처럼 줄을 선 상황이었기 때문이다. 1등석도 필요 없다. 여기선 다 똑같다. 그런데 김태우만 특별하다. 주위에 제복을 입은 군인들이 10여 명이나 서 있었지만 아무도 조지를 제지하지 않는다. 그러고 보니 모두 어깨에 별이 하나거나 작대기가 두어 개짜리다. 김태우는 조지가 ‘중장’이 아닌가 생각했다. 그때 조지가 김태우에게 손을 내밀었다.

“여권.”

김태우가 황급히 여권을 내밀자 조지가 받더니 옆쪽 심사대의 군인을 불렀다.

“얀마, 일루 와.”

“옛!”

여권을 심사하던 사내가 깜짝 놀라더니 서둘러 다가와 김태우의 여권을 가져갔다. 그러더니 냅다 스탬프를 찍는다.

“꽝! 꽝!”

그리고 사인하는 데 3초도 안 걸렸다. 사내한테서 여권을 받은 조지가 앞장서서 비상구를 통과했고 김태우는 뒤를 따른다. 조지가 수하물 찾는 데로 다가가면서 말했다.

“보통 입국 심사하고 수하물 찾아서 다시 수하물 검사하는 데 세 시간은 걸리지.”

김태우가 존경심이 가득한 시선으로 조지의 등짝을 보았다. 조지가 말을 이었다.

“난 정보부 대위야. 정보부란 한국의 국정원 같은 조직이지.”

수하물 게이트 앞에 선 조지가 지나가는 군인을 불러 짐 싣는 수레를 가져오라고 시키더니 말을 이었다.

“빅토리아가 이번 일을 부탁하면서 5백 불을 낸다고 했어. 김, 되겠지?”

“빅토리아가 약속했다면.”

조금 비싼 느낌이 들었지만 김태우가 시원시원하게 대답했다.

“나도 약속 지켜야지.”

“용기 있는 젊은이군.”

조지가 누런 이를 드러내며 웃었을 때 짐이 나오기 시작했다. 입국 심사가 까다로워서 짐 찾는 곳에는 아무도 와 있지 않다. 김태우는 비즈니스 좌석을 타고 왔으므로 짐도 곧 나왔다. 대형 가방이 3개나 된다. 김태우가 가리킨 가방을 가볍게 수레에 실은 조지가 또 지나는 군인을 부르더니 끌고 따라오라고 지시했다. 다시 앞장 선 조지가 수하물 검색대 앞에 늘어선 승객들을 젖히고 옆쪽 비상구로 다가갔다. 수하물을 검색하던 군인들이 조지를 보더니 서둘러 비켜섰고 비상구 앞에 선 군인은 경례까지 올려붙이면서 그들을 통과시켰다. 김태우는 이만하면 5백 불 이상의 가치가 있다는 생각이 들었다. 이렇게 라고스 공항을 통과했다.

“빅토리아?”

김태우가 묻자 곧 송화구에서 밝은 목소리가 울렸다.

“김, 도착했어요?”

“아, 지금 조지하고 같이 회사로 가는 중이오.”

핸드폰을 귀에 붙인 김태우가 말을 이었다.

“조지 덕분에 공항에서 빨리 나올 수 있었어요.”

“잘되었네요. 그런데 그 떠벌이가 무슨 말 하지 않던가요?”

“아니, 별로⋯⋯.”

김태우가 옆에 앉은 조지를 의식하고 핸드폰을 귀에 딱 붙였다. 조지의 군용 지프는 천장에 경광등을 번쩍이며 교통 신호를 무시하고 달리는 중이다. 운전사는 조지만큼 거구였는데 인상은 더 험악했다. 앞을 막는 차에 대고 쉴 새 없이 경적을 울려대고 있다. 그때 빅토리아가 말을 이었다.

“그놈은 내 동갑내기 사촌으로 믿을 만은 해요. 이번 일에 3백 불 주기로 했는데 괜찮겠죠?”

순간 숨을 들이켠 김태우의 얼굴에 쓴웃음이 떠올랐다. 이미 괜찮지 않게 된 것이다. 그러나 그건 별 문제가 아니다.

“아, 잘했어요.”

“라고스에 오신 것을 환영합니다, 김.”

통화를 마친 김태우가 핸드폰을 귀에서 떼었을 때 조지가 말했다.

“라고스 인구가 2천2백만이야. 여긴 밤이 되면 무법천지라고.”

과연 낮인 지금도 그렇다. 교통 신호등도 거의 없을 뿐만 아니라 차도와 인도의 구분도 없다. 엄청난 인파다. 조지가 말을 이었다.

“아프리카 최대 도시지. 겉은 이렇게 볼품없지만 엄청난 자금이 흐르고 있단 말이야.”

나이지리아는 인구 1억 8천만, 아프리카 최대 인구 국이며 세계 7위다. 또한 세계 10위의 원유 매장국으로서 외화 수입의 80%를 원유 수출에 의존한다. 라고스의 인구가 폭발적으로 증가하자 나이지리아 정부는 1991년 수도를 국토의 중심부인 아부자로 옮겼지만 라고스는 여전히 상업, 공업, 무역의 중심이며 인구는 계속해서 늘어나고 있다. 사이렌까지 울리던 지프가 결국 멈춰 섰는데 앞에 차들이 꽉 찼기 때문이다.

“빌어먹을 기독교 놈들.”

앞을 노려본 조지가 잇새로 말하더니 운전병에게 현지어로 짧게 지시했다. 그러자 운전사가 앞쪽 승용차를 밀었다. 멈춰 있던 승용차가 3미터쯤이나 앞쪽으로 밀려갔을 때 오른쪽 골목이 나왔다. 지프는 곧장 오른쪽 골목으로 들어가 속력을 냈다. 골목 안의 사람들이 질색을 하고 벽에 딱 붙었지만 밖으로 내놓은 의자나 빨랫감, 나중에는 닭장까지 부서뜨리며 달려갔다. 골목은 곧 난리가 났지만 운전병은 오히려 속력을 더 냈다. 큰 길로 빠져 나왔을 때 조지가 웃음 띤 얼굴로 말했다.

“웰컴 투 라고스.”

그때 지프 위에 걸려 있던 여자의 붉은색 팬티 하나가 앞쪽 유리창에 걸렸다가 떨어졌다. 크고 다 해진 팬티였다. 사무실에 도착했을 때는 오후 5시 반이 되어갈 무렵이다. 라고스 최대 상업 지구며 가장 번화한 거리인 빅토리아 아일랜드의 이코이 지역에 위치한 대양상사 현지 법인은 15층 빌딩의 10층을 사용하고 있다. 김태우와 조지가 엘리베이터에서 내렸을 때 앞에서 기다리던 거구의 흑인 여자가 맞았다. 빅토리아다.

"오, 미스터 김."

빅토리아가 활짝 웃으면서 두 손을 벌리더니 김태우를 안았다. 김태우도 엉겁결에 빅토리아의 허리를 잠깐 안았지만 부드러운 드럼통을 안는 것 같다. 가슴에 안겼을 때 푹신한 느낌이 들면서 진한 향내가 맡아졌다. 나쁜 기분이 아니다. 포옹에서 풀려 나왔을 때 빅토리아가 김태우를 보았다.

"김, 키가 크군요."

빅토리아도 단화를 신었는데 키가 175쯤은 되었다. 그리고 드문 현상이지만 사진보다 미인이다. 입술이 조금 두텁긴 해도 콧날이 곧았고 갸름한 얼굴이다.

"자, 빅토리아, 난 부대에 들어가 봐야 돼. 늦었어."

조지가 문 앞에 선 채 빅토리아에게 말했다.

"계산은 빨리 하자고."

그때 김태우가 지갑에서 1백 불짜리 지폐를 꺼내더니 빅토리아에게 등을 보이고 섰다. 그러고는 5장을 세어 조지에게 건네주면서 말했다.

"자, 3백 불. 수고했어, 대위."

오후 8시 반, 불을 켠 사무실의 창밖으로 빅토리아 아일랜드의 거리가 보인다. 불을 밝힌 거리와 빌딩은 대도시의 야경과 같다. 거리를 가득 메운 차량의 대열이 끝없이 이어지고 있다. 대양상사 라고스 현지법인에는 원래 6명의 주재원과 17명의 현지인 직원이 근무했지만 지금은 이렇게 둘이 앉아 있다. 김태우와 빅토리아다. 빅토리아가 거리에서 사온 햄버거로 저녁을 먹은 둘이 창가의 의자에 마주보고 앉아 있다.

“김, 회사 부동산은 그대로 있어요. 그건 정권이 바뀌어도 움직일 수 없는 것이니까.”

빅토리아가 똑바로 김태우를 보았다. 대양상사는 오랫동안 나이지리아 부동산에 투자를 해왔다. 지금 그들이 앉아 있는 15층 빌딩도 대양상사 소유이고 빅토리아 아일랜드의 요지에 부동산 3곳, 북부의 조스주에 2백만 평 가까운 임야를 소유하고 있는 것이다. 빅토리아가 그늘진 얼굴로 김태우를 보았다.

“하지만 항구 야적장에 쌓아 놓은 컨테이너 관리는 로열더치셸이 맡고 있어서 안전하지만 메인랜드 쪽 창고는 2년째 관리가 안 되고 있어요.”

그것도 본사에서 듣고 온 김태우다. 주재원이 급하게 철수하면서 건설 기계와 중장비, 자동차 등 값나가는 건설용 자재는 항구의 로열더치셸이 관리하는 거대한 컨테이너 창고에 보관시켰다. 그러나 절반 정도의 자재와 비품은 빅토리아 아일랜드 건너편의 메인랜드 창고에 넣어둔 것이다. 메인랜드는 도처가 우범 지역이다. 조지 말마따나 무법천지인 곳이다. 대낮에 골목으로 잘못 들어갔다가 몸뚱이가 잘려서 고기로 팔린다고도 했다. 머리를 끄덕인 김태우가 입을 열었다.

“천천히 정리합시다. 내가 금방 떠날 것도 아니니까.”

"그렇군요."

빅토리아의 얼굴에 웃음이 떠올랐다.

"서두른다고 금방 처리될 일이 아니죠."

"먼저 현지 직원을 채용해야 되겠는데. 빅토리아, 내일 만날 수 있지요?"

"내일 오전 9시에 회사로 나오기로 했습니다, 김."

이미 본사에서 인터넷으로 30여 명의 지원자 중 3명을 선발해 놓은 것이다. 빅토리아는 총무부를 맡고 내일 회사에 나올 셋은 영업과 경호직이다. 빅토리아가 말을 이었다.

"여긴 지독한 취업난이라 우수한 인재가 널렸어요. 시간만 있다면 더 좋은 인재를 채용할 수도 있을 겁니다."

"서류상으로만은 알 수 없어요, 빅토리아."

김태우가 웃음 띤 얼굴로 빅토리아를 보았다.

"내가 서류상으로 불합격자요, 빅토리아. 그렇지만 현장에서 인정받아 승진이 빨라졌소."

"김의 경력을 사내 공지에서 보았습니다."

김태우가 머리를 끄덕였다. 빅토리아는 대양상사 라고스 법인에 근무한 지 5년째로 현지 과장급 대우를 받는다. 전(前) 법인장은 빅토리아를 책임감이 강하고 드물게 부지런한 성격이라고 평가했다. 그래서 현지인 중 유일하게 과장으로 승진했고 법인이 잠정 폐쇄된 상황에서도 빅토리아에게 매달 5백 불씩 월급과 관리비가 송금되었던 것이다. 그때 손목시계를 본 빅토리아가 자리에서 일어서며 말했다.

"김, 당신 책상 서랍 안에 미군용(美軍用) 베레타 권총과 실탄 한 박스를 넣어 놓았습니다. 그것도 조지가 구해줬어요."

172

김태우의 시선을 받은 빅토리아가 쓴웃음을 지었다.

"그놈은 실탄 값까지 7백 불을 받아갔지만 아마 부대에 있는 권총을 그냥 가져왔을 겁니다."

구입 내역까지 다 알고 온 터라 김태우가 웃기만 했을 때 빅토리아가 문득 생각났다는 표정을 지었다.

"김, 아까 돌아서서 조지한테 얼마 주었지요?"

"그건 말할 수 없는데."

빅토리아의 시선을 받은 김태우가 쓴웃음을 지었다.

"남자끼리의 비밀로 놔두시죠, 빅토리아."

"그놈은 나쁜 놈은 아니지만 사기꾼 기질이 많아요."

정색한 빅토리아가 발을 떼면서 말을 이었다.

"그놈한테 돈을 헤프게 주면 안 됩니다, 김."

"기억해 두지요."

그때 사무실을 둘러보던 빅토리아가 혼잣소리처럼 말했다.

"김, 당신한테 여자가 필요해요."

다음 날 오후 3시가 되었을 때 김태우는 직원 셋을 선발했다. 오전 9시부터 29명을 면접한 결과다. 30명에게 통보했더니 1명만 연락이 안 되었고 29명이 면접에 참석했던 것이다. 선발된 3명은 미카사, 줌보, 아이렌으로 내일부터 출근할 예정이었다. 빅토리아는 행정청에 가서 대양상사의 라고스 법인 영업 재개를 신고했고 은행 거래를 부활시켰다. 직원 선발을 마친 김태우는 오후에 빅토리아와 함께 경찰서에 들어가 외국인 거주 확인증을 받았고 그 길로 한국대사관에 들러 신고를 했다.

"혼자 오셨지요?"

40대쯤의 담당영사가 회의실로 김태우를 데려가더니 정색하고 물었다.

"예, 어제 왔습니다."

"본부에서 연락은 받았습니다."

최영수라는 이름의 영사가 지그시 김태우를 보았다.

"이곳이 어떤 상황인지 국정원에서도 교육 받으셨지요?"

"예, 받았습니다."

"보코하람에 대해서도 들으셨지요?"

"예."

보코하람은 언론에서 자주 보도되는 터라 모르는 사람이 드물다. 나이지리아의 테러 단체로 2001년에 결성된 IS(이슬람국가)의 방계 조직이다. 2014년에는 나이지리아 북부에서 여학생 200명을 납치하는 바람에 세계가 떠들썩했지 않은가? 지금도 그 여학생들은 돌아오지 못하고 일부는 테러단 여전사가 되었고 일부는 임신하고 아이를 낳았다는 소문만 들린다. 보코하람의 보코는 하우사어(語)로 서양식의 비(非) 이슬람 교육을 말하며 하람은 아랍어로 죄, 금기란 뜻이다. 즉 '서양 교육은 죄악'이라는 뜻이다. 2014년 유엔 안보위는 보코하람을 알카에다와 연결된 테러 단체로 규정하였으며 보코하람은 IS에 공식적으로 충성을 맹세했다. 김태우는 이제 보코하람의 심장으로 들어온 것이다. 최영수가 말을 이었다.

"보코하람의 정보망은 국가 기관 대부분에 퍼져 있습니다. 그들은 지금쯤 김 사장이 라고스에 오신 것을 알고 있을 겁니다."

"……."

"숙소가 어디시죠?"

174

“빅토리아 아일랜드에 있는 회사 건물을 숙소로 사용하고 있는데요.”

“경호원은?”

“건물에 경비원이 있습니다.”

“개인 경호원은?”

“오늘 채용했습니다.”

머리를 끄덕인 최영수가 길게 숨을 뱉었다.

“이곳에도 우리 교민이 1백 명쯤 있습니다. 솔직히 모두 목숨을 걸고 사는 분들이지요.”

최영수의 얼굴에 웃음이 떠올랐다.

“우리도 외출을 꺼리는데 그분들은 오죽하겠습니까? 모두 애국자고 전사죠.”

최영수가 김태우에게 전화번호가 적힌 종이를 내밀었다.

“교민 회장과 연락이 가능한 교민 전번을 적어 놓았습니다. 저도 이분들한테 김 사장 오셨다는 것을 알려드리지요.”

미리 전번을 알려 주는 것을 보면 분위기가 나쁘다는 표시일 것이다. 최영수와 헤어진 김태우가 대기실로 나왔을 때 기다리고 있던 빅토리아가 거구를 일으켰다.

“김, 차가 밀려서 걸어가는 것이 빠르겠어요.”

오후 5시 반이 되어 가고 있다. 이곳은 지하철도 없는 터라 퇴근 시간만 되면 거리는 주차장이 된다는 것이다. 대사관에서 사무실까지는 5블록쯤의 거리였으므로 김태우는 빅토리아와 걷기로 했다. 빅토리아는 거구였지만 발걸음이 가볍고 빠르다. 기운차게 걷던 빅토리아가 머리를 돌려 김태우를 보았다.

“김, 보코하람 이야기 들으셨죠?”

"들었어요."

"대사관에서 뭐라고 하던가요?"

"조심하라고."

"지난주에 프랑스 사업가 하나하고 일본인 하나가 납치당했어요."

어깨를 흔들며 걷던 빅토리아가 김태우의 팔을 자기 쪽으로 당겼다. 길에 행인이 많아서 어깨가 부딪칠 정도였다.

"김, 저기 빨간 셔츠를 입은 놈이 소매치기니까 내 옆에 붙으세요."

빅토리아가 웃음 띤 얼굴로 말했다.

"가방은 내 쪽으로 옮겨 쥐시고, 저놈이 눈치를 챘지만 할 수 없지, 하하하."

소리 내어 웃은 빅토리아가 다가온 사내를 향해 손을 들어 보였다. 붉은 셔츠의 흑인이 빅토리아를 흘겨보며 지나갔지만 입을 열지는 않았다.

다음 날 오전, 김태우가 미카사, 줌보와 함께 메인랜드에 위치한 창고에 들렀다. 오전 11시 반, 빅토리아 아일랜드에서 메인브릿지를 건너 이곳까지 오는 데 2시간 가깝게 걸렸지만 빨리 온 셈이라고 했다. 창고는 중산층 주택가 근처에 위치하고 있었지만 주변 분위기가 황량했다. 컨테이너가 수백 개 쌓인 창고 주변의 담장도 허술한 데다 주변에 수십 명씩 흑인들이 모여 있는 것도 분위기가 어수선했다. 택시를 타고 간 터라 창고 정문에서 내린 그들은 경비실에서 확인을 받은 후에 사무실로 들어섰다.

"대양상사라고 했소?"

사무실에 앉아 있던 흑인 두 명 중 하나가 묻더니 김태우의 위아래를 훑어보았다. 배가 만삭의 임산부처럼 나온 사내다. 김태우가 잠자코 화물 보관 서류를 내밀자 사내가 받아 보더니 누런 이를 드러내고 웃었다.

"컨테이너 27개를 확인하시겠다고?"

미리 연락했는데도 사내가 서류를 흔들면서 물었다.

"그렇소."

그러자 사내가 눈을 가늘게 뜨고 김태우를 보았다. 어느덧 정색한 표정이다.

"여긴 허술하게 보이지만 지금까지 고객들의 화물을 분실하거나 훼손한 적이 없소."

"그렇다면 고맙지요."

사내가 벽에 걸린 열쇠 뭉치를 빼더니 남은 사내에게 소리쳐 원어로 지시하고는 앞장서서 사무실을 나왔다. 뒤를 김태우와 미카사, 줌보가 따른다. 창고는 컨테이너 야적장이나 같다. 미로와 같은 길을 돌고 돌면서 앞장선 사내가 소리치듯 말했다.

"당신들이 1년 반 전에 철수하면서 맡긴 화물은 컨테이너 16개요, 미스터."

무슨 소린지 이해가 안 간 김태우가 사내의 등판만 보았다. 사내가 들고 있던 파일을 흔들면서 말을 이었다.

"27개 중 나머지 11개는 빈 컨테이너지. 빈 컨테이너 번호도 여기 적혀 있어."

"무슨 말이오?"

그때 미로를 빠져 나온 사내가 조금 넓은 공터 앞쪽의 컨테이너 더미를 손으로 가리켰다.

"여기 당신들의 컨테이너가 있어."

"11개가 비었다는 해명을 들읍시다."

"여기 있어."

사내가 파일을 펼치더니 김태우에게 내밀었다. 창고에서 보관하고 있는 원본 서류다. 손가락으로 서류의 한쪽을 가리킨 사내가 말을 이었다.

"계약할 때 우리가 구분하기 쉽게 만들었지. 1번에서 16번까지는 내용물이 가득 차 있고 양쪽이 사인을 했지만 여기 17번부터 27번까지를 보라고."

그 순간 김태우가 숨을 들이켰다. 17번부터 27번 컨테이너의 화물 내용란에 'EMPTY'라고 적혀 있는 것이다. 그러나 김태우가 갖고 있는 서류에는 17번부터 27번까지 회사 컴퓨터, 복사기, TV는 물론 온갖 전자제품이 들어 있는 것으로 기록되어 있다. 사내는 이미 김태우의 서류를 보았으므로 쓴웃음을 짓기만 했다. 숨을 들이켠 김태우가 물었다.

"어떻게 된 거요?"

"당신도 예상하고 있겠지. 말해 봐."

"그럼 내가 갖고 있는 이 서류는 가짜란 말인가?"

"내가 갖고 있는 원본이 진짜야, 미스터."

"그럼 이 서류를 만든 놈이……."

"그때 법인장 미스터 최가 왔었어. 미스터 리라는 놈이 따라왔었고."

사내가 다시 이를 드러내고 웃었다.

"법인이 철수하고 누군가 다시 돌아오리라고는 생각하지 않은 것 같아."

"……."

“하긴 그때 정권이 바뀌면서 사방에서 전쟁이 일어났으니까, 길에 시체가 뒹굴고 탱크가 빌딩을 포격하는 전쟁터였지.”

“…….”

“그때 그놈들이 컨테이너 11개 분량의 전자제품을 몽땅 팔아먹고 서류에는 보관시킨 것으로 만든 거야.”

“…….”

“나도 알았지만 놔두었지. 매달 컨테이너 27개분의 보관료를 꼬박꼬박 받아 왔으니까 손해 볼 일이 없지 않겠어?”

그러고는 사내가 손을 뻗어 앞쪽 컨테이너 더미를 가리켰다.

“자, 1번에서 16번까지를 체크해. 안의 화물은 종이 한 장 없어지지 않았을 테니까. 이곳은 전쟁, 테러로 엉망인 나라지만 우리 같은 직업인도 있다네.”

김태우가 다시 심호흡을 했다. 좌우에 선 미카사와 줌보의 눈이 번들거리고 있다. 자부심이 번져 간 것 같다.

“최길성이는 6개월 전에 미국으로 이민 갔네.”

오후 4시 반, 한국 시간은 8시간 시차가 있으니 오전 8시 반일 것이다. 그룹 기조실장 조세진의 목소리는 자제하고 있었지만 말끝이 떨렸다.

“그리고 총무과장 이명준이는 두 달쯤 전에 가족과 함께 중국으로 갔어. 이놈들이 회사에서 라고스 법인을 재가동시키려고 하는 것을 듣고 떠난 거야.”

조금 전 김태우는 창고에서 들은 상황을 조세진에게 보고한 것이다. 사무실 안이다. 핸드폰을 귀에 붙인 김태우가 쓴웃음을 지었다. 문득 시체에 달려 들어 뜯어먹는 하이에나가 떠올랐기 때문이다. 하이에나 중에서도 더럽고 비열한 하이에나 두 마리, 최길성과 이명준이다. 놈들은 8개월쯤 전부터 나이지리아 상황이 조금 나아지면서 회사가 법인을 재가동할 준비를 하자 먼저 법인장 최길성이 가족과 함께 미국으로 도망쳤다. 그리고 총무과장 이명준도 중국으로 도망간 것이다. 조세진이 말을 이었다.

"빅토리아는 모르고 있었던 일인가?"

"예, 창고 관리자도 빅토리아가 전화 확인을 했을 때 사실을 알려 줄 필요가 없었다고 했습니다."

"그렇군."

"우리가 빅토리아에게 창고에 보관한 물품을 관리할 책임을 주지 않았으니까요."

"맞아, 우리가 빅토리아도 믿을 수 없었기 때문이지."

수화구에서 조세진의 한숨 소리가 났다.

"김 부장, 놈들이 팔아먹은 전자제품, 비품 가격이 1천만 불 가량이 돼."

"……."

"그래서 경찰에 신고할 예정이야. 미국과 중국 당국에도 연락할 것이고, 자금을 회수한다는 것보다 회사를 배신한 벌을 받도록 할 거야."

"알겠습니다."

김태우가 소리 죽여 숨을 뱉었다. 회사는 외형이 그럴듯해도 내부가 썩으면 순식간에 허물어진다. 그 내부는 사원 개개인의 정신 자세가 모여서 이루어지는 것이다. 그 정신 자세는 어떻게 만들어지는가. 그것이 경영진의 몫이다. 통화를 끝낸 김태우가 사무실로 미카사와 줌보를 불렀다. 미카사와 줌보는 둘 다 대학을 나온 엘리트로 각각 27세, 26세, 장신의 흑인이다. 그러나 미카사는 남부 출신의 기독교도인 이그보족, 줌보는 북부의 이슬람교도인 하우사족이다. 둘이 앞쪽 소파에 앉았을 때 김태우가 물었다.

“오늘 메인랜드 창고 조사는 됐고 곧 조스 지역 광산을 확인하러 가야겠다.”

그 순간 놀란 둘이 서로의 얼굴을 보았다. 조스 지역은 나이지리아 최대의 내란 지역인 것이다. 그곳에서 일어난 종교 분쟁, 대학살이 세계 언론에 보도되고 있다. 미카사가 김태우에게 물었다.

“언제 가시려고 합니까?”

“준비가 되면.”

자르듯 말한 김태우가 둘을 번갈아 보았다.

“법인 업무가 다시 시작되었는데 회사 소유의 광산을 확인해 봐야 되지 않겠어? 당연한 일을 하는 거야.”

그것도 맞는 말이지만 법인이 철수한 이후로 광산 사무실과는 전화 연락도 안 되는 상황인 것이다. 내란 전(前)만 해도 조스(Jos) 북부의 대양 나이지리아 법인 소유의 광산에서는 사무실 직원 25명, 광산 노동자 7백여 명을 고용하여 연산 3천만 불 물량의 납을 채취하고 있었던 것이다. 그때 미카사가 말했다.

“보스, 위험합니다. 거긴 보코하람의 근거지올시다.”

미카사는 기독교도다. 김태우의 시선을 받은 미카사가 말을 이었다.

“그곳에서 학살 사건이 계속해서 일어난 것 아시지요?”

“알고 있어, 미카사.”

“수천 명이 죽었습니다. 그리고 지금도 계속되고 있고요.”

잠깐 방 안에 정적이 덮였다. 중부 플래토 주(州)의 주도(主都) 조스에는 지금도 이슬람과 기독교도들의 충돌이 계속되고 있는 것이다. 보코하람이 가장 세력을 떨치는 지역이기도 했다. 이윽고 김태우가 다시 입을 열었다.

"먼저 광산 상황을 알아봐야겠어. 그러고 나서 계획을 세워야지. 너희들도 오전에 보았겠지만."

김태우의 얼굴에 쓴웃음이 떠올랐다.

"법인이 철수할 때 그놈들이 어떤 장난을 했을지도 모르니까 말이야."

광산을 매각했을 수는 없다. 그러나 법인장 권한으로 광산 기계를 팔아먹었을 수도 있는 것이다. 불법, 불륜의 세상이다.

밤, 주위가 조용해졌다. 이곳 빅토리아 아일랜드 이코이 지역은 라고스의 가장 번화한 상업가인 데다 치안 상태가 좋은 곳이다. 김태우의 숙소는 사무실 위층인 8층으로 50평 규모의 아파트 구조다. 15층 빌딩이 대양상사 법인의 소유여서 1층에서 3층까지는 은행, 나머지는 외국계 회사의 사무실로 임대했는데 이코이 지역의 요지여서 부동산 가격은 계속 오르는 중이다. 그 동안 폐쇄시킨 곳이라 이번에 청소를 했지만 아직도 퀴퀴한 냄새가 맡아졌고 가전제품도 부족했다. 전(前) 법인장 최길성이 황급히 철수하면서 내다 팔았기 때문이다. 밤 11시 반, 이제 시차 적응이 된 김태우가 러닝머신에서 내려와 수건으로 얼굴의 땀을 닦았다. 최길성은 러닝머신은 팔아 치우지 않았던 것이다. 1시간 동안 18킬로를 달린 셈이어서 온몸이 나른했지만 몸의 근육이 풀리는 느낌이 왔다. 그때 문의 벨이 울렸으므로 김태우가 숨을 멈췄다. 이 시간에 벨을 누를 사람은 건물 경비원뿐이다. 경비원은 로얄더치셸의 보안 회사에서 고용한 터라 믿을 만하다. 그래서 법인이 철수했어도 보안 회사에 관리비를 송금하면서 건물을 관리할 수 있었던 것이다. 응접실로 나간 김태우가 CCTV 화면을 보았다. 그러고는 눈을 크게 떴다. 화면에 흑인 여자의 얼굴이 비쳐 있었기 때문이다. 바로 아이렌이다. 이번에 채용한 혼혈녀, 24세, 이 여자가 왜 이 시간에? 그때 다시 아이렌이 벨을 눌렀다. 그러고는 CCTV 화면에 똑바로 제 얼굴을 댄다. 영국인 아버지의 유전자를 받아 곧은 콧날, 얇고 단정한 입술에 흑진주 같은 피부를 가진 미녀다. 그때 김태우가 버튼을 누르고 물었다.

"무슨 일인가?"

"저, 빅토리아가 이걸 갖다 드리라고 했어요."

아이렌이 화면에다 비닐봉지를 들어 보이며 말했다. 꽤 묵직한 봉투다.

"햄과 치즈, 식빵, 우유를 가져왔어요."

김태우는 문 열림 버튼을 눌렀다. 이 시간에 아이렌을 보낸 것이 의심쩍었지만 놔둘 수는 없는 것이다. 현관으로 들어선 아이렌이 굳은 얼굴로 김태우를 보았다.

"늦은 시간이죠?"

"그렇군."

"빅토리아가 10시쯤에야 저한테 이걸 줬거든요. 메인랜드에서 여기까지 오는 데 한 시간 반 걸렸어요."

"내일 가져와도 되는 걸 그랬어."

아이렌과 시선이 마주친 순간 김태우는 온 첫날 밤에 빅토리아가 한 말이 떠올랐다.

“김, 당신한테 여자가 필요해요.”

“나, 운동해서 씻어야겠어.”

시선을 내린 김태우가 몸을 돌리면서 말했다.

“그건 냉장고에 넣어 줘, 아이렌.”

“알겠습니다, 김.”

아이렌은 회사 직원 카드를 발급받았으므로 경비실에서 건물 안으로 들여보냈을 것이다. 이코이 지역이지만 여자가 밤에 혼자 다니는 것은 위험하다고 들었으므로 욕실로 들어서려던 김태우가 머리를 돌려 아이렌을 보았다.

“메인랜드까지 돌아가려면 시간이 늦겠는데?”

“네.”

아이렌이 똑바로 김태우를 보았다.

“12시쯤 빅토리아가 김한테 전화한다고 했습니다.”

“무슨 일로?”

“그건 모릅니다.”

머리를 끄덕인 김태우가 욕실로 들어섰다. 빅토리아가 챙겨 주려는 여자가 바로 아이렌인 것 같다. 직원 셋을 선발했지만 여자는 아이렌 하나뿐인 데다 흠잡을 수 없는 학력과 능력을 갖추고 있어서 아이렌은 거의 자동적으로 채용되었다. 그런데 그렇게 만든 것이 바로 빅토리아다. 빅토리아가 모두 추려 내고 아이렌을 내세운 것이다. 씻고 나왔더니 아이렌은 단정하게 소파에 앉아 있었는데 김태우를 보더니 조각상 같은 얼굴로 물었다.

“불편하세요?”

“무슨 말이야?”

“제가 밤늦게 찾아온 것.”

김태우는 지금까지 아이렌의 웃음 띤 얼굴을 보지 못했다는 것을 깨달았다. 면접했을 때부터 사흘이 지난 오늘까지다. 가운 차림이 된 김태우가 앞쪽 소파에 앉아 똑바로 아이렌을 보았다.

“내가 라고스에 온 첫날 밤에 빅토리아가 그러더군. 나에게 여자가 필요하다고 말이야.”

김태우가 아이렌과 비슷한 표정을 짓고 말을 이었다.

“난 여직원이 필요해. 여자는 필요 없어.”

“나도 직장이 필요해요. 남자는 필요 없어요.”

아이렌이 바로 대답했으므로 김태우가 머리를 끄덕였다.

“생각이 같아서 다행이야, 아이렌.”

“빅토리아한테 이 시간에 김한테 왜 보내느냐고 물어보았습니다.”

“그랬더니?”

“김하고 이야기할 시간을 주려는 것이라고 말하길래 김이 오해하지 않겠느냐고 물었죠.”

“당연하지.”

“내가 몸을 팔아서 회사 다니기는 싫습니다. 능력으로 인정받고 싶어요.”

이제는 김태우가 머리만 끄덕였고 아이렌이 말을 이었다.

“서양인을 상대로 몸을 파는 클럽이 있어요. 차라리 그곳에서 일하는 것이 낫지요. 몸을 팔려면 말이죠.”

“……”

“제가 의붓아버지하고 여러 식구가 좁은 집에 산다고 했더니 빅토리아가 다른 생각을 했던 것 같습니다.”

“…….”

“그렇다고 내가 순결한 여자는 아닙니다. 의붓아버지한테 강간을 당한 적도 있으니까요.”

놀라 시선을 든 김태우를 아이렌이 똑바로 보았다. 눈동자가 흑진주 같다. 흰자위가 너무 맑아서 검은 대리석으로 만든 조각상처럼 보였다. 아이렌이 말을 이었다.

“빅토리아가 나를 추천한 이유는 무엇인지 모르지만 내 입장을 말씀드리게 돼서 다행입니다.”

“오해하지 마, 아이렌.”

김태우도 아이렌과 똑같은 표정으로 말을 이었다.

“난 네가 오는 줄도 몰랐으니까 말이야. 그리고 난 그런 섹스는 클럽에 가서 돈을 주고 하는 것이 편해. 그것은 분명히 알고 있으라고.”

그때 탁자 위에 놓인 핸드폰이 진동했다. 밤 12시가 조금 지난 시간이다. 핸드폰을 든 김태우가 발신자를 보았다. 빅토리아다. 김태우가 핸드폰을 귀에 붙였다.

“빅토리아, 아이렌이 옆에 있어.”

“김, 아이렌하고 이야기나 해 보시라고 보낸 겁니다.”

빅토리아가 웃음 띤 목소리로 말했다.

“갠 집안이 불우해요. 방 2개짜리 집에서 여덟 명이 살고 있다고요.”

“…….”

“그런데도 라고스 대학을 우수한 성적으로 졸업했고 적십자에서 1년을 근무하다가 철수하는 바람에 실업자가 되었죠.”

“…….”

“아이렌을 숙소에서 살게 하는 것이 어때요? 방이 3개나 있으니까 불편하지는 않을 것 같은데.”

그때 김태우가 앞에 앉은 아이렌을 보았다. 핸드폰을 귀에서 조금 뗀 상태여서 빅토리아도 들을 것이다.

“아이렌, 너, 이 집에서 사는 것이 어때?”

아이렌이 다시 조각상 같은 모습으로 시선만 주었고 김태우의 목소리가 분명하게 이어졌다.

“대신 집 안 청소나 관리를 맡아 주면 되겠지. 숙소 관리비는 따로 지급할 테니까 말이야. 회사도 다니고.”

김태우가 바로 말을 이었다.

“난 너를 여자 취급하지 않고 사원으로 대할 테니까, 어때?”

그리고는 김태우가 핸드폰을 귀에 붙이고 물었다.

“빅토리아, 듣고 있어?”

“듣고 있어요.”

빅토리아의 목소리에 웃음이 섞였다.

“그러다가 같은 침대를 쓰는 거죠.”

다시 핸드폰을 귀에서 뗀 김태우가 아이렌을 보았다.

“널 섹스 상대로 취급하지 않는다는 말이야. 여자가 필요하면 밖에서 해결하고 올 테니까 너도 그렇게 하도록.”

그리고는 김태우가 물었다.

“아이렌, 합의하나?”

“그렇게 하겠습니다.”

아이렌의 시선이 처음으로 아래쪽을 향해 내려졌다. 긴 속눈썹이 보이지 않았다가 반쯤 내려진 검은 유리창처럼 그늘을 만들었다. 아이렌이 말을 이었다.

“고맙습니다, 김.”

“오늘은 저 방에서 자고 내일 짐 옮겨 오면 되겠다.”

김태우가 건너편 방을 눈으로 가리켜 보이고는 핸드폰을 귀에 붙였다.

“빅토리아, 네가 증인이야. 보증을 서.”

그러자 웃음소리와 함께 빅토리아가 말했다.

“그 운 좋은 년을 바꿔 주시죠.”

“저, 유동환입니다.”

한국말이 울렸으므로 김태우가 핸드폰을 고쳐 쥐었다. 반갑기 때문이다. 라고스에 온 지 일주일째 되는 날 오전, 사무실에서 거래선 방문 준비를 하던 김태우가 전화를 받은 것이다. 사내가 말을 이었다.

“최 영사한테서 말씀 들었습니다. 대양 법인장으로 오셨다고요?”

“예, 그렇습니다.”

“제가 여기 교민회장입니다. 운송업을 하고 있지요.”

“아, 그러세요. 반갑습니다.”

“아직 젊으시다 들었습니다. 제가 대양에도 친지들이 좀 있어서요.”

“아, 예.”

“대양 유통의 고상식 전무를 아시는지? 제 고등학교 동기동창인데요.”

“아아, 예. 그런데 저는 잘…….”

“아이구, 대양 회사 임직원이 10만 명이 넘으니까요. 중역도 수백 명 아닙니까?”

베트남에서도 미얀마에 있을 때도 그랬다. 대양의 고위층이 동창, 친

인척, 또는 친구라면서 인연을 강조하는 사람들이 많았던 것이다. 사기를 치려는 것도, 그렇다고 거래를 할 것도 아닌데 인연을 내세우는 것이다. 그때 유동환이 말했다.

"다음 주 중 환영회를 할 테니 한번 모이시죠. 이곳에 상사원이 다섯 남았다가 이제 여섯으로 늘어났군요. 교민은 1백 명쯤 되는데 라고스에 60명쯤 있습니다."

"예, 들었습니다."

"다음 주 화요일이 교민회 창설 30주년 기념일입니다. 그때 모두 모이니까 오시지요. 서로 알고는 지내야지 않겠습니까?"

"예, 알겠습니다."

"대사님도 오실 예정이니까 그때 뵙지요."

"감사합니다."

전화기를 귀에서 뗀 김태우가 앞쪽 복사기 옆에 서 있는 빅토리아에게 물었다.

"교민회장 유동환이라고 알아?"

"모르겠는데요."

빅토리아가 머리를 흔들자 젖가슴이 철렁거렸다.

"전(前) 법인장은 한국인과의 관계를 저한테 말해 준 적이 없습니나."

"그렇군."

"총무과장 미스터 리가 다 알아서 챙겼지요."

"앞으로는 빅토리아 당신이 챙겨."

"알겠습니다, 김."

김태우가 핸드폰에 찍힌 유동환의 전화번호를 적어 빅토리아에게 내밀었다.

"이게 유동환이라는 교민회장 전화번호야. 다음 화요일에 교민회 창립기념일이라는데 나를 초대했어."

"알겠습니다. 확인해보지요."

"참석할지는 아직 결정 안 했어."

몸을 돌린 김태우가 기다리고 있는 줌보와 함께 사무실에서 나왔다. 오늘은 항구에 위치한 로얄더치셸의 창고를 가려는 것이다. 회사 현관 앞에는 택시 한 대가 서 있었는데 오늘 하루 렌트한 것이다. 김태우는 도로 사정도 나쁜 데다 차량 관리가 어려워서 아직 차를 운용하지 않았다. 차는 당장이라도 얼마든지 렌터카를 사용할 수 있는 것이다. 택시가 출발했을 때 줌보가 말했다.

"김, 경비원한테서 들었는데 김을 감시하는 사내들이 있다고 합니다."

영어여서 운전사는 알아듣지 못하는 것 같았지만 줌보가 잔뜩 목소리를 낮추고 있다. 뒷좌석으로 머리를 내민 줌보가 말을 이었다.

"경비원 중 저하고 같은 마을 출신인 자가 있습니다. 그자한테서 들었습니다."

"어떻게 감시한다는 거야?"

"8층에 내렸다가 문이 잠긴 것을 보았는지 바로 10층으로 올라가서 한 시간 만에 내려왔는데 10층 영국 회계사 사무실에는 들르지 않았다는 것입니다."

"……."

"다른 놈은 현관 건너편 길가에서 이틀 동안 앉아 있다가 사라졌다고 합니다."

"무슨 짓이야?"

이맛살을 찌푸린 김태우가 묻자 줌보의 두꺼운 입술이 꾹 닫혔다가 열렸다.

"납치죠."

"누가?"

"보코하람인 것 같습니다."

목소리를 더 낮춘 줌보가 말을 이었다.

"요즘은 돈이 조금 있는 놈들, 특히 외국 상사원은 모두 보코하람의 표적이 되어 있다고 해도 빈말이 아닙니다."

"들었어."

"난 대학 졸업하고 3년 만에 제대로 된 직장을 잡았지요. 그동안 정보부의 임시 정보원 노릇을 1년 반 동안 했습니다."

줌보의 붉은빛 바탕의 흰자위가 번들거렸다. 김태우가 머리를 끄덕였다. 줌보는 그 경력을 인정받고 사원으로 채용된 것이다.

로얄더치셸은 세계 제2위 메이저 석유기업이다. 6대 슈퍼메이저 중 하나로 영국과 네덜란드의 합작 회사다. 로얄더치셸은 세계 10위 산유국인 나이지리아의 석유 수출량 절반 이상을 구입해 가는 터라 나이지리아 정부에 막강한 영향력을 행사할 수밖에 없다. 나이지리아는 외화 수입의 80퍼센트를 석유 수출에 의존하기 때문이다. 따라서 정권이 바뀌어도 그 영향력은 줄어들지 않고 오히려 늘어난다. 라고스 항의 로얄더치셸 창고는 그래서 철통같은 보안 체제가 갖춰진 데다 완벽하게 관리되고 있다.

"대양 법인이 돌아왔군."

김태우가 내민 코드 번호를 확인하면서 사무실 담당이 웃음 띤 얼굴로 말했다.

"여기하고 메인랜드 창고에도 물품을 맡긴 것 같던데 거긴 안전합니까?"

"예, 별 문제가 없습니다."

"그렇다면 이곳이 문제가 있을 리 없지요."

자신 있게 말한 사내가 앞쪽 테이블의 직원에게 말했다.

"벅, 네가 안내해 드려."

최길성이 항구의 창고에 맡긴 회사 재산은 모두 38개 컨테이너였으니 보관료만 해도 60만 불이 넘었다. 김태우는 줌보와 함께 사내가 운전하는 지프를 타고 창고 안을 달렸다. 산더미처럼 쌓인 컨테이너가 끝도 없이 늘어선 이곳은 엄청난 규모다. 이윽고 한쪽에 차를 세운 사내가 앞쪽을 가리켰다.

"이곳이오."

앞에 쌓인 컨테이너가 대양상사 라고스 법인의 재산이라는 말이었다. 컨테이너는 봉인된 채 말끔하게 보관되어 있었는데 김태우는 줌보와 함께 오후 5시까지 38개 중 15개를 확인했다.

"줌보, 오늘은 그만 하자."

허리를 편 김태우가 말했다. 빅토리아 아일랜드까지는 차로 2시간은 걸릴 것이었다. 그때 주머니에 넣어 둔 핸드폰이 진동했으므로 김태우가 꺼내 보았다. 모르는 번호다. 잠깐 망설이던 김태우가 통화 버튼을 누르고는 귀에 붙였다.

"예, 김태우입니다."

"김 법인장님, 나, 이준혁입니다."

김태우가 이맛살을 찌푸렸다. 떠오르는 기억이 없었기 때문이다. 그때 사내가 말을 이었다.

"미얀마의 강철진 대좌가 내 이야기 하지 않습디까?"

"아."

깜짝 놀란 김태우가 핸드폰을 고쳐 쥐었다. 조스 지역 북쪽에서 반군의 군사 자문관을 한다는 인물이다. 잊고 있었던 것이다.

"말씀 들었습니다. 반갑습니다."

"나도 진즉 이야기를 듣고 기다리고 있었던 참입니다."

이준혁의 목소리에 웃음기가 감돌았다.

"그런데 강 대좌께 연락해 보았더니 미얀마에서는 떠난 지가 두 달 가깝게 된다고 하더란 말입니다."

"예, 라고스에 온 지 일주일이 됩니다."

"바쁘셨군요."

"예, 어쨌건 먼저 전화해 주셔서 고맙습니다."

"지금 어디 계십니까?"

"라고스 항 창고에 나와 있는데요."

"아, 그래요?"

이준혁의 목소리가 높아졌다.

"난 항구에서 차로 30분쯤 거리인 라고스 항 북쪽의 아라코이호텔에 있습니다. 오늘 만날 수 있습니까?"

핸드폰을 귀에 붙인 김태우가 앞쪽에 서 있는 줌보를 보았다. 택시 운전사가 사무실 앞에서 기다리고 있을 테니 안내해 줄 것이다. 김태우가 마음을 굳혔다.

"좋습니다. 만나지요."

그리고 오후 6시가 되었을 때 김태우는 아라코이호텔의 커피숍에서 이준혁과 마주보고 앉아 있다. 이준혁은 검게 탄 피부에 건장한 체격으로 헐렁한 녹색 셔츠에 검정 바지를 입었고 더러운 운동화를 신었다. 영락없는 노숙자 차림이었는데 머리도 더부룩했고 수염도 깎지 않았다. 이준혁이 입을 열었다.

"난 오신지 모르고 있었는데 정보원의 보고서를 읽은 겁니다."

이준혁이 웃음 띤 얼굴로 김태우를 보았다. 어수선한 차림에 지저분한 모습이었지만 이준혁은 이목구비가 뚜렷한 미남이다. 30대 후반쯤 되었을까? 이준혁이 말을 이었다.

"어디 정보원인 줄 압니까? 보코하람의 정보원이란 말입니다."

이를 드러내고 웃은 이준혁이 말을 이었다.

"내가 요즘은 보코하람 애들한테 폭발물 교육을 시키고 있단 말입니다."

7장 불륜

이준혁의 시선을 받은 김태우가 천천히 머리를 끄덕였다.

"그렇군요. 하긴 대양상사 현지법인이 다시 업무를 시작했다고 신문에도 났으니까요."

"보코하람에서 김 사장님을 납치하려고 했었지요."

종업원이 다가왔지만 이준혁이 거침없이 보코하람이란 단어를 썼다. 물론 한국어여서 흑인 종업원은 표정 없는 얼굴로 주문을 받고 돌아갔다. 이준혁이 말을 이었다.

"난 나중에야 알고 서눌러 라고스 시부장한테 연락했습니다. 그게서 겨우 작전 중지가 되었지요."

"고맙습니다."

"천만의 말씀입니다."

정색한 이준혁이 말을 이었다.

"서로 이용 가치가 있기 때문에 그런 겁니다. 강 대좌로부터 이야기를 듣고 김 사장님과 할 사업계획을 세워놓고 있었거든요."

심장 박동이 빨라진 김태우가 이준혁을 보았다. 사람마다 다 똑같지는 않지만 이준혁과 강철진은 달랐기 때문이다. 강철진은 강한 성품 같지만 상대방을 배려해 주었다. 그런데 이준혁은 일방적이다. 이쪽 입장은 고려하지도 않고 사업계획을 세우다니, 보코하람의 납치 계획을 막았다는 보상인가? 그때 이준혁이 물었다.

"대양법인이 조스 지역에 광산을 갖고 계시지요? 거기 가 보셨습니까?"

"아뇨, 아직……."

"거기가 지금은 전장(戰場)입니다. 전장의 한복판이 되었어요."

종업원이 가져온 커피 잔을 들면서 이준혁이 말을 이었다.

"정부군과 보코하람이 그 광산을 탈취하려고 전투를 벌이고 있습니다."

"……."

"최근에 폐광 상태가 되어 있던 광산에서 금이 발견되었거든요. 근처 마을 주민 몇 명이 우연히 발견해서 소문이 난 겁니다."

"……."

"정부군도 광산을 빼앗기지 않으려고 1개 사단 병력을 동원했어요."

이준혁의 얼굴에 웃음이 떠올랐다.

"김 사장님, 그 광산 가격이 엄청나게 올랐어요. 아마 내 계산이지만 20억에서 30억 불 가치가 있습니다. 대양상사는 그 광산을 8백만 불로 인수했지요?"

그렇다. 5년 전에 이미 폐광되었던 조스 지역 북부의 광산을 8백만 불로 정부로부터 사들였던 것이다. 그리고 그곳에서 철과 동을 캐냈는데 현대식 장비 덕분에 매년 인건비, 원가 제외하고 2백만 불 정도의 순이익을 올렸다. 그런데 그 광산이 20억에서 30억 불이라니, 김태우는 제 돈이 아니지만 숨이 막혔다. 그때 이준혁이 웃음 띤 얼굴로 말을 이었다.

"이건 내가 극비사항을 말씀드리는 겁니다. 그 대양광산이 그만한 가치가 있다는 건 정부 고위층과 로얄더치셸, 보코하람 고위층밖에 모릅니다. 광산에서 금을 캔 근처 주민들은 이미 모두 살해되어 소문을 봉쇄시켰어요."

"……."

"곧 정부에서 김 사장한테 대양광산을 정부에 반납하라는 요구가 올 겁니다. 아마 분쟁지역이고 이미 폐광 상태니까 법인 측에서는 당연히 보상금 몇십만 불을 감지덕지하며 받고 돌려주겠지요."

"……."

"그럼 정부는 그 광산을 로얄더치셸에 팔 겁니다. 아마 20억 불쯤 받을 것 같습니다. 최소한으로 말이죠."

다시 이준혁이 얼굴을 허물어뜨리며 웃었다.

"로얄더치셸은 보코하람도 건드리기가 거북한 존재죠. 나이지리아 정부보다 다섯 배쯤 영향력이 있지요. 영국과 네덜란드, 그리고 미국, 남아프리카의 용병을 고용하고 있는 데다……."

이준혁이 목소리를 낮췄다.

"보코하람하고도 거래를 하고 있으니까."

"무슨 말입니까?"

"김 사장은 장사꾼 아닙니까?"

"그런 셈이지요."

"장사꾼은 돈을 버는 것이 목표 아니오?"

"맞습니다."

"정부가 그 광산을 사도 관리를 못할 겁니다."

"……."

"그러나 그것을 로얄더치셸에 팔면 사정이 달라지지요. 로얄더치셸은 보코하람에 1억 불쯤 떼어주고 마음 놓고 금광을 운영할 겁니다."

"……."

"그럼 20억 불을 투자해서 그 몇 배의 금을 캐내겠지요."

"그렇군."

김태우가 머리를 끄덕였다.

"셋이 다 이득을 보는군요."

"그렇죠."

"우리만 껍질을 벗기고 말입니다."

"그렇습니다."

김태우가 어깨를 부풀렸다가 내렸다. 이것이 게임의 법칙, 승자의 법칙이다. 정부는 로얄더치셸에서 20억 불을 받아 챙길 것이고 로얄더치셸은 20억 불을 투자해서 그 몇 배의 이익을 남긴다. 보코하람도 1억 불을 챙길 테니 횡재를 한 셈이다. 그럼 우리는?

사무실에 돌아왔을 때는 오후 9시 반이다. 혼자 남아 있던 미카사가 김태우를 맞았다.

"넌 돌아갈 집이 없는 거냐?"

불쑥 김태우가 묻자 미카사가 웃지도 않고 대답했다.

"시간이 많이 걸리는 데다 불편해서 이곳 숙직실이 호텔이나 같습니다."

“내가 너희들한테 호텔비를 받아야겠다.”

오늘은 줌보가 숙직이었으므로 김태우가 정색하고 둘을 보았다. 둘이 일제히 긴장했다. 둘의 월급은 2백 불이다. 빅토리아 아일랜드 지역의 물가는 엄청나게 비싸서 그 돈으로는 하루 호텔비도 안 되었지만 다리 건너 메인랜드로 가면 중산층 생활을 할 수 있는 것이다. 이윽고 김태우가 얼굴을 펴고 웃었다.

“농담이다.”

김태우가 바로 위층인 8층 숙소로 들어가자 아이렌이 맞았다. 아이렌은 흰 셔츠에 반바지 차림이었는데 날씬한 몸매가 드러났다.

“이제 오셨어요?”

“응, 넌 식사했지?”

“네, 사장님.”

“앞으로 사장님이라고 부르지 마, 그냥 김이라고 불러.”

“예, 김.”

그때 김태우는 주방 옆 식탁에 놓인 빵과 우유, 그리고 소시지와 과일을 보았다. 방으로 들어가려던 김태우가 주방으로 다가가더니 곧 플라스틱 바구니를 집어 들었다. 그리고 바구니에 빵과 소시지 덩어리, 우유, 과일 등을 가득 담더니 아이렌에게 내밀었다.

“사무실에 미카사와 줌보가 있어. 아직 저녁 먹지 않았을 테니까 지금 연락해서 가져가라고 해.”

“예, 사장님.”

바구니를 받은 아이렌이 곧 정정했다.

“예, 김.”

방으로 들어간 김태우가 씻고 옷을 갈아입고 거실로 나왔을 때 주방에 서 있던 아이렌이 말했다.

"김, 미카사가 바구니를 가져갔습니다."

김태우의 시선을 받은 아이렌이 말을 이었다.

"기뻐했습니다. 그들은 그런 비싼 소시지는 먹어본 적도 없을 테니까요."

"아이렌, 다시 말하지만 내가 먹고 싶을 때 너한테 부탁할게. 식사 준비하지 마."

"예, 김."

"넌, 너 혼자 차려 먹어."

"예, 김."

"그리고 편하게 지내. 이곳을 네 집처럼 여기란 말이야."

소파에 앉은 김태우가 핸드폰을 꺼내 들면서 말을 이었다.

"곧 익숙해지겠지. 아이렌, 커피 한 잔 부탁해."

아이렌이 몸을 돌렸을 때 김태우가 버튼을 눌렀다. 서울은 지금 오전 6시가 조금 넘은 시간이다. 신호음이 세 번 울렸을 때 곧 기조실장 조세진이 전화를 받았다. 부지런한 조세진이었지만 이 시간에 전화하는 회사 사람은 사장 신재식뿐일 것이다.

"응, 김 법인장, 무슨 일이냐?"

조금 놀란 듯한 목소리로 조세진이 묻자 김태우는 이준혁한테서 들은 이야기를 했다. 잠자코 듣기만 하던 조세진이 먼저 길게 숨부터 뱉고 나서 물었다.

"광산 서류는 어디 있지?"

"3층 맨해튼 은행 금고에 보관되어 있습니다."

"그렇군."

“방법을 알려주십시오.”

“알았다. 지금 즉시 회의를 소집할 테니까.”

조세진의 목소리에 활기가 띠었다.

“우리가 맨해튼 은행의 주고객이니까 협조해 줄 거다.”

그러더니 조세진이 잊었다는 듯이 말했다.

“네가 가자마자 대공(大功)을 세웠다. 넌 본사 사장이 되고도 남는다.”

흥분했기 때문인지 지금 대양상사 사장이 사주인 신재식이라는 것을 깜박 잊은 것 같다. 핸드폰을 귀에서 뗀 김태우가 길게 숨을 뱉었다. 맨해튼 은행의 보관함에 들어 있는 서류는 이제 본사가 나서서 뉴욕 맨해튼 은행 본사와 공동 작전을 펴게 될 것이다. 광산의 소유권에 관한 정부 인가 서류인 것이다. 그 서류를 변경하지 않는 한 정부군이나 보코하람 10만 명이 덤벼도 광산은 대양의 소유다. 김태우가 식은 커피잔을 들었을 때 뒤쪽에서 아이렌이 말했다.

“김, 저 먼저 방에 들어갈게요.”

“앞으로는 그런 것도 물어볼 필요 없어, 아이렌.”

커피를 한 모금 삼킨 김태우가 리모컨으로 TV를 켰다. 나이지리아 연속극이 화면에 펼쳐졌는데 이곳에서도 가족이 식탁에 둘러앉아 먹는 장면이 나온다. 음식만 다를 뿐 카메라 앞쪽 식탁의 자리가 비어 있는 것까지 똑같다. 모두 검은 피부였고 요르바어를 사용하고 있었지만 시어머니와 며느리의 갈등이 틀림없는 것 같았다. 김태우가 아이렌의 등에 대고 말했다.

“아이렌, 내일 네 방에도 TV를 한 대 설치해 줄게. 본사 창고에 TV가 남아 있어.”

아이렌이 머리만 돌려 김태우를 보았는데 눈동자가 반짝였다. 입을 열지는 않는다.

다음 날 오후 6시, 빅토리아 아일랜드 이코이 지역의 팰리스호텔 라운지에서 교민회가 열렸다. 참석 인원은 60여 명, 대사와 무역관장까지 참석해서 축하 인사를 했다. 김태우는 대양 현지법인 사장으로 교민과 주재원들의 주목을 받았는데 교민회장 유동환이 소개했을 때 박수 소리가 컸다. 라고스에 남은 회사 중 대양상사가 유일한 대기업 법인이었기 때문인 것 같다. 그러나 김태우는 이런 파티에 익숙하지 않아서 말석에 앉아 술만 마셨다. 술은 커다란 은제 양동이에 얼음을 채우고 나이지리아산 위스키와 콜라를 반씩 채운 것이었는데 모두 물을 마시듯 들이키는 바람에 양동이의 술이 세 개째 채워졌다.

"저기요."

잠자코 물 잔에 술을 채워 마시는 김태우 옆으로 40대쯤의 여자가 다가왔다. 한 명씩 돌아가며 인사를 했을 때 식당 사장이라던 여자였다. 여자가 옆자리에 앉더니 웃음 띤 얼굴로 김태우를 보았다.

"전(前) 법인장 최길성 씨가 미국으로 도망쳤다면서요?"

요즘은 인터넷 시대라 대양그룹 사이트에 들어가면 회사 인사 공고나 소식이 주르르 뜬다. 거기에다 댓글까지 읽으면 아프리카에 와 있어도 회사 정보는 거의 알 수 있다.

"왜 그러십니까?"

김태우가 묻자 여자는 눈웃음을 쳤다. 눈가의 주름이 드러났지만 색기가 풍기는 모습이 요염했다. 중키에 아담한 체격, 둥근 얼굴에 눈은 가는 편이었지만 웃는 모습이 귀엽다. 그러나 보통 여자가 아니다, 쿠데타가 수없이 일어나고 백주에 총격전이 벌어지는 이곳에서 눌러 살고 있다니. 그때 여자가 말했다.

"나, 서울 식당 장주현이에요."

"예, 장 사장님."

"오셨다길래 만나 뵈려고 기다리고 있었죠."

여자한테서 짙은 향수 냄새가 맡아졌다. 라운지 안은 시끄러워졌다. 어느새 대사와 무역관장, 외교관 들은 사라졌고 교민과 주재원들만 남았다. 베트남, 미얀마 교민 파티와 비슷했지만 이쪽은 거칠다. 전쟁터였으니 교민들 기질도 닮는 것 같다. 그때 장주현이 말했다.

"최길성이가 떼어먹고 간 외상이 5천 불이 넘어요."

"어이구."

김태우가 이를 드러내고 웃었다.

"나한테 오시길래 그럴 줄 알았습니다."

"회사 이름으로 긁었다고요."

"최길성이가 곧 미국에서 송환될 테니까 그때 해결하기로 하지요."

"김 사장님은 벌써 집에 여자를 하나 들여앉혔다면서요?"

"예, 난 여자 없으면 잠이 안 옵니다."

"대단하시다고 소문이 났어요."

"우리 회사 사이트 댓글을 많이 읽으셨군요."

"여긴 베트남이나 미얀마하고 다를걸요?"

"스케일이 큽디다."

"여기 여자들이 괜찮아요."

장주현의 대화는 럭비공처럼 이리저리 튀었다. 한 모금 술을 삼킨 김태우가 장주현을 보면서 하수진을 머릿속으로 떠올리고 있다. 하수진의 알몸과 신음, 뱀처럼 꿈틀거리던 사지와 뜨겁고 신축력이 강했던 동굴, 그 비린 냄새와 맛이 선명하게 기억난다. 김태우가 눈동자의 초점을 잡고 장주현을 보았다.

"장 사장님도 그중 하나신데요."

"날 유혹하고 싶으세요?"

장주현의 눈이 번들거리고 있다.

"가능하다면, 가장 먼저."

"후후후."

짧게 웃은 장주현이 눈을 가늘게 뜨고 물었다.

"연상녀 좋아해요?"

"내가 가장 사랑했던 여자가 나보다 20살 위인 연상녀였죠."

하수진이 10살 위였지만 김태우는 10살을 더 올렸다. 장주현과 맞추기 위해서다. 장주현은 이제 시선만 주었고 김태우가 말을 이었다.

"나하고 잘 맞았습니다. 내 강한 힘을 누나는 좋아했죠. 하룻밤을 꼬박 샌 적도 있습니다."

"……."

"누나는 수없이 폭발했죠."

"지금 날 타깃으로 삼고 말하는 거죠?"

"물론입니다."

"저기 입구 쪽 테이블을 봐요."

장주현이 그쪽은 보지도 않고 말을 이었다.

"빨간색 원피스에 긴 생머리를 한 여자, 봤어요?"

"봤습니다."

"교민회장 와이프인데 오늘밤 돼요."

"되다니요?"

“그거.”

“지금 알선을 하시는 겁니까?”

“뚜쟁이지 뭐.”

“얼마 받으시는데?”

“그거야 나중에 계산할 것이고, 오늘밤 어때요?”

“저쪽이 합의했나요?”

“그래서 내가 온 거라니깐.”

장주현은 그쪽으로 머리도 돌리지 않았으므로 김태우가 빨간 원피스를 보았다. 직선거리는 10미터 정도, 오가는 사람에 가려 보였다 안 보였다 했지만 미모다. 그때 여자가 이쪽을 보더니 웃었다. 이를 드러내고 웃는다. 김태우가 다가갔을 때 빨간 원피스가 머리를 들었다.

“안녕하세요?”

웃음 띤 얼굴로 여자가 인사했다. 주위는 소란했다. 남편인 교민회장 유동환은 안쪽 기둥 옆에 서서 열변을 토하고 있는데 술에 취한 것 같다. 바짝 다가간 김태우가 물었다.

“장 사장님 말씀 맞아요?”

“네.”

짧게 대답한 여자가 자리에서 일어섰다.

“라운지 밖 정원에서 기다리세요.”

그러고는 여자가 옆쪽 교민들한테 다가갔으므로 김태우는 다시 양동이로 다가가 술을 한 잔 더 따랐다. 라운지는 이제 끼리끼리 모여 웃고 떠들어대는 상황이 되었는데 대부분이 술에 취했다. 그때 옆으로 30대 후반쯤의 사내가 다가왔다. 기업체 파견 사원이라고 소개된 사내다.

“김 법인장님, 제가 한주실업 엄주학 부장입니다.”

사내가 소음 속에서 큰 소리로 말했다.

"잘 오셨어요. 자주 뵙시다."

"그러지요."

"언제 한번 만나서 비즈니스 이야기 좀 하시죠."

"알겠습니다. 연락 주시지요."

김태우가 사내와 명함을 교환하고는 화장실에 가는 시늉을 하고 라운지를 나왔다. 라운지 옆쪽 문으로 나오면 바로 정원이다. 라운지 전용이어서 어두운 정원은 인기척이 없었는데 안쪽에서 어른거리는 그림자가 보였다. 김태우가 다가가자 나무둥치에 기대선 여자가 말했다.

"놀랐어요?"

"뭐가 말입니까?"

다가간 김태우는 여자한테서 짙은 향수 냄새를 맡았다. 뒤쪽 나무 사이로 들어온 빛에 여자의 얼굴 윤곽만 희미하게 드러났다. 여자가 바로 앞에 선 김태우를 보았다.

"장 사장 시켜서 만나자고 한 것 말이에요."

"그럴 수도 있는 거죠. 하지만 날 선택한 이유부터 알았으면 좋겠는데요."

"젊고 강한 분위기에 끌린 거지, 뭐."

바짝 다가선 김태우가 쓴웃음을 지었다.

"누님이 날 섹스 파트너로 삼고 싶었단 말이죠?"

그때 여자가 손을 뻗어 두 손을 김태우의 어깨에 얹었다. 여자의 두 눈이 번들거리고 있다.

"오래 굶었거든."

"내가 식용 소시지처럼 보입니까?"

"서서 할 수 있어?"

"앉아서도 할 수 있지."

"그럼 해 봐."

여자가 손을 뻗어 김태우의 바지 위로 남성을 만지더니 숨을 들이켰다.

"섰네."

"함부로 만지지 마, 그거 비싼 소시지야."

여자가 짧게 웃더니 김태우의 바지 혁대를 풀면서 말했다.

"난 팬티 벗었어. 그러니까 원피스만 들추면 돼."

김태우는 피가 머리끝으로 솟는 느낌이 들더니 곧 머릿속이 하얗게 비었다. 여자의 말만으로도 성욕이 솟구친 것이다. 원피스를 들추자 과연 여자의 알몸이 만져졌다. 짙은 숲을 손바닥으로 훑었을 때 여자는 이미 김태우의 바지와 팬티를 끌어 내리고는 남성을 움켜쥐고 있다.

"아유, 엄청나."

여자가 김태우의 남성을 두 손으로 감싸 쥐었다. 그때 김태우가 여자의 등을 나무에 붙이고는 한쪽 다리를 치켜 올렸다. 그러고는 몸을 붙이자 여자가 남성을 제 동굴에 붙이고는 헐떡이며 말했다.

"박아."

김태우는 여자의 몸 안으로 거칠게 진입했다.

"아악."

여자의 신음이 정원에 울렸다.

"아이구 아파."

남성이 끝까지 들어간 느낌이 왔고 여자의 동굴에서 강한 압력이 느껴졌다. 아직 다 젖지 않았기 때문이다. 여자가 아프다고 비명을 질렀지만 두 손으로 김태우의 목을 단단히 껴안더니 허리를 흔들었다.

"자기야, 천천히."

여자가 가쁜 숨을 뱉으면서 말했다.

"너무 좋아, 자기야."

"아프다면서?"

나무에 세게 몸을 부딪치며 김태우는 여자의 몸이 금방 젖어오는 것을 느꼈다. 한쪽 다리를 세워 들고 있었는데 여자는 다른 쪽 다리로 김태우의 몸을 감았다. 이제 둘의 몸은 빈틈없이 엉킨 것이다.

"아이구, 아이구."

여자의 신음이 점점 더 높아졌으므로 김태우가 입을 입으로 덮었다. 여자가 금방 혀를 내밀더니 김태우의 입안을 휘젓는다. 나무가 흔들렸고 정원에 열풍이 휘몰아치고 있다. 이윽고 김태우는 여자가 폭발하려는 것을 알았다. 몸이 격렬하게 흔들리더니 굳어지기 시작한 것이다. 그때 김태우는 몸을 떼고는 여자를 땅바닥에 엎드리게 했다. 허리를 잡아 돌리는 시늉을 했더니 여자가 금방 알아채고는 땅바닥에 엉덩이를 내민 채 엎드린 것이다. 김태우는 다시 뒤에서 몸을 붙였다.

"아아아."

다시 거칠게 진입하자 여자는 제 입을 손으로 막고 신음했다. 엉덩이가 김태우의 동작에 맞춰 흔들리고 있다.

"아유, 나 죽어."

신음을 뱉은 여자가 겨우 몸을 일으키더니 원피스를 내렸다. 앞에 선 김태우가 바지를 입으면서 여자에게 말했다.

"누님, 나, 안에다 해버렸는데 괜찮지?"

"응, 나, 불임이야. 괜찮아."

여자가 나무 밑에서 손가방을 찾아내어 휴지를 꺼내 들었다. 그러고는 옆으로 돌아서서 골짜기를 꼼꼼하게 닦는다. 희미하게 파티장의 소음이 들렸지만 이곳은 적막강산이다. 짙은 나무 냄새가 맡아졌다. 이윽고 허리를 편 여자가 휴지를 다시 휴지로 감싸더니 김태우에게 내밀었다.

"이거 휴지통에 버려줄래?"

김태우가 휴지를 받아 쥐자 여자가 손으로 오른쪽을 가리켰다.

"저쪽에 비상계단이 있어. 계단으로 내려가."

"누님은?"

"난 다시 파티장으로 가야지."

"그렇군."

"그런데 자기야."

여자가 서두르듯 김태우를 불렀다.

"나, 다시 만나 줄 거지?"

다가선 여자가 김태우를 똑바로 보았다. 이젠 어둠에 익숙해져서 여자의 얼굴 윤곽이 뚜렷하게 드러났다. 큰 눈, 곧은 콧날, 반쯤 벌린 입술이 육감적이다. 여자가 두 팔로 김태우의 허리를 감아 안더니 하반신을 문질렀다.

"그냥 날 섹스 파트너로만 생각하고 만나 줘, 자기야."

여자의 두 눈이 번들거리고 있다.

"만나 보면 알겠지만 나, 이런 일 처음이야."

"정말이야?"

"장 사장한테 물어봐도 돼. 나, 술김에 일 저질렀지만 후회 안 해."

"좋아, 내가 연락할게."

“연락은 장 사장한테 해, 응?”

“알았어.”

“나, 키스해 줘.”

그러고는 여자가 눈을 감고 얼굴을 내밀었다. 김태우가 입을 붙이자 곧 여자의 혀가 빨려 나왔다. 김태우가 혀를 빨아들였더니 여자가 하반신을 거칠게 문질렀다. 입을 뗀 김태우가 쓴 웃음을 짓고 말했다.

“누님 어지간히 굶은 모양이야.”

“그 사람 성불능이야.”

여자가 가쁜 숨을 뱉으면서 말했다.

“난 오 년째 남자 맛을 못 봤어.”

김태우의 눈앞에 유동환의 얼굴이 떠올랐다. 몸을 뗀 김태우가 휴지를 든 손을 들어 보이면서 몸을 돌렸다. 그때 뒤에서 여자의 목소리가 울렸다.

“꼭 연락해.”

비상계단을 내려온 김태우가 로비로 들어서자 기다리고 있던 줌보가 벌떡 자리에서 일어섰다. 오늘은 줌보가 수행원이다.

“김, 끝났습니까?”

“먼저 나온 거야.”

오후 9시 반이니 일찍 나온 셈이다. 호텔 앞에 주차시킨 택시에 올랐을 때 줌보가 말했다.

“로비에 교민을 수행해 온 경호원들이 10여 명 있더군요.”

당연한 일이다. 파티장에서 얼핏 들었지만 경호원들은 전직 군인이나 경찰 출신들로 모두 총기를 휴대하고 있다는 것이다. 택시가 출발했을 때 줌보가 목소리를 낮췄다.

“김, 경호원 중 제 부족 출신으로 아는 사람을 만났는데 보코하람에서 김을 노리고 있다고 합니다.”

“그래? 왜?”

이준혁에게서 듣지 않았다면 놀랐을 것이지만 김태우가 태연하게 묻자 줌보가 답답한 듯 눈의 흰자위가 더 커졌다.

“당연히 납치해서 돈을 뜯어내려는 것이지요. 지난달에 납치된 일본인 상사원은 150만 불을 보냈는데 아직 돌아오지 않았습니다.”

“……”

“돈을 늦게 보냈기 때문에 살해된 것 같다고 합니다.”

언론에도 보도되지 않는 사건이다. 이런 사건이 언론에 보도된 사건보다 몇 배나 많다는 것이다. 택시가 회사 건물 앞에 멈추자 줌보가 주위부터 둘러보고 내렸다. 줌보는 경호원 역할까지 해내고 있는 것이다. 김태우가 8층 숙소로 들어섰을 때는 10시 반이다. 소파에 앉아 있던 아이렌이 자리에서 일어났다. 여전히 맑고 차분한 표정이다.

“어, 아이렌, 식사했어?”

“네, 김.”

“나, 술 마셨지만 운동하고 잘 테니까 너도 잘 자.”

창고에 있던 러닝머신과 샌드백, 각종 운동기구를 기실에 설치해 놓은 것이다. 아이렌의 방에도 TV를 갖다 놓은 데다 욕실까지 갖춰진 터라 밖으로 나올 일도 없을 것이다. 옷을 벗어 던진 김태우가 운동 팬티 차림으로 나와 러닝머신 위를 달리기 시작했다. 그동안 운동을 꾸준히 하지 않아서 뱃살도 늘어났고 첫째 근육에 탄력이 붙지 않았다. 일주일만 계속하면 예전의 탄력을 찾게 될 것이다. 러닝머신을 달리면서 김태우가 문득 여자의 이름도 모른다는 사실을 깨달았다. 그러나 상관없다.

　서울식당은 이코이 지역 중심가에 위치했는데 대양상사 법인에서 5백 미터 거리밖에 안 되었다. 오후 12시 반, 김태우가 식당 안으로 들어서자 장주현이 웃음 띤 얼굴로 맞았다.
　"휴만 씨도 방금 오셨습니다."
　식당 안쪽으로 안내하면서 장주현이 말을 이었다.
　"이젠 자주 뵙네요, 김 사장님."
　휴만은 맨해튼 은행 라고스 지점장이다. 본사에서 휴만 씨와 만나라는 연락이 온 것이다. 휴만한테 아침에 연락했더니 그쪽에서도 본사 연락을 받고 기다리던 중이었다. 안쪽 밀실로 들어서자 머리가 벗겨진 백인이 자리에서 일어섰다. 50대쯤으로 붉은 얼굴, 건장한 체격이다.
　"휴만 씨, 대양법인 김태우올시다."
　"조안 휴만입니다."
　휴만과 악수를 나눈 김태우가 명함을 교환하고는 마주보고 앉았다. 서울식당은 예상보다 깨끗했고 고급이었다. 베트남, 미얀마 한국 식당보다 고급이다. 홀의 손님은 대부분이 백인이었고 흑인이 대여섯 명, 동양인이 서넛뿐이었다. 한정식을 주문해 놓은 터라 휴만이 바로 본론을 꺼냈다.
　"본사에서 연락이 왔습니다. 그래서 오늘 아침 9시 반에 광산 문서를 대사관으로 보냈습니다."
　휴만이 손목시계를 보는 시늉을 했다.
　"지금쯤 대사관에서 외교 행낭으로 꾸려 놓았겠지요. 이건 누구도 건드리지 못합니다."

“감사합니다.”

“아닙니다, 김 사장님. 이건 우리 일이기도 하거든요. 고객과 은행이 서로 윈윈 해야지요.”

그 대가도 서로 주고받을 것이다. 그때 방문이 열리더니 종업원들이 음식이 가득 놓인 쟁반을 들고 왔다. 그 뒤를 장주현이 따른다.

“휴만 씨는 갈비찜을 좋아하시지요. 그래서 특별히 연한 부위로 준비했습니다.”

장주현이 유창한 영어로 휴만에게 말했다. 휴만도 이 집을 자주 온 모양이다.

“역시 장 사장의 서비스는 훌륭해.”

휴만이 만족한 얼굴로 장주현을 치켜세웠다. 장주현이 종업원과 함께 요리 접시를 내려놓으면서 휴만과 농담을 주고받는다. 밝은 대낮에 본 장주현은 40대 중반쯤으로 둥근 얼굴형에 날씬한 몸매다. 그젯밤에 본 유동환의 와이프는 큰 키에 윤곽이 뚜렷한 미인이었고 장주현은 선이 가늘다. 입술도 얇고 눈도 가는 편이었지만 웃을 때 색기가 지금도 풍겨 나온다. 그러나 뚜쟁이다. 김태우는 광산 서류가 안전해진 것이 확인되자 마음 놓고 식사에 곁들여 술까지 마셨다. 장주현이 휴만이 소주를 좋아한다고 귀띔해 주었기 때문에 비싼 한국산 소주를 네 병이나 나눠 마셨다. 휴만과 점심을 마쳤을 때는 오후 3시가 되어갈 무렵이다. 경호원을 셋이나 거느린 휴만이 먼저 식당을 나갔을 때 장주현이 김태우의 옆을 따라 나오면서 물었다.

“어때요? 한 번 더 만나실래요? 걔는 기다리고 있던데.”

“뭐, 이왕이면 장 사장도 한번 만나죠.”

김태우가 정색하고 장주현을 보았다. 둘은 식당 앞에 서 있었는데 계단 아래에서 미카사가 기다리고 서 있다.

"지난번은 그분하고 옆쪽 정원에서 했는데 장소가 불편해서 마음껏 못했거든요."

"걔는 오히려 더 자극이 강했다고 하던데."

"그런 이야기까지 합니까?"

"김 사장님 물건이 엄청났고 셌다는 이야기까지."

"그럼 말 나온 김에 오늘 장 사장님하고 한번 합시다."

"오늘밤 내 집으로 오실래요?"

"남편하고 셋이 같이 놀자는 말입니까?"

"남편은 한국에 들어갔어요."

"집이 어딘데요?"

"김 사장님 사무실 근처니까 걸어서 오셔도 돼요. 이코이 이쪽 지역은 안전하니까."

그러더니 한 걸음 물러서며 말했다.

"내가 저녁 8시쯤 전화 드리죠."

"오늘밤 각오해야 될 거요."

김태우가 술김에 말을 이었다.

"잠 못 자게 될 테니까."

"아유, 두고 봐야지."

눈웃음을 친 장주현이 몸을 돌렸을 때 김태우는 숨을 들이켰다. 지금까지 이만큼 색기를 느낀 적이 없었기 때문이다. 가늘고 조금 높은 목소리, 끝이 약간 꼬부라진 목소리를 들으면 말초신경에 전류가 닿는 느낌이다. 일부러 내는 목소리가 아니어서 더욱 그렇다. 행동도 마찬가지다. 동작 하나하나가 자극적이다. 정욕으로 뭉쳐진 몸뚱이 같다. 잡

214

아서 으깨버리고 싶은 충동이 일어나는 몸뚱이를 갖고 있다. 회사로 돌아온 김태우가 먼저 본사에 보고했다. 오후 4시였으니 서울은 밤 12시가 되어 있겠지만 조세진은 기다리고 있을 것이었다. 과연 조세진은 신호음 두 번 만에 전화를 받았다. 그러고는 김태우의 보고를 받고 나서 소리치듯 말했다.

"수고했어. 내일 오전에 사장님께서 자네한테 격려 전화를 하실 거네."

"내가 미쳤지."

문을 연 장주현이 웃음 띤 얼굴로 말했다. 이곳은 이코이 지역의 고급 아파트로 현관과 엘리베이터, 그리고 각층의 복도에까지 경비가 세워져서 그때마다 방문자 확인을 받아야만 했다. 오후 8시 반, 김태우는 마침내 세 번의 검문을 통과하고 장주현의 아파트로 들어섰다.

"씻을 거야?"

장주현이 김태우가 앉기도 전에 물었다. 김태우의 시선을 받은 장주현이 쓴웃음을 지었다.

"오해 마. 더운 것 같아서 그랬어."

"누나는 씻었어?"

소파에 앉으면서 김태우가 되묻자 장주현이 다가와 섰다.

"왜? 같이 씻게?"

"그래도 좋고."

"참, 만나자마자 벗을 궁리만 하는군."

"누가 먼저 말 꺼냈는데?"

소파에 등을 붙인 김태우가 주위를 둘러보는 시늉을 했다. 집은 화

려했고 컸다. 천장에는 커다란 샹들리에가 걸렸는데 무거워서 떨어질 것 같다. 넓은 거실 좌우에 육중한 마호가니 문이 보였고 안쪽 복도에는 양탄자가 깔려 있다. 그런데 인기척이 없다. 그때 장주현이 말했다.

"하녀 둘이 있는데 오늘은 내보냈어."

장주현이 옆자리에 앉더니 지그시 김태우를 보았다.

"동생을 노리는 여자가 한둘이 아냐. 민옥희는 1차로 개시를 했지. 나한테 부탁한 여자가 벌써 둘이나 돼."

"도대체 여기 왜 그러는 거야?"

"전쟁터니까."

짧게 말한 장주현의 얼굴에 쓴웃음이 번졌다.

"섹스가 현실을 잊는 데 가장 좋은 처방이지."

"내가 잘 온 것 같군."

그때 장주현이 손을 뻗쳐 김태우의 바지 지퍼를 내렸다. 자연스러운 동작이어서 제 옷을 만지는 것 같다.

"누나, 뭐 하는 거야?"

시치미를 뗀 김태우가 묻자 장주현이 숨을 들이켰다. 어느새 김태우의 물건이 곤두서 있었기 때문이다. 물건을 조심스럽게 꺼낸 장주현이 감탄했다.

"나, 이렇게 좋은 건 처음 봐."

"그동안 덜 자란 버섯만 캐었어?"

"한번 입안에 넣어 봐도 돼?"

이번에도 말하는 것이 시식 코너에서 먹어도 되느냐고 묻는 것 같다.

"깨물면 죽을 줄 알아."

김태우가 말하자 장주현이 소파로 바짝 몸을 붙였다. 그러자 김태우의 옆으로 길게 엎드린 모양이 되었다. 김태우가 엎드린 장주현의 원피스를 끌어올렸다. 그러자 검정색 팬티가 드러났고 미끈한 하체가 보였다.

"누나, 팬티도 벗어."

막 김태우의 소시지를 두 손으로 움켜쥐고 입에 넣으려던 장주현이 서둘러 몸을 비틀더니 팬티를 끌어내렸다.

"됐지?"

팬티를 내던진 장주현이 다시 엎드리면서 물었다.

"배고파?"

"응."

장주현이 김태우의 남성을 입안에 가득 물더니 천천히 진퇴 운동을 시작했다. 김태우도 손을 뻗어 장주현의 엉덩이 사이로 손을 넣었다. 그러자 곧 안쪽의 골짜기에 닿았고 짙은 숲도 만져졌다. 김태우의 손길을 받은 장주현이 다리를 벌렸으므로 골짜기 면적이 더 넓어졌다.

"아아, 좋아."

잠깐 입에서 남성을 뺀 장주현이 가쁜 숨을 뱉으면서 말했다. 장주현의 골짜기는 미끈거리며 젖기 시작했다.

"누나, 이러고만 있을 거야?"

"불편하지?"

엎드린 채 장주현이 머리를 비틀고 김태우를 올려다보며 웃었다. 상기된 얼굴, 불빛을 받은 두 눈이 번들거리고 있다. 김태우가 머리를 숙여 장주현의 입술에 키스했다. 그러자 장주현이 몸을 돌리면서 김태우의 허벅지 위에 머리를 붙이고 누웠다. 그러고는 두 손으로 김태우의 목을 감아 안더니 혀를 내밀었다. 이제 김태우의 손이 장주현의 골짜기 안 깊숙하게 들어갔다. 장주현이 다리를 비틀면서 손가락을 다리 사이에 끼었다. 이제 장주현의 샘은 넘쳐흐르고 있다. 그때 잠깐 입을 뗀 장주현이 헐떡이며 김태우를 올려다보았다.

"너무 흥분돼."

"불륜이라서 그러는 거야, 누나."

김태우가 몸을 비틀어 장주현의 샘에 얼굴을 붙였다.

"아유, 나 죽어."

김태우가 장주현의 샘을 빨아 마시자 거실이 떠나갈 것 같은 비명이 터졌다.

"아이구, 엄마."

두 다리로 김태우의 머리를 조였다가 풀면서 장주현이 허리를 힘껏 추켜올렸다. 장주현은 아직 원피스도 벗지 않았다. 팬티만 벗어 던졌을 뿐이다. 김태우도 마찬가지다. 그때 김태우가 장주현의 다리 사이에서 얼굴을 들었다.

"누나 벗자."

"응."

몸을 뗀 둘은 옷을 벗어 던졌다. 이제는 부끄러움도 가신 터라 금방 알몸이 되자 둘은 다시 엉켰다. 소파 위에서 부둥켜안은 장주현이 가쁜 숨을 몰아쉬며 말했다.

"나, 이렇게 흥분하기 처음이야."

"누나는 색기(色氣)가 넘쳐."

"새끼라니?"

"색 기운 말이야."

“문자 쓰네.”

장주현이 다시 김태우의 남성을 두 손으로 움켜쥐었다.

“나, 못 참겠어. 물이 넘치니까 해 줘.”

“난 넣기 전에 빠는 것이 좋더라.”

“그건 나중에 하고, 응?”

“누나도 굶었어?”

“그래.”

“남편은 언제 한국 갔는데?”

“빨리.”

장주현이 마른침을 삼키면서 김태우의 어깨를 당겼다. 그러고는 소파에 누워 한쪽 다리를 소파 위로 걸쳤다. 그 순간 김태우가 숨을 들이켰다. 장주현의 알몸이 활짝 펴진 것이다. 색으로 뭉쳐진 몸, 40대 후반쯤의 나이인데도 장주현의 몸은 탄력이 느껴졌고 허벅지는 풍만했다. 선홍빛 골짜기는 불빛을 받아 번들거리고 있다. 다시 장주현이 재촉했다.

“자기야, 빨리.”

끝이 올라가는 목소리가 떨렸다. 그 순간 참지 못한 김태우가 장주현의 몸 위로 올랐다. 그때 장주현이 가쁜 숨을 뱉으면서 말했다.

“난 정상위가 좋아, 자기야.”

김태우가 남성을 골짜기 입구에 붙였더니 장주현의 몸이 굳어졌다. 두 손으로 김태우의 어깨를 움켜쥔 장주현이 눈을 크게 뜨고 기다린다. 흐린 눈, 반쯤 열린 입술, 가쁘게 오르내리는 젖가슴, 콩알만 한 젖꼭지는 발딱 서서 건드리면 떨어질 것 같다. 그 순간 김태우가 천천히 진입했다. 장주현의 동굴은 좁았지만 뜨거웠고 애액으로 가득 차 있다.

"아아아아."

턱을 치켜 든 장주현이 거실이 울릴 만큼 비명을 질렀다. 김태우도 어금니를 물고 신음을 참는다. 남성을 압박하는 쾌감으로 머리끝이 곤두서는 것 같았기 때문이다.

"아이구, 엄마."

남성이 끝까지 닿았을 때 장주현이 흐느끼듯 말했다. 그 순간 김태우는 다시 천천히 후퇴했다. 진퇴가 길수록 동굴에서 느끼는 쾌감도 길어지는 것이다. 남성은 마찰로만 쾌감을 얻기 때문에 번갯불처럼 수백 번 내려치려는 습성이 있다. 그러나 이제 김태우는 강약과 완급을 조절한다. 다시 깊게 들어갔다가 천천히 나오기를 반복하자 장주현의 신음이 더 다급해졌다. 그 순간 김태우의 남성이 거칠어졌다. 장주현의 두 다리를 어깨 위에 올려놓은 김태우가 동굴을 부술 듯이 진입했다.

"악, 악."

장주현의 비명이 이어졌다. 그러나 두 손은 김태우의 허리를 움켜쥐고 자꾸 당기려고 한다. 이윽고 장주현이 절정으로 솟아오르기 시작했다. 헛소리처럼 의미 없는 말을 뱉으면서 몸이 굳어지기 시작한 것이다. 그러다가 김태우의 거친 움직임이 절정에 올랐을 때 폭발했다. 입을 딱 벌린 장주현이 두 손으로 김태우의 허리를 감싸 안고는 몸을 잔뜩 웅크린 것이다. 머리가 김태우의 가슴에 붙었고 다리는 빈틈없이 감겨 있다. 그 순간 김태우는 동굴이 무너지는 느낌을 받았다. 무너지는 동굴 틈 사이로 쏟아져 나온 괴물의 흡반이 남성에 밀착되었다. 온몸에 전류가 흐르는 느낌을 받았지만 김태우는 눈을 부릅뜨고 기다렸다. 이윽고 장주현의 굳어졌던 몸이 풀렸고 흡반이 꿈틀거리기 시작했다. 무너졌던 동굴에 길이 뚫리는 것 같다.

“아아아아.”

그때서야 장주현이 긴 신음을 뱉었다. 쾌락의 극치에 오르면 고통을 겪는 것 같다. 지금 장주현이 바로 그렇다. 장주현의 눈가로 눈물이 흘러내리고 있다.

엄주학이 찾아왔을 때는 오전 10시 반경이다. 사무실로 들어선 엄주학이 주위를 둘러보는 시늉을 하더니 웃었다.

“빅토리아는 건재하군요.”

“전에도 와 보셨습니까?”

소파에 마주보고 앉은 김태우가 묻자 엄주학이 머리를 끄덕였다.

“예, 서너 번, 세금계산서 때문에요.”

“세금계산서라니요?”

“최길성 법인장이 저를 통해서 공금을 유용한 것이죠. 아마 한 달에 5만 불은 횡령했을 겁니다. 물론 완벽하게 말입니다.”

숨을 들이켠 김태우가 잠자코 시선만 주었다. 최길성의 비리는 끝이 없는 것 같다. 까도 까도 알맹이가 보이지 않는다. 그런데 이 사람이 갑자기 그 이야기를 꺼내는 의도는 뭔가? 의도가 있을 것이다. 따지고 보면 같이 공모한 경우인데 왜? 그내 엄주학이 빙그레 웃었다. 김태우의 생각을 읽은 것 같다.

“요즘 최길성이 회사에서 고발당한 것 알고 있습니다.”

“아, 예.”

“최길성은 출장비, 접대비, 비품 구입, 하다못해 식비까지 부풀리거나 허위로 작성해서 저한테 영수증 처리를 부탁했지요. 저는 그 대가로 영수증 금액의 20퍼센트를 먹었습니다.”

“……..”

“저는 또 영수증 제작자한테 5퍼센트에서 7퍼센트를 떼어 줘야 했으니까요. 모든 영수증이 완벽했습니다. 비행기 티켓도 만들 수 있지요.”

“……..”

“확인 불가능합니다. 그래서 최길성이 경찰 조사를 받더라도 저하고 만든 작업은 문제되지 않을 겁니다.”

“그렇군요.”

“대양상사 사이트에 들어가 보았더니 김 법인장님 능력이 뛰어나신 것을 알 수 있었습니다.”

엄주학의 얼굴에 웃음이 떠올랐다.

“베트남, 미얀마에서 발군의 업적을 세우셨더군요.”

“감사합니다.”

“어떻습니까? 단도직입적으로 말씀드리는데 저하고 같이 일해 보시지요. 수수료는 20퍼센트지만 약간 조정할 수는 있습니다.”

“생각해 보지요.”

“다시 말씀드리지만 이건 완벽합니다. 누가 이 험악한 곳까지 와서 목숨을 내걸고 영수증 확인을 하겠습니까?”

“그렇군요.”

“이건 전쟁터에 나온 병사에게 주어지는 일종의 보너스라고 생각하시면 될 겁니다.”

“자료는 얼마까지 만들 수 있습니까?”

그러자 엄주학의 얼굴이 환하게 펴졌다.

“처음 몇 달은 월 5만 불 정도로 시작하시지요. 대양 그룹 같은 경우는 그 정도는 눈곱만큼의 액수겠지만 너무 많으면 이상하게 생각할 테니까요."

"……."

"그러다가 슬슬 올려서 사건을 만들면 월 10만 불도 가능합니다. 최길성 씨는 조스 지역 출장 간다고 해 놓고 15만 불을 올린 적도 있습니다."

엄주학의 얼굴에 다시 웃음이 떠올랐다.

"그 기간 동안 최길성 씨는 애인하고 라스팔마스로 휴가를 다녀왔지요."

"알겠습니다. 곧 연락드리지요."

"노파심에서 말씀드리는데요."

갑자기 정색한 엄주학이 눈을 가늘게 뜨고 김태우를 보았다. 얼굴이 전혀 다른 모습이 되어 있다.

"이건 한국 경찰에 신고해도 전혀 체크가 되지 않습니다."

"무슨 말씀이신지."

"김 법인장님이 지금 내 말을 녹음해서 증거 자료로 한국 경찰에 제출한다고 해도 전혀 문제가 없다는 말씀입니다."

"아아."

"물론 그러실 분은 아니라는 것을 알고 있습니다. 안 하더라도 말씀입니다."

"그럴 리가 있습니까?"

"제가 정부 측 실력자를 좀 압니다."

"그러시군요."

"그러니까 이 짓을 하고 있는 겁니다."

엄주학이 다시 웃음 띤 얼굴로 김태우를 보았다.

"어려운 일 있으시면 언제든지 말씀하세요. 풀리지 않는 일이 없습니다. 돈만 풀면 말씀입니다."

그러고는 엄주학이 자리에서 일어섰다. 엄주학을 배웅하고 사무실로 들어섰을 때 빅토리아가 자리에서 일어나 다가왔다.

"김, 그 사람이 무슨 말을 합니까?"

"영수증 사업."

선 채로 김태우가 엄주학이 제의한 이야기를 했더니 빅토리아가 머리를 저었다.

"하지 마세요, 김."

정색한 빅토리아가 말을 이었다.

"지난번 미스터 최가 저 사람한테 시달리는 것 같았어요. 저 사람이 협박하는 것 같더라고요. 그래서 그랬군요."

빅토리아가 거구를 움직여 김태우에게 바짝 다가섰다.

"저 사람 배후에 경찰이나 기관원이 있을 겁니다. 혼자 뛰지는 않을 테니까요."

그날 오후 3시가 되었을 때 방으로 빅토리아가 들어섰는데 뒤를 흑인 두 명이 따라 들어왔다. 그 두 명 뒤를 미카사가 주춤거리며 따라왔으므로 방 안에 사람이 꽉 찬 느낌이 들었다. 눈만 크게 뜬 김태우에게 빅토리아가 말했다.

"정부에서 오셨는데요."

자리에서 일어선 김태우에게 앞장선 장신의 흑인이 손을 내밀었다.

"나, 국토개발국 과장 샤이로이오."

사내가 김태우의 손을 힘차게 흔들더니 뒤에 선 사내를 소개했다.

“이분은 경찰국 보안관장 오고드 씨.”

악수를 나눈 셋이 소파에 앉았을 때 뒤쪽에서 주춤거리던 빅토리아가 말했다.

“마실 것 가져올까요?”

“그러지. 뭘 드실까요?”

김태우가 묻자 샤이로와 오고드가 제각기 커피와 홍차를 주문했는데 소파에 아예 등을 딱 붙이고 다리를 꼬고 앉았다. 미카사가 빅토리아의 뒤를 따라 나가고 방에 셋이 남았을 때 샤이로가 지그시 김태우를 보았다.

“지난 법인장 미스터 최보다 젊으시군요.”

“예, 샤이로 씨. 제가 경력이 짧습니다.”

“위험한 곳에 오셨습니다.”

“예, 알고 있습니다, 샤이로 씨.”

그때 오고드가 턱을 치켜들고 물었다.

“며칠 전에 일본인 상사원이 피살된 것 알고 계시지요?”

“압니다, 오고드 씨.”

“가급적 외출하지 않으시는 게 좋아요.”

“감사합니다.”

그때 문이 열리더니 아이렌이 쟁반에 찻잔을 담아들고 들어섰다. 아이렌을 본 두 흑인의 눈이 번들거리는 것처럼 느껴졌다. 아이렌은 오늘 흰 셔츠에 검정색 스커트를 입었다. 미끈한 종아리가 드러났고 샌들을 신은 발가락이 가지런했다. 아이렌이 각자의 앞에 잔을 내려놓을 때 샤이로가 헛기침을 했다.

“미스터 김, 조스 지역 광산이 지금 전장(戰場)으로 변한 것을 알고 계시지요?”

“압니다, 샤이로 씨.”

“그래서 말인데요.”

어깨를 편 샤이로가 옆에 앉은 오고드를 보았다.

“오고드 씨가 상황 설명을 해주실 것입니다.”

그때 아이렌이 쟁반을 내려놓더니 메모지와 펜을 들고 김태우 옆쪽 끝자리에 앉았다. 메모를 하려는 자세다. 두 흑인의 시선이 아이렌에게 옮겨졌다가 다시 마주쳤다. 김태우는 심호흡을 했다. 빅토리아가 시킨 것이다. 법인장이 상담하는데 비서가 메모를 하는 것은 당연하다. 더구나 둘은 공식 업무로 온 것이다. 거기에다 아이렌은 수컷의 혼을 빼앗아 갈 만큼의 미인이다. 남자는 미인 앞에서 으스대고 싶은 본능이 있다. 빅토리아는 그것까지 계산한 것 같다. 그때 오고드가 김태우에게 시선을 돌리더니 입을 열었다.

“정부는 조스 지역의 대양 법인 소유 광산에 대해서 치안상 이유로 정부가 다시 소유권을 돌려받기로 했습니다. 물론 광산을 회수하는 대가를 정당하게 지불할 것입니다. 그것을 통보해 드리려고 온 것입니다.”

김태우가 잠자코 시선만 주고 있었으므로 오고드가 물었다.

“이해하십니까?”

“예, 오고드 씨.”

“그럼 언제 상담하고 인계인수를 하지요? 지금이라도 우리는 가능합니다만.”

“저도 그러고 싶습니다만.”

김태우의 얼굴에 웃음이 떠올랐다.

“광산 서류가 맨해튼 은행 뉴욕 본사로 넘어가 있어서요. 상담하려면 대양 본사 임원과 뉴욕에 가셔서 해야 될 것 같습니다.”

그 순간 샤이로와 오고드가 서로의 얼굴을 보았다. 먼저 입을 뗀 것은 샤이로다.

“서류가 이곳 맨해튼 은행에 있는 것이 아닙니까?”

“뉴욕 본사로 옮겼습니다.”

“언제 말입니까?”

“내가 알기로는 본사의 연락을 받은 이곳 지점에서 내가 부임하기 전에 옮긴 것 같습니다.”

거짓말이지만 나이지리아 대통령이라고 해도 은행에 확인해 볼 수는 없을 것이다. 다시 김태우가 말을 이었다.

“제가 본사에 연락하지요. 정부에서 그렇게 호의를 보여 주시는데 본사에서는 고맙게 생각할 것입니다.”

“…….”

“광산을 얼마에 매입하실 예정입니까?”

다시 김태우가 물었을 때 샤이로와 오고드가 서로의 얼굴을 보더니 자리에서 일어섰다.

“곧 연락드리지요.”

샤이로가 붉은 실핏줄이 번진 흰자위를 크게 뜨고 김태우를 보았다. 김태우가 머리를 끄덕였다.

“언제든지 연락하시지요. 기다리겠습니다.”

둘은 손도 내밀지 않았으므로 김태우도 놔두었다. 문 앞까지 둘을 배웅한 김태우가 문득 옆에 서 있는 아이렌의 메모장을 보았다. 메모장에는 아무것도 적혀 있지 않았다.

8장 보코하람

"오고드가 보코하람 간부요."

이준혁이 웃음 띤 얼굴로 말을 이었다.

"샤이로도 보코하람의 정보원 역할을 하는 놈이고. 그렇지 않으면 당장에 암살당했을 테니까요."

오전 11시 반, 김태우와 이준혁은 이코이 지역의 허름한 식당에 마주앉아 있다. 김태우가 만나자고 한 것이다. 이준혁이 예상했던 대로 정부 측이 광산의 회수 공작을 하고 있는 터라 이곳에서 도움을 요청할 사람은 이준혁뿐이다. 한반도에서는 핵실험이니, 6자 회담, 그리고 휴전선에서의 충돌로 전시(戰時) 분위기였지만 이곳은 남북이 서로 돕고 있다. 이준혁의 얼굴에서 곧 웃음기가 지워졌다.

"내가 보코하람 간부 회의에 참석할 수는 없지만 곧 작전이 시작될 겁니다. 그들이 포기할 리는 없으니까 말입니다."

김태우는 물론이고 본사에서도 그것을 우려하고 있다. 그냥 포기할 리가 없는 것이다.

“어떤 작전일까요?”

“간단하지만 강력한 방법을 쓰겠지요.”

이준혁의 얼굴에서 웃음기가 지워졌다.

“대양 법인장인 김 형을 납치해서 본사하고 거래를 하는 겁니다. 광산을 넘기지 않으면 김 형을 살해한다고 하겠지요.”

“보코하람에 광산을 넘긴다고요?”

“정부 측, 보코하람, 로얄더치셸 3자가 상의하겠지요.”

“어떻게 말입니까?”

“일이 이렇게 되었으니까 광산주를 한 놈 내세우겠지요. 보코하람이나 또는…….”

이준혁이 생각하는 표정을 짓더니 말을 이었다.

“로얄더치셸에서 내세운 놈으로 말입니다.”

“…….”

“이번에 서류가 본사로 옮겨간 후로 정부 측의 지분이 줄게 되겠지요. 정부가 할 일이 없으니까요.”

“…….”

“김 형을 납치, 광산과 바꾸는 역할은 보코하람이 주도합니다. 그럼 로얄더치셸에서 지분을 많이 받게 될 겁니다.”

“…….”

“물론 광산에서 온전하게 금을 파내려면 정부군의 습격, 방해 공작도 없어야 할 테니까 일정액은 떼어 줄 겁니다.”

“개자식들.”

“불법 시대니까요. 힘이 있는 자의 세상입니다.”

그리고 불륜의 시대다. 갑자기 머릿속에 민옥희, 장주현의 얼굴이 차

례로 떠올랐다가 지워졌다. 그때 이준혁이 말했다.

"김 형. 피하시는 것이 상책입니다. 당분간 이곳을 떠나시지요."

김태우가 이준혁의 시선을 받았다. 그렇지 않아도 본사에서는 수시로 대책 회의가 열리는 중이지만 떠날 생각은 없다.

"난 안 떠납니다."

김태우가 말을 이었다.

"본사에서도 떠나라고 할 것 같지만 난 계속 이곳에 있을 겁니다."

"회사에 있으면 위험한데요. 경찰이나 군(軍)에도 보코하람 정보원이 깔려있지 않습니까?"

"회사를 떠나서 일을 하면 되지요."

이준혁이 입만 벌렸고 김태우가 말을 이었다.

"라고스 인구가 2천만이 넘는데 그 속에 숨어 있으면 되겠지요. 어렵게 돌아왔는데 또 도망은 안 갑니다."

"아니, 그래도……."

"내가 잡히면 광산을 빼앗기는 것으로 아는 모양인데 난 잡히면 자폭해 버릴 겁니다. 그럼 그 자식들한테 내 피 묻은 살점을 집어 들고 가서 협박해 보라고 하지요."

"남조선에도 이런 독종이 있다니……."

혼잣말로 말한 이준혁이 눈동자의 초점을 잡고 김태우를 보았다.

"김 형. 그럼 여기 남아서 무슨 일을 하시겠다는 겁니까?"

"회사 재산을 지키고 지난번에 하다가 만 원유 수입, 목재와 광물 수입도 계속 해야지요."

"원유 수입이라고 했습니까?"

"예. 정부 측과 상담 중이었어요. 로얄더치셸보다 좋은 가격으로 우리가 가져간다고 했더니 긍정적이었습니다.”

“석유장관하고 상담했습니까?”

“장관 유마지라는 사람입니다.”

“유마지는 차에 수류탄이 폭발해서 폭사했어요.”

“…….”

“1년쯤 되었는데 모르시는 것 같군.”

“…….”

“보코하람 소행으로 발표되었지만 알 수 없지. 간통 살해 사건도 보코하람이 들어가면 유야무야가 되니까.”

“지금은 누가 담당 장관입니까?”

“타그로라는 이그보족 놈이지요. 이그보족은 기독교도들로 로얄더치셸과 잘 통합니다.”

그러면 석유 거래에 호의적일 리가 없다. 죽은 유마지는 북부 이슬람계의 플라니족이었던 것이다. 그때 김태우가 의자 옆에 놓았던 가방을 들어 이준혁에게 내밀었다.

“이 중좌님. 이건 우리가 드리는 정보비올시다.”

가방 안에는 1만 불 뭉치가 5개 들어 있다.

“남북 협력 자금으로 생각하시고 받으시지요.”

가방에 시선을 준 이준혁이 마침내 빙그레 웃었다.

“활동비가 떨어진 참이었는데 받아야겠군.”

“잘 생각하셨습니다.”

“강 대좌가 김 형은 믿고 상의할 만한 분이라고 했습니다.”

“믿으셔도 될 겁니다.”

“그런데 5만 불이나 넣다니. 김 형은 통도 크시오.”

"내 활동비에서 떼어 드린 것이니까 본사에서는 모를 겁니다. 조금 전 '우리'라고 했지만 제가 드리는 겁니다."

"고맙습니다, 김 형."

"그런데요."

김태우가 정색하고 이준혁을 보았다.

"제가 곧 잠적하고 숨어서 일을 볼 테니까 만날 가능성은 좀 드물지만 엄주학이라고 아십니까?"

"엄주학 말씀입니까?"

눈을 크게 뜬 이준혁의 얼굴에 쓴웃음이 번졌다.

"그 동무가 연락했던가요?"

"예. 회사에 찾아왔더군요."

"그럴 줄 알았지."

입맛을 다신 이준혁이 말을 이었다.

"남조선에는 인구가 많아서 그런지 별놈이 다 있다니까."

"아세요?"

"그 종간나 새끼는 내가 잡아야겠는데. 김 형, 전번을 아십니까?"

"예. 적어 놓고 갔는데, 무슨 일인가요?"

"그 총살을 시킬 놈이 우리 대사관 직원한테 사기를 쳤단 말입니다. 5천 불이나 사기를 쳐서 그 불쌍한 동무는 본국으로 송환되었다고요."

어깨를 부풀린 이준혁이 말을 이었다.

"아, 글쎄 우리 대사관 직원한테 차를 반값으로 사 주겠다고 해서 돈을 받고 차를 넘겨주었는데 말입니다."

"그래서요?"

"그 차가 프랑스 대사관 차였단 말입니다. 그놈이 잠깐 차를 빌려 타고 와서는 팔아먹은 것이라고요.”

“…….”

“서류도 완벽하게 위조해서 프랑스 대사관에서 차를 찾으러 올 때까지 우리는 그놈만 보면 고맙다고 차를 대접하고 했지요.”

“…….”

“우리는 창피해서 말도 못하고 그놈 찾으러 다녔는데 주소도 일정치 않아요. 보코하람 정보원을 쓰기에는 부끄럽고 말입니다.”

어깨를 부풀린 이준혁이 생각났다는 표정을 짓고 김태우에게 물었다.

“그놈이 와서 무슨 수작을 한 겁니까?”

김태우가 엄주학이 말한 사업 이야기를 했더니 이준혁이 머리를 끄덕였다.

“잘되었습니다. 그놈 잡읍시다.”

김태우는 대답 대신 쓴웃음만 지었다. 엄주학이 잡히면 한국에서처럼 경찰, 검찰로 이어져서 구속적부심 심사를 하고 재판까지 가는 과정을 거치지 않을 것이다. 벌판에 세워 놓고 수류탄을 까 던질 가능성이 많다. 물론 손해 본 돈은 다 빼앗은 후다. 이준혁의 충고를 들은 터라 김태우는 사무실로 돌아오자마자 피신 준비를 했다. 그러나 직원 모두에게 알릴 필요는 없다.

“나, 며칠 휴가를 다녀오려고 해.”

김태우가 빅토리아에게 말했다.

“업무는 전화로 할 수 있으니까 빅토리아가 사무실 관리를 맡아 줘.”

“어디로 가시는데요?”

빅토리아가 바로 물었다. 당연한 일이다. 이코이 지역만 빼놓고 다른 지역은 맹수가 우글거리는 야생 지대나 같다. 호위 없이 다니다가는 대낮에도 도심에서 강도를 만난다. 김태우가 빅토리아를 똑바로 보았다.

"보코하람이 날 노린다는 정보를 받았어. 그래서 숙소에서 나가려는 거야."

"그렇군요."

정색한 빅토리아가 바짝 다가섰다. 둘은 법인장실 창가에서 마주보고 서 있었는데 빅토리아의 거구에서 강한 향내가 맡아졌다.

"김. 메인랜드가 오히려 더 안전해요. 동양 속담에 등잔 밑이 어둡다는 말이 있지요?"

김태우의 시선을 받은 빅토리아가 이를 드러내며 웃었다.

"보코하람이나 경찰들은 이곳 빅토리아 아일랜드나 뒤진다고요. 그래야 뜯어먹을 것이 생기죠."

"거긴 무법천지라면서?"

"돈 있는 놈들한테는 무법천지죠. 거지들에게는 천국이죠. 가난뱅이 행세를 하면 안전해요. 강도는 부자한테만 덤비거든요."

"하긴 그러네."

쓴웃음을 지은 김태우가 빅토리아를 보았다.

"빅토리아, 네 집에 숨겨줄 수 있어?"

"나야 좋지만 내 남자가 싫어할 건데요."

"그렇군. 그럼 안 되지."

"김."

바짝 다가선 빅토리아가 눈웃음을 쳤다.

"김은 아직 아이렌한테 손을 대지 않았더군요. 걔 다리 사이가 근질거릴 텐데."

“난 내 회사 직원들한테는 손을 안 대.”

그 순간 김태우의 눈앞에 이진부터 반디, 사모라 등의 얼굴이 스치고 지났다. 그때 빅토리아가 말했다.

“아이렌의 집으로 가세요, 김.”

“여기예요.”

아이렌이 발을 멈추더니 김태우에게 말했다. 김태우는 소리죽여 숨을 뱉었다. 이곳은 라고스 메인랜드 변두리였으니 빈민촌이다. 밤 11시 반, 좁은 골목 안에서는 악취가 진동했고 사방에서 아이들의 울음소리, 싸우는 소리, 웃음소리까지 섞여 들려서 마치 시장 속 같다. 골목을 검은 남녀가 유령처럼 나타났다가 스치고 지나갔는데 이쪽은 전혀 경계하지도 위협을 주지도 않는다. 이제는 김태우도 이 분위기에 익숙해졌다. 모두 같은 부류가 된 것이다. 벌통 속의 같은 일벌 떼 같다. 골목 안의 집은 집이라고 불리기도 민망했다. 지붕은 양철로 덮였고 문은 헝겊을 늘어뜨렸을 뿐이다. 둘이 안을 들어서자 아이렌의 어머니가 맞았는데 흑인이다. 코가 넓고 입술이 두꺼운 데다 기름 등불에 비친 눈의 흰자위가 붉은 거구다. 그러나 웃음 띤 얼굴로 맞는다.

“어서 와요. 불편하지만 안전하긴 해요.”

어머니가 상냥한 목소리로 말했다. 아이렌이 오후에 집에 가서 미리 얘기를 해놓고 온 것이다. 아이렌의 동생 셋이 멀뚱거리며 김태우를 보았는데 셋 다 원주민이다. 셋의 아버지는 원주민인 것이다. 어머니 이름은 루자, 47세. 초등학교 교사로 근무하다가 영국인 관광객 로빈슨을 만나 결혼했다가 3년 만에 헤어졌다는 것이다. 그 후로 남편 셋을 만나 5명의 자식을 낳았는데, 최근의 남편과도 5년 전에 헤어졌다. 그자가 아이렌을 강간했기 때문이다. 안쪽 방은 치워져 있었지만 벽에 부서진 가구와 낡은 옷가지, 플라스틱 잡동사니들이 쌓여 있다. 주워 온 것 같다.

"급하게 치우느라고 어수선해요. 여기서 지내도록 해요."

루자가 방 안을 눈으로 가리키며 말했다.

"집에는 아이렌 동생 셋이 있지만 착해요. 바로 밑의 동생 둘은 밖에서 일하느라 한 달에 한 번 정도나 집에 와요."

"고맙습니다."

김태우가 머리를 숙여 인사했다.

"이곳에서 며칠간만 지낼 겁니다. 번거롭게 해서 미안합니다."

"아뇨. 당신은 우리 가족을 부자로 만들어 준 사람입니다."

루자가 얼굴을 펴고 웃었다.

"아이렌이 받은 월급으로 우리 식구는 이 마을에서 제일 부자로 살게 되었어요."

아이렌의 월급은 150불, 아파트 관리비로 50불을 더 주는 터라 월 2백 불을 받는다. 그때 루자가 소리쳐 아이들을 불렀다. 아이렌의 동생들이다. 키가 큰 남자애는 청년 같고 그 밑은 여자애들이다.

"얘는 바투, 열다섯 살이고 초등학교 다니다가 지금은 폐지 줍는 일을 해요."

루자가 키가 175쯤 되어 보이는 소년을 가리키며 말했다.

"심부름 시키면 눈치가 빨라서 잘할 겁니다."

이어서 루자가 옆에 서 있는 여자애 둘을 가리켰다. 둘 다 또랑또랑한 모습이다.

"얘는 열두 살 마리, 얘는 열 살 사라. 둘 다 시내에서 꽃하고 껌을 파

236

는데 착해요.”

김태우가 바투와 마리, 사라까지 손을 내밀어 악수를 했고, 셋이 제각기 흐뭇하고 수줍은 웃음을 띠었는데 시선이 따뜻하게 느껴졌다. 셋에게 손을 흔들어 내보낸 루자가 김태우와 아이렌을 번갈아 보았다.

“김, 이 방을 아이렌과 같이 써요.”

“아니, 저는……:”

당황한 김태우가 말까지 더듬었을 때 루자가 두꺼운 입술을 벌리고 웃었다.

“이코이 아파트에서도 같이 지냈지 않아요? 신경 쓰지 말아요. 애들도 다 이해하니까.”

머리를 돌린 김태우가 아이렌을 보았다. 그러자 아이렌이 쓴웃음을 짓고 말했다.

“방도 없으니까 할 수 없어요.”

“자, 그럼 늦었으니까 쉬어요.”

루자가 몸을 돌려 방을 나갔으므로 둘이 남았다. 그때 아이렌이 안쪽에 깔린 매트리스를 가리켰다.

“저기서 자요, 김.”

“넌?”

“바닥에 방수포를 깔면 돼요.”

매트리스는 2인용으로 낡았지만 컸다. 방은 정사각형으로 사방 5미터쯤 되었고 벽에 물건이 쌓였지만 공간은 넓다. 김태우가 들고 온 트렁크 2개를 벽에 붙여 세웠고 아이렌도 가방을 옆에 놓았다. 이삿짐 가방 같다.

“휴대폰 충전은 동생들 시키면 돼요, 김.”

전기가 들어오지 않는 곳이어서 아이렌이 가방을 꺼내면서 말했다. 김태우의 옷가지다.

"시내 심부름은 바투하고 마리 시키면 되고, 근처에 갈 심부름은 사라가 해낼 수 있어요."

매트리스 끝 쪽에 두 다리를 펴고 앉은 김태우에게 다가온 아이렌이 무릎을 꿇더니 신발을 벗겼다. 방바닥에 나무판자를 깔아놓아서 신을 신고 있었던 것이다. 김태우가 긴 숨을 뱉고 나서 말했다.

"라고스에 오고 나서 가장 편안한 밤을 갖는 것 같다, 아이렌."

"보스, 엄주학 씨가 찾아왔었습니다."

미카사가 말했다. 지금 김태우는 아이렌의 집 방 안에서 통화를 하고 있다. 방 안은 선선하다. 고물 선풍기가 돌아가고 있었는데 전기를 공급해 주는 이웃집에서 전선을 연결했기 때문이다. 전기 이용료는 하루 미화로 50센트. 이곳에서는 거금이다. 미카사가 말을 이었다.

"보스가 출장 갔다고 했더니 어디냐고 자꾸 물었습니다. 그래서 모른다고 했습니다."

"잘했어, 미카사."

미카사도 김태우가 아이렌의 집을 임시 사무실로 이용하고 있는지를 모르는 것이다. 오직 빅토리아만 안다. 김태우가 말을 이었다.

"미카사, 항구 보관창고에 가서 이번에 도착할 컨테이너 보관 수속을 해라. 빅토리아가 내용을 알려줄 거다."

"예, 보스."

"컨테이너 하역장 여유가 없다니까 네가 서둘러 가야 돼."

"알겠습니다."

통화를 끝낸 김태우에게 아이렌이 핸드폰을 들고 다가왔다. 김태우는 핸드폰 2개를 사용하고 있다.

“미스터 리라고 합니다.”

이준혁이다. 핸드폰을 받은 김태우가 귀에 붙였다.

“예, 접니다.”

“잘 피하셨군요. 보코하람에서 김 형을 찾고 있습니다.”

이준혁이 대뜸 말했다.

“그들이 직원들을 잡아 김 형 행적을 추적할 겁니다. 직원 중 김 형 위치를 아는 사람이 있습니까?”

“빅토리아라고 총무 담당 여직원이 아는데요.”

“주소를 알아요?”

“내가 여직원 집에 있는데 메인랜드의 빈민촌이어서 그곳까지는 모릅니다.”

이곳은 주소도 없는 동네인 것이다.

“잘되었군요.”

이준혁이 말을 이었다.

“보코하람이 찾다가 지치면 다른 수단을 쓰겠지요. 상황은 항상 변하니까요.”

“알겠습니다.”

“참, 원유 수입 건은 어떻게 진행되고 있습니까?”

“타그로한테 연락해 볼 예정입니다.”

“그놈이 보코하람과 줄이 닿고 있으니까 나한테 상황을 수시로 알려 주세요.”

“고맙습니다.”

통화를 끝낸 김태우가 옆에 서 있는 아이렌에게 핸드폰을 건네주며 말했다.

"바투를 들어오라고 해."

아이렌이 소리 없이 나가더니 곧 바투와 함께 들어섰다. 바투가 아이렌 옆에 서서 김태우를 보았다. 어깨를 부풀리고 서 있었지만 수줍은 표정이다.

"바투, 앞으로 넌 내 비서다. 다른 일 하지 말고 내 심부름을 해."

김태우가 영어로 또박또박 말하자 바투가 머리를 끄덕였다. 바투는 오늘 밖에 나가 폐지를 줍지 않았던 것이다. 아이렌이 남아 있으라고 했기 때문이다. 김태우가 말을 이었다.

"내가 한 달 있을지 모르지만 한 달 월급은 1백 불이다."

김태우가 아이렌을 돌아보았다.

"바투한테 월급을 줘."

아이렌이 옆에 놓인 손가방에서 10불짜리 지폐를 꺼내더니 10장을 세어 바투에게 주었다. 바투가 돈을 받아 쥐더니 심호흡을 하고 나서 말했다.

"엄마한테 줄 겁니다."

키는 컸지만 어린 티가 드러났다. 아이렌이 웃음 띤 얼굴로 머리를 끄덕였고 김태우가 다시 아이렌에게 말했다.

"바투하고 마리, 사라한테도 심부름을 시킬 테니까 옷도 새것으로 사 입히도록 해. 돈은 얼마나 주면 되겠어?"

"이 근처는 옷값이 쌉니다. 50불이면 우리 식구가 입을 옷을 각각 3벌씩은 살 수 있어요. 구호품으로 온 옷을 팔거든요."

"그럼 옷값하고 내 숙박비까지 5백 불을 어머니한테 드려."

“너무 많아요.”

놀란 아이렌이 말했지만 김태우가 머리를 저었다.

“내 말대로 해, 아이렌.”

“고맙습니다.”

“전기 값도 내야 할 테니까 말이야.”

“갑자기 돈이 많은 것처럼 보이면 안 되니까 조금씩 변화시키겠습니다.”

아이렌이 바투와 방을 나갔을 때 김태우가 긴 숨을 뱉었다. 앞으로 외출은 밤에 해야만 한다. 낮에는 이곳에서 전화로 업무를 보는 셈이다. 기묘한 생활이었지만 지금은 어쩔 수 없다. 핸드폰을 든 김태우가 노트를 보면서 버튼을 눌렀다. 이준혁이 알려준 석유부 장관 타그로의 직통 전화다.

“여보세요?”

굵은 사내의 목소리가 울렸다. 타그로다. 김태우가 심호흡을 했다.

“타그로 장관님, 제가 대양 법인장으로 부임한 김태우입니다.”

“누구요?”

되물은 사내의 목소리에 조금 당황한 분위기가 느껴졌다.

“한국의 대양 법인장입니다, 장관님.”

한국을 강조했더니 사내가 말했다.

“아, 지난번 철수하기 전에 전(前) 장관하고 상담한 기록이 있더군. 그런데 무슨 일이오?”

“그 상담을 계속하고 싶습니다.”

그때 사내가 짧게 웃었다.

“로얄더치셸보다 10퍼센트 높은 단가로 구입해 가겠다고 했는데, 그때 본사에서 미스터 최라는 책임자가 왔지요?"

"예, 장관님."

"지금 회사에 계시오?"

"출장 중입니다, 장관님."

"좋소. 비서한테 상담 스케줄을 만들라고 할 테니까 내일 아침에 비서한테 연락해요."

"비서 누굽니까?"

"석유부 장관실의 율리아를 찾아요. 내선 번호는 24번이오."

"감사합니다, 장관님."

"국가를 위한 일인데 고마울 것 없지요, 당신이나 나나."

핸드폰을 귀에서 뗀 김태우가 율리아의 이름과 내선 번호를 메모해 놓았다. 타그로가 로얄더치셸과 긴밀한 관계인지 알 수 없지만 보코하람에게 알려지는 것이 문제인 것이다.

오후 6시가 되었을 때 아이렌이 쟁반에다 쇠고기 스테이크와 밥, 그리고 야채 조림을 담아들고 왔다. 뒤를 10살짜리 사라가 생수병을 들고 따라왔다. 사라는 깨끗한 원피스를 입었는데 헌 옷이었지만 잘 어울렸다. 김태우의 시선을 받은 사라가 부끄러운지 몸을 비틀었다. 그것을 본 아이렌이 웃음 띤 얼굴로 말했다.

"갑자기 새 옷을 입고 집 안에서 고기 냄새를 풍기면 위험해요. 그래서 조심하고 있어요."

"그래서 집 안이 매운 연기로 덮여 있는 거야?"

"예. 풀을 태우면 모기도 쫓고 냄새도 없앨 수 있거든요."

김태우는 아이렌과 둘이 식사를 했다.

“오늘밤에 빅토리아 아일랜드에 다녀와야겠어.”

김태우가 말하자 아이렌이 고개를 끄덕였다.

“제가 모시고 갈게요.”

“너보다 바투가 낫다.”

스테이크를 삼킨 김태우가 아이렌을 보았다.

“네 미모가 사람들의 시선을 끌고 네 옆에 있는 나에게로 옮겨온단 말이야. 넌 사람들의 시선을 받는 것이 익숙해서 모르는 모양이다.”

“제가요?”

눈을 둥그렇게 떴던 아이렌이 김태우를 보았다.

“제가 미인인가요?”

“그런 소리 못 들었어?”

“들었어요.”

“그런데 왜 물어?”

“그럼 보스는 왜 관심이 없죠?”

“회사 직원하고 관계는 안 해.”

“왜요?”

“일하는 데 거북해.”

“왜요?”

“밤에 둘이 벌거벗고 엉킨 후에 회사에서 일 시키면 제대로 듣기나 하겠어?”

“왜 안 들어요?”

아이렌이 머리를 한쪽으로 기울였으므로 김태우는 눈을 치켜떴다.

“잔소리 말고 스테이크나 먹어.”

“네, 보스.”

아이렌이 다시 스테이크를 맛있게 씹어 삼키더니 김태우를 보았다.

"보스, 저한테 성적 매력이 없나요?"

"넘쳐."

"네?"

"흘러넘친다고."

그 순간 아이렌이 손바닥으로 입을 가리고 웃었다. 그것을 본 김태우의 심장 박동이 빨라졌다. 머리가 뜨거워졌고 곧 남성이 부풀어 올랐다. 지금까지 만난 그 어떤 여자보다도 아이렌의 성적 매력이 강했기 때문이다. 처음 본 순간부터 그랬다. 검은 피부는 기름을 바른 것처럼 반들거렸고 갸름한 얼굴형에 용모는 서구적이다. 곧은 콧날, 검은 진주를 박은 것 같은 눈동자, 도톰하지만 야무지게 닫힌 입술, 그리고 큰 키에 날씬한 몸매. 가슴은 부풀었고 엉덩이는 움직일 때마다 꿈틀거리는 것이 따로 살아 있는 생명체 같다. 포크를 내려놓은 김태우가 지그시 아이렌을 보았다.

"아이렌, 여기서도 할 수 있어?"

"뭘 말인가요?"

되물었던 아이렌이 숨을 들이켜더니 역시 포크를 내려놓았다. 김태우를 향한 눈동자가 번들거리고 있다.

"보스, 하고 싶어요?"

"넌 섹스 경험이 많아?"

김태우가 되물었더니 아이렌이 시선을 준 채 대답했다.

"그놈한테 강간당한 후에 한 번도 해 본적 없어요."

김태우의 시선을 받은 아이렌이 붉은 혀로 입술을 핥았다.

"이 방에는 아무도 들어오지 않아요, 보스."

244

그러나 옆방에서 루자가 아이들을 나무라는 소리가 바로 옆에서 말하는 것처럼 들린다. 양은그릇을 스푼으로 긁는 소리, 쩝쩝거리는 소리도 들린다. 방 사이에 문도 없다. 벽은 얇은 판자와 양철을 이어서 만들었고, 문 대신 마대자루를 늘어뜨렸을 뿐이다. 그때 아이렌이 식기를 옆으로 밀치더니 김태우 앞에 무릎을 꿇고 앉았다. 아이렌은 검정 바탕에 분홍 꽃무늬가 있는 헐렁한 원피스 차림에 맨발이다. 그때 아이렌이 손을 뻗어 김태우의 바지 혁대를 쥐었다.

"왜 이러는 거야?"

김태우가 묻자 아이렌이 번들거리는 눈으로 바라보았다.

"제가 해드려요?"

아이렌의 목소리는 건조해져 있다.

"뭘 말이야?"

알면서도 김태우가 묻자 아이렌이 다시 혁대를 당겼다.

"입으로."

"해 봤어?"

"포르노 봤어요, 친구 집에서."

"실험해 본 거냐?"

"지금 해 보려고 하지 않아요?"

"놔 둬, 아이렌."

쓴웃음을 지은 김태우가 아이렌의 손을 떼고는 팔을 끌어 옆자리에 앉혔다. 아이렌이 순순히 옆에 앉는다. 옆방에서 루자가 웃는 소리가 울렸다. 커다랗게 웃는다. 바투도 돌아왔는지 따라 웃는다. 집안 분위기가 밝다. 그때 김태우가 아이렌의 허리를 당겨 안았다. 아이렌이 잠깐 몸을 굳히는 것 같더니 허물어지듯 품에 안긴다.

"이봐, 몸을 함부로 내놓지 마."

김태우가 아이렌을 당겨 안으면서 말했다.

"네 몸은 아름답다, 아이렌."

아이렌은 가쁜 숨만 내쉴 뿐 눈을 감고 있다. 그때 참지 못한 김태우가 아이렌의 입술에 입을 붙였다. 그러자 아이렌이 두 팔을 뻗어 김태우의 목을 감아 안더니 입을 열었다. 그러나 입을 열었을 뿐 혀는 내밀지 않는다. 김태우는 그대로 아이렌의 입술을 빨았다. 그러고는 손을 뻗어 아이렌의 원피스를 들췄다. 팬티가 손에 닿았을 때 아이렌의 몸이 다시 굳어졌다.

"그만둘까?"

잠깐 입을 뗀 김태우가 묻자 아이렌이 눈을 떴다. 그러더니 머리를 저었다.

"그냥 해요."

"뭘 해?"

그때 아이렌이 다시 손을 뻗어 김태우의 바지 지퍼를 풀기 시작했다.

"섹스."

"하고 싶어?"

"보스하고는 하고 싶었어요."

그때 김태우의 손이 아이렌의 팬티를 끌어 내리고 골짜기를 덮었다. 흠칫 몸을 굳힌 아이렌이 다리를 오므렸을 때 김태우의 손이 골짜기 안으로 미끄러져 들어갔다.

"아."

놀란 아이렌의 입에서 낮은 신음이 울렸다. 김태우의 손가락이 아이

렌의 동굴 안으로 진입했다. 그러자 곧 흘러나온 애액으로 손이 흠뻑
젖었다. 그때 아이렌도 김태우의 바지 혁대를 풀더니 손을 뻗어 바지와
팬티를 내렸다.

"아."

다시 아이렌이 낮게 외침을 뱉었다. 손으로 김태우의 남성을 움켜쥔
것이다.

"보스, 넣어줘요."

아이렌이 동굴 안에 넣어진 김태우의 손을 조이며 말했다. 가쁜 숨
을 뱉은 아이렌이 움켜쥔 김태우의 남성을 주무르고 있다.

"아이렌, 이것도 포르노에서 본 거냐?"

"어렸을 때……."

아이렌이 하반신을 비틀면서 헐떡이며 말했다.

"어머니가 남자들하고 바로 옆에서 섹스 하는 것을 보면서 자랐거
든요."

아이렌이 허리를 비틀면서 옅은 신음을 뱉었다. 남자들이란 계부들
일 것이다. 같은 방에서 살았기 때문에 매일 밤 볼 수밖에 없다. 아이렌
이 김태우의 남성을 움켜쥐고 진퇴 운동을 했다.

"이건 어머니가 남자들한테 하는 걸 보았죠."

김태우는 아이렌의 동굴에서 쏟아져 나오는 뜨거운 용암에 감동했
다. 아이렌의 몸은 자신을 절실하게 원하고 있는 것이다.

"아아, 보스."

아이렌이 하반신을 들썩이며 신음했다.

"조금 더 빨리. 나, 터질 것 같아요."

김태우가 동굴에 넣은 손놀림을 빨리 했더니 아이렌이 하반신을 올

리면서 이를 악물었다. 악문 이 사이로 억눌린 신음이 터져 나오고 있
다. 김태우는 아이렌의 이마에 입술을 붙였다. 아이렌은 애무만으로 폭
발해버린 것이다. 김태우는 정성스럽게 아이렌의 동굴을 애무했다. 굳
어진 아이렌의 몸이 이윽고 풀리기 시작하더니 사지가 늘어졌다. 김태
우에게 상반신을 안긴 채 두 다리를 길게 뻗은 자세다.

　메인랜드에서 6km나 되는 메인 브릿지를 건너 빅토리아 아일랜드
로 가는 데만 2시간이 걸렸다.
　"바투, 너, 영어 어디서 배웠어?"
　옆에서 걷는 바투에게 김태우가 물었다. 이곳은 이코이 지역의 번화
한 상가다. 밤 10시 10분, 거리는 불야성을 이루고 있다. 김태우의 시선
을 받은 바투가 흰 이를 드러내며 웃었다.
　"어릴 적부터 외국인 뒤를 따라 다녔거든요."
　"무슨 일을 했는데?"
　"껌 팔고, 신문 팔고, 심부름하는 일."
　"그렇구나."
　"영국식 고급 영어도 할 줄 압니다."
　어깨를 으쓱한 바투가 번들거리는 눈으로 김태우를 보았다.
　"난 빨리 달려요, 김."
　"운동선수냐?"
　"아니, 거리에서."
　"거리에서 달려?"
　"예, 가방이나 핸드폰 빼앗고 뛰는 거."
　이른바 '퍽치기'다 바투는 퍽치기를 해 왔던 모양이다. 루자는 그런

바투가 폐지 수집을 하고 있는 줄로 아는 모양이다. 바투는 화려한 무늬의 남방셔츠에 깨끗한 바지를 입었고 반들거리는 구두를 신었다. 놀라운 변신이다. 거리의 부랑아가 단숨에 잘 사는 집 아이가 되었다. 서울식당 건너편 거리에 멈춰 섰을 때는 오후 10시 반이다.

"바투, 너 오늘밤 이 근처에서 잘 곳 있어?"

김태우가 묻자 바투가 두 팔을 벌리며 웃었다.

"많아요, 김. 1백 개도 넘어."

"뭐가 말이냐?"

"합숙소, 여관, 요양원. 하지만 모두 돈을 내야 돼."

"얼마냐?"

"제일 비싼 곳이 5불. 거긴 비누에다 수건, 칫솔까지 나와요."

"좋아."

김태우가 주머니에서 10불짜리 지폐를 꺼내 바투에게 내밀었다.

"이 돈으로 자고 내일 아침에 일찍 집에 들어가."

바투가 냉큼 돈을 받더니 김태우에게 물었다.

"내일 집에 올 거죠?"

"네 누나하고 같이 갈 거다."

머리를 끄덕인 바투가 몸을 돌리더니 인파 속으로 사라졌다. 김태우가 서울식당 안으로 들어서자 안쪽 테이블에서 손님들과 함께 앉아 있던 장주현이 일어섰다. 활짝 웃는 얼굴로 다가온 장주현이 눈으로 뒤쪽 방을 가리켰다.

"방에서 기다리고 있으니까 들어가 봐."

바짝 다가선 장주현에게서 익숙한 체취가 맡아졌다. 장주현이 말을 이었다.

“오늘밤 찐하게 놀다 와. 무리하지 말고.”

오늘밤 장주현이 여자 하나를 소개시켜 주기로 한 것이다. 그러나 장주현은 여자 이름은 말할 것도 없고 무엇 하는 여자인지, 기혼인지 미혼인지도 밝히지 않았다. 김태우는 종마 취급을 받는 느낌도 들었지만 호기심이 동했고 더 자극이 되었다. 몇 번 얼굴을 본다고 얼마나 더 잘 알겠는가? 차라리 종마가 되어 실컷 즐기는 것이 낫다. 복도 끝 쪽의 방문 앞으로 다가간 김태우가 문을 열었다. 그때 테이블에 앉아 있던 여자가 머리를 들었다. 낯이 익은 여자다. 지난번 교민회에서 본 것 같다. 30대 후반이나 40대쯤 되었을까? 긴 머리는 뒤로 묶어서 말꼬리처럼 늘어졌고 흰색 반팔 셔츠에 역시 흰 반바지를 입었다. 화장기가 없는 얼굴. 여자는 웃지도, 일어나지도 않은 채 지그시 시선만 준다. 다가선 김태우가 여자에게 물었다.

“절 보자고 하셨다면서요?”

“그래요.”

맑고 부드러운 목소리. 그때서야 여자의 굳어진 몸이 풀리는 것 같다. 방 안은 방음장치가 잘 되어 있어서 바깥 소음이 전혀 들리지 않는다. 테이블 위에는 생수병이 두 개 놓여 있을 뿐 비었다. 김태우가 생수병을 쥐고 마개를 열면서 다시 물었다.

“누님은 뭘 하시는데요?”

“오늘밤 우리 집에 갈 수 있죠?”

대답 대신 여자가 그렇게 물었으므로 김태우가 쓴웃음을 지었다.

“이곳이 어떤 곳인지 실컷 교육을 받았는데 무조건 따라갈 것 같습니까?”

“장 사장이 소개시켜 줬으면 보증이 된 거죠.”

“장 사장하고 하룻밤 잤다고 내 목숨을 맡길 것 같아요?”

“장 사장하고 민옥희, 둘하고 잤지요.”

김태우가 입을 다물고 심호흡을 했다. 말을 어긋나게 하는 바람에 심사가 뒤틀린 것이다.

오늘밤 이곳에 온 것은 은신처를 만들려는 것이 첫 번째 목표다. 아이렌의 판잣집은 본거지로 삼되 빅토리아 아일랜드에 숨어 지낼 곳을 몇 개 만들려는 의도였다. 그것이 여자의 집이라면 일석이조가 될 것이다. 김태우는 이 정체불명의, 대화가 어긋나기만 하는 여자하고는 거래하지 않는 것이 낫겠다는 결론을 내렸다.

“하지만 난 당신하고는 안 잡니다.”

김태우가 웃음 띤 얼굴로 말을 이었다.

“별로 내키지가 않아서요.”

여자가 머리를 끄덕였다. 이제 어긋나는 말은 뱉지 않는다. 얼굴이 굳어져 있다. 얇은 입술이 꾹 닫혔고 눈꼬리가 조금 솟은 눈빛이 강하다. 곧은 콧날의 코끝이 살짝 들려서 차가운 분위기를 조금 완화시키고는 있다. 김태우가 여자를 관찰한 시간은 몇 초 되지 않았지만 영상이 머릿속에 박혔다. 저 차가운 분위기가 달아올라 꿈틀거리기 시작하면 어떤 분위기가 될까? 그때 첫 연상의 여인이었던 하수진이 떠올랐다. 하수진의 분위기도 냉수 같았지만 달아올랐을 때는 뜨거운 온천이었다. 그때 여자가 김태우를 보았다.

“어쨌든 우리 집으로 가요.”

정색한 표정이다. 김태우가 시선만 주었더니 여자의 얼굴에 희미하게 웃음이 떠올랐다.

“섹스하자고 안 할 테니까 걱정 마시고.”

"그렇다면 더 땡기지 않는데요."

김태우가 다시 튕겼다.

"솔직히 내가 여기 온 것은 혼자 자기가 적적해서 그랬단 말입니다. 오늘밤은 장 사장하고 같이 있는 것이 낫겠습니다."

"왜? 내가 매력이 없어요?"

"뭐 그런 걸 물어보십니까?"

"참고로 압시다."

"글쎄요. 좋아하시는 분이 있겠지요."

"김 사장은 아니라는 말씀이죠?"

다시 말장난에 짜증이 난 김태우가 입을 다물었을 때 여자가 말했다.

"미안해요. 내 분위기가 그래서."

"아니, 천만에요."

김태우가 손목시계를 보았다. 오후 10시 40분이다. 오늘은 빅토리아 아일랜드에서 숙소를 만들려고 왔으니 딴 곳을 알아봐야 한다. 이 정체도 모르고 어긋나기만 하는 여자는 부담이다. 그냥 엉키는 민옥희나 큰누나 같은 장주현이라면 견디겠다. 그때 여자가 말했다.

"이준혁 씨를 만났죠?"

순간 숨을 들이켠 김태우가 여자를 보았다. 여자는 그 표정 그대로다. 누군가? 여자가 말을 이었다.

"보코하람 피해 다니시는 줄 알고 있어요."

"누구세요?"

"집에 가서 인사를 하려고 했는데."

쓴웃음을 지은 여자가 말을 이었다.

“국정원 일을 해요.”

시선을 준 채 여자가 말을 이었다.

“미안해요. 난 성적 매력도 없을 뿐만 아니라 그 수단으로 남자를 꼬셔 본 적이 없어서…….”

“아아, 예.”

마침내 김태우도 한마디 했다. 대꾸를 안 할 수가 없는 노릇이다. 그때 생수병을 든 여자가 말을 이었다.

“난 주류 수입상을 해요. 그러면서 국정원 정식 요원이기도 하고.”

“아아.”

“본부에서 김태우 씨한테 연락 안 한 건 기밀 유지 차원이기도 합니다.”

“…….”

“참, 난 이경미라고 해요. 서른일곱이고 국정원 경력 12년차, 과장급이죠.”

“아아, 예.”

“이곳에는 3년 전에 왔는데 교민들도 모두 내가 주류 수입상인 줄로 알죠.”

“그렇군요.”

“자, 그럼 됐죠? 우리 집에 갑시다.”

물병을 내려놓은 이경미가 일어섰는데 날씬한 몸매다. 김태우의 시선을 본 이경미가 풀썩 웃었다.

“김 사장, 나 결혼했어요. 그러니까 침 흘리지 말아요.”

“어쨌든 장 사장 앞에서는 침 흘리는 시늉은 해야 될 것 아닙니까?”

“그렇죠.”

쓴웃음을 지은 이경미가 발을 떼면서 말했다.

"내가 오늘밤 회포 풀겠다고도 했으니까."

"매형은 집에 계신 거요?"

밖으로 나오면서 김태우가 묻자 이경미가 눈을 흘겼다. 그 순간 김태우의 목구멍이 찌르르 울렸다. 처음으로 이경미한테서 성적 분위기를 느꼈기 때문이다. 둘이 홀로 나왔을 때 바로 장주현이 다가왔다. 일본 손님들과 술을 마신 장주현의 얼굴은 술기운이 배어 있다.

"어유, 이 사장, 지금 나갈 거야?"

"응, 언니. 그럼 갈게."

이경미가 웃음 띤 얼굴로 말했는데 김태우는 웃는 얼굴을 처음 보았다. 조금 솟은 코끝이 웃음 띤 얼굴과 잘 어울렸다. 그때 둘에게 바짝 붙은 장주현이 목소리를 낮추고 말했다.

"민옥희한테는 말 나가지 않도록 해. 걔가 김 사장한테 빠져 있어."

"알았어요, 언니."

이경미가 눈을 흘겼다.

"김 사장 잘 쓰고 돌려줄게, 언니."

"어유, 이 사장. 네가 남자 밝힐 줄은 몰랐다. 니 남편 알면 어쩌려고."

힐끗 김태우에게 시선을 준 장주현이 목소리를 낮췄다.

"조심들 해."

김태우는 머리만 끄덕이고 식당을 먼저 나왔다. 이경미의 집은 이코이 지역 중심부에 위치한 4층 빌딩의 3층이었고 1, 2층은 주류 판매점과 사무실이었다. 엘리베이터가 없었기 때문에 둘은 경비실을 지나 빈 건물의 계단을 올랐다.

"누님, 매형은 어디 있는 거야?"

계단을 오르면서 김태우가 불쑥 물었더니 앞장서 걷던 이경미가 내려다보았다.

"출장 갔어."

"옳지. 한국 갔구나."

김태우의 얼굴에 웃음이 떠올랐다.

"어쨌든 매형이 있으면 좀 불편해."

늦은 시간이어서 매장과 사무실 불은 꺼졌고 아래층에 경비원 둘이 경비실에 있을 뿐이다. 3층의 현관은 철문이었다. 보안 장치를 해제시킨 이경미가 문을 열면서 김태우에게 말했다.

"작년에 도둑이 들어와서 보안 장치를 다시 한 거야."

집 안의 불을 켜자 눈앞에 거실이 드러났고 잘 정돈된 가구와 전자 제품이 놓여 있다. 얼핏 보아도 70~80평형대의 고급 아파트다.

"저쪽 방에 들어가서 옷 갈아입어. 거기 반바지, 셔츠가 있을 거야."

이경미가 왼쪽 방을 가리키며 말했다.

"안에 욕실도 있으니까 씻고 와."

김태우가 방으로 다가가자 뒤에 대고 이경미가 물었다.

"술 마실 거야?"

"그럼. 한잔 해야지."

김태우가 머리를 돌려 이경미를 보았다.

"누님도 한잔 할 거지?"

"그래, 마시자."

김태우의 시선을 받은 이경미가 이를 드러내고 웃었다.

"김 사장은 본래 이렇게 붙임성이 좋았어?"

"아니, 전혀."

방문 손잡이를 쥔 김태우가 정색하고 머리를 저었다.

"전혀 아니었어. 그런데 직장 생활을 하면서 변했어."

"자료를 보니까 격투기 챔피언이던데. 그것도 직장 다니면서 했었군."

"잘 아네. 하지만 챔피언은 아냐."

방으로 들어선 김태우가 옷장을 열어 보고는 숨을 들이켰다. 남자 옷이 차 있는 것이다. 이경미의 남편 옷이다. 그렇다면 남편도 국정원 요원인가? 이경미는 혼자 왔다고 하지 않는가? 옷을 고른 김태우가 모두 새 옷인 것을 보았다. 씻고 난 김태우가 편한 옷으로 갈아입고 나왔을 때 이경미는 탁자 위에 술과 안주를 차려놓고 기다리는 중이었다.

"어휴, 보기 좋네."

이경미가 반소매 셔츠에 반바지 차림의 김태우를 보면서 웃었다.

"섹시해. 과연 아줌마들이 줄을 설 만해."

"누님도 달라졌는데."

김태우도 앞쪽 자리에 앉아 이경미를 보면서 말했다. 그동안 이경미도 소매 없는 원피스로 갈아입고 있었던 것이다. 말꼬리처럼 묶었던 머리도 풀어서 어깨 위로 늘어졌고 첫째 얼굴 표정이 부드러워졌다. 서울 식당에서는 그림으로 그린 얼굴이었다면 지금은 산 사람이다. 잔에 위스키를 채운 이경미가 술잔을 들면서 말했다.

"자, 라고스의 사업을 위하여 건배."

술잔을 든 김태우가 잠자코 한 모금에 삼키더니 집 안을 둘러보는 시늉을 하면서 물었다.

"내가 지금 피해 다니는 거 어떻게 알았어?"

"나도 정보원이 있어."

빈 술잔을 든 이경미가 김태우의 시선을 받았다.

"보코하람만큼은 안 되지만 말이야."

"이준혁 씨 만난 적 있어?"

"아니."

머리를 저은 이경미의 얼굴에 웃음기가 떠올랐다.

"이준혁은 우리가 2년 전에 라고스에서 철수한 것으로 알고 있을 거야."

이경미가 눈웃음을 쳤으므로 다시 김태우의 목구멍이 좁혀지는 느낌이 왔다.

"철수했지. 대사관 소속의 최 영사가. 그가 국정원 소속이란 건 다 알고 있었으니까."

"……."

"하지만 내가 사업가로 변신해서 이렇게 눌러앉아 있는지는 모를 거야. 그렇지?"

"왜 나한테 물어?"

"이준혁이 내 이야기 안 하지?"

"내가 여기서 자고 간 줄 알면 의심할 텐데."

"알아도 바람난 주류 수입상으로 알겠지."

"이준혁 씨가 나한테 협조적이야. 난 미얀마에서도 그쪽과……."

"알아."

다시 김태우의 잔에 술을 채운 이경미가 말을 이었다.

"그래서 널 보자고 한 거야. 앞으로 내 애인이 되어서 나한테 자주 들르면서 그쪽 정보를 줘."

김태우의 표정을 본 이경미가 다시 눈웃음을 쳤다.

"본부에서도 기대가 커."

"그런데 조금 전에 누님, 나한테 애인이 되라고 했어?"

김태우가 묻자 이경미가 이제는 활짝 웃었다.

"그래, 했다. 어쩔래?"

"남편은?"

김태우가 주위를 두리번거리는 시늉을 하면서 다시 물었다. 남편이 있는 집으로 들어온 것이 꺼림칙한 것이다. 남편이 한국 출장을 갔다고 해도 그렇다. 그때 이경미가 웃음 띤 얼굴로 말했다.

"위장 부부야, 우리는."

"무슨 말이야?"

"박춘식 씨 하고는 서로 협조하는 사이지, 진짜 부부는 아니라는 말이야."

"그렇군. 그럼 누나는 현재 미혼이란 말이지?"

"이 나이에 그럴 리가 있나? 이혼녀야. 아이는 서울에서 친정어머니가 키우고 있어."

"고생이 많군."

"자, 한잔 해."

이경미가 스카치 병을 들어 올리면서 말했다.

"이제 마음이 놓여?"

"그럼 가끔 이 집을 내 숙소로 사용해도 되겠군."

이경미가 따라준 위스키를 한 모금에 삼킨 김태우가 소파에 등을 붙였다.

"누나가 국정원 요원일 줄은 몰랐어."

"남편 한국 보내고 다리 사이가 근지러운 아줌마가 된 것이지."

이경미가 한 모금 위스키를 삼키더니 웃었다.

"그나저나 넌 아줌마들한테 인기가 많더라. 벌써 몇 명하고 잤어?"

"누나까지 합하면 셋밖에 안 돼."

"내가 준다고 했니?"

"나도 이젠 여자 눈빛만 봐도 다리 사이가 근지러운지 어쩐지 안다고."

"장 사장이 네 매니저 역할을 해."

"무슨 말이야?"

"네가 대단하다는 거야. 물건도 크고 하룻밤에 다섯 번은 까무러치게 해준다는 거야."

"그 여자, 입은 싸지만 사실이야. 그 여자도 대여섯 번 터졌을걸."

"내가 이런 이야기를 하고 있다니."

쓴웃음을 지었지만 이경미의 얼굴은 달아올라 있다. 술기운이 아니다. 그때 김태우가 자리에서 일어나 이경미 옆에 다가가 앉았다.

"어머, 왜 이래?"

이맛살을 찌푸린 이경미가 옆으로 조금 비켜났다.

"난 그거 할 생각 없어. 그러니까 오해 마. 난 일 때문에 너 데려온 거야."

"이것도 일이야."

김태우가 더 바짝 붙어 앉았더니 이경미가 정색했다.

"먼저 이야기부터 해."

"그래. 그럼, 어서 해 봐."

"이준혁 씨 만나서 보코하람 정보를 받아 줘."

이경미가 김태우의 시선을 받은 채 말을 이었다.

“국가를 위한 일이야. 본부에서도 기대하고 있어.”

“젠장.”

투덜거린 김태우가 이경미를 노려보았다.

“그럼 나에 대한 보상은 뭐야? 무조건 국가에 대해 목숨을 바치라는 거야?”

“그럴 수야 있나?”

이경미도 정색하더니 말을 이었다.

“우리도 네 사업을 도울 거야. 보상을 안 해줄 리 있어?”

“어떤 정보인데?”

“보코하람 조직, 내부 상황 등 모든 것.”

이경미의 목소리에 열기가 띠어졌다.

“금싸라기 같은 정보야.”

그때 김태우가 한 모금 위스키를 삼키고는 이경미를 보았다.

“생각해 보겠어.”

지금까지 호의를 베풀어 준 이준혁을 배신하게 될지도 모르는 것이다. 그때 이경미가 술잔을 내려놓더니 자리에서 일어서며 물었다.

“섹스 하고 싶어?”

감태우의 시선을 받은 이경미가 머리칼을 쓸어내리며 웃었다.

“분위기 바꾸자고 한 말이야.”

“누나는 어때?”

“네가 원한다면.”

“섹스도 작전 계획에 포함된 일이야?”

“그래.”

거침없이 대답한 이경미가 발을 떼며 말했다.

“장 사장한테 소개비로 5백 불을 줬다고.”

“그 여자 뚜쟁이네.”

“네가 그날 여자들 시선을 받았지. 요즘 여자들이 굶주려 있었거든.”

“장 사장한테서 돈을 받아야겠는데.”

따라 일어선 김태우가 이경미의 뒤를 따라 침실로 들어섰다. 넓은 침실 안쪽에는 욕실도 딸려 있다.

“나 씻을 건데, 씻을 거야?”

이경미가 묻더니 김태우에게 등을 돌리고 섰다.

“지퍼 내려줘.”

원피스 등의 지퍼를 내려 달라는 것이다. 김태우는 잠자코 지퍼를 내렸다. 등이 벌려진 순간 김태우는 숨을 들이켰다. 맨등이다. 이경미는 브래지어도 차지 않았던 것이다. 저도 모르게 손을 뻗친 김태우가 이경미의 뒤에서 젖가슴을 움켜쥐었다. 두 손에 젖가슴이 가득 잡혔다.

9장 밀림의 여인

그때 이경미가 몸을 움츠리는 것 같더니 머리만 뒤로 돌렸다.

"이건 계획에 없던 일이야."

"예상은 했겠지."

두 손으로 젖가슴을 주무르면서 김태우가 이경미의 몸을 당겨 안았다. 이경미의 젖가슴은 작은 편이지만 단단했고 탄력이 강했다. 손가락으로 비빈 지 얼마 안 되어서 젖꼭지가 단단하게 솟아났다. 이경미가 엉덩이를 비틀면서 가쁜 숨을 뱉었다.

"씻지 않을 거야?"

김태우는 대답 대신 이경미의 원피스를 끌어내렸다. 그 순간 이경미가 팬티 차림의 알몸이 되었다. 김태우는 이경미의 몸을 돌렸다. 순순히 몸을 돌린 이경미가 손을 뻗어 김태우의 반바지와 팬티를 동시에 끌어내리고는 남성을 움켜쥐었다. 두 눈이 번들거리고 있다. 입에서 거친 숨결을 내뿜으며 온몸을 비틀거리면서 김태우에게 몸을 붙인 이경미의 팬티를 끌어내린 김태우가 손으로 골짜기를 덮고 문질렀다.

"여기서 그냥 할까?"

"나 몰라."

이경미가 김태우의 남성을 두 손으로 쥐더니 끌어당기는 시늉을 했다. 김태우는 이경미의 몸을 침대로 밀어 눕혔다. 이경미의 알몸이 침대 위로 눕혀졌을 때 김태우가 다가가 대뜸 골짜기에 얼굴을 묻었다.

"앗."

놀란 이경미가 외침을 뱉더니 김태우의 머리칼을 두 손으로 움켜쥐었다. 그러나 김태우는 거칠게 이경미의 골짜기를 애무했다. 두 다리를 움츠렸던 이경미가 자극을 더 받으려는 듯이 두 다리를 폈다가 기다란 신음을 뱉었다.

"아아아."

쾌락을 이기지 못한 신음이다. 김태우는 잠깐 머리를 들고 이경미의 골짜기를 내려다보았다. 선홍빛 골짜기는 잔뜩 습기를 머금고 번들거리고 있다. 안쪽 깊은 동굴에서 흘러나오는 용암이 번지고 있기 때문이다. 다시 김태우가 골짜기에 입을 붙이고는 정성스럽게 애무했다.

"아아아, 자기야."

이경미가 허리를 들썩이며 소리쳤다. 두 눈을 치켜떴지만 초점이 없다. 붉게 상기된 얼굴, 딱 벌린 입, 전혀 다른 모습이다.

"아이구, 나 몰라."

김태우가 입술로 골짜기 위쪽 돌기를 물었더니 이경미가 다시 소리쳤다. 이제 이경미의 골짜기는 뜨거운 온천수로 가득차서 흘러내리고 있다. 그러나 김태우는 몸을 떼지 않았다. 두 손을 뻗어 이경미의 젖가슴과 다리를 애무하면서 사지를 빈틈없이 엉켜가고 있다.

"아악."

마침내 이경미가 허리를 불끈 솟구치더니 절정으로 오르기 시작했다. 골짜기의 애무만으로 터지려는 것이다. 두 다리는 김태우의 상반신을 빈틈없이 휘감은 채 온몸이 굳어지고 있다. 이윽고 이경미가 폭발했다. 폭발은 몸이 경직되면서 시작되었다. 입을 딱 벌렸지만 비명도 터지지 않았고 잠깐 숨도 멈췄다가 이어졌다. 숨소리에 옅게 앓는 소리가 섞였다. 그때 김태우가 몸을 세우더니 이경미의 몸 위에 올랐다. 그러고는 자세를 잡고 나서 거침없이 진입했다. 죽어가는 것 같았던 이경미가 그 순간 눈을 뜨더니 두 손으로 김태우의 팔을 쥐었다. 다음 순간 다시 신음 소리가 터지기 시작했다.

"아이구, 자기야."

그러나 더 이상 말을 잇지 못한다. 김태우는 이경미의 동굴이 열렬하게 자신을 반기고 있다는 것을 알았다. 뜨겁고 탄력이 강한 동굴이다. 방 안에 다시 비명이 터지기 시작했다. 이경미는 절정에 올랐다가 더 높은 쾌락을 향해 다시 솟아오르는 중이다.

"아, 아, 여보."

김태우가 부딪칠 때마다 이경미가 매달리듯이 움켜쥐면서 신음했다.

"나 죽어, 여보."

김태우는 숨을 들이켰다. 이경미의 몸에 한없이 빠져 들어가는 자신을 발견했기 때문이다. 이경미는 기교도, 애교도 없다. 그러나 골짜기와 동굴은 그 모든 것을 대신하고도 남았다. 좁고 탄력이 강한 골짜기는 무서운 흡인력으로 김태우를 빨아들였고, 반응하는 사지는 연체동물처럼 몸에 안겼다. 어느 한 곳 어긋나지 않는 것이다. 다시 이경미가 솟아오르기 시작하더니 금방 터질 것처럼 몸이 경직되었다. 그때 김태우가 상반신을 떼고는 이경미의 허리를 옆으로 미는 시늉을 했다. 그러자 이경미가 몸을 굴리더니 침대 위에 젖가슴까지 딱 붙이고는 엉덩이만 치켜 올렸다. 김태우는 다시 이경미의 뒤에서 몸을 붙였다.

"아아아아."

볼을 침대에 붙인 이경미가 길고 높은 신음을 뱉었다. 엉덩이를 흔들어 자극을 더 받으면서 이경미가 비명과 함께 소리쳤다.

"여보, 나 죽을 것 같아."

김태우는 거칠게 몸을 부딪치면서 이경미의 등에 입술을 붙였다. 이경미가 입술에 자극을 받고는 상반신을 벌떡 세웠다가 다시 엎어졌다. 이경미의 동굴이 다시 급격히 수축되기 시작했다. 또 폭발하려는 것이다. 이번에는 터지도록 김태우는 더 격렬하게 몸을 부딪쳤다. 뜨겁고 긴 밤이다. 시트로 하반신만 가린 채 둘이 나란히 누워 있다. 깊은 밤, 주위는 조용하다. 방 안의 열기는 식었지만 비린 땀과 정액 냄새가 덮였다. 익숙해진 냄새여서 편안하다. 천장을 바라본 채 김태우가 호흡을 고르고 있다. 이경미는 첫인상과 전혀 달랐다. 장주현, 민옥희와도 다른 스타일이다. 그렇다, 사람마다 다 다르지만 이경미는 느끼는 분위기하고도 다르다. 뜨겁고, 신선하고, 신비로우며, 친숙한 데다 오묘한 몸을 가진 여자다. 기교가 뛰어나지 않는데도 남자를 전율시키고, 차가운 것 같았다가 열정적이었으며 몸의 구조가 황홀했다. 김태우가 팔을 뻗어 이경미의 어깨를 당겨 안았다.

"누나, 국정원에서 섹스 교육을 받는 거야?"

내키는 대로 물었더니 가슴에 안긴 이경미가 픽 웃었다.

“넌 옛날 소설을 읽은 모양이구나?”

“요즘 소설 안 읽었어.”

“그럼 영화에서 그런 장면이 나와?”

“배운 거야?”

그때 이경미가 손을 뻗어 김태우의 남성을 쥐었다.

“너, 왜 그렇게 잘해?”

“누나도 선수더만 뭐.”

“난 네가 이끄는 대로 갔을 뿐이야.”

이경미가 주무르자 김태우의 남성이 금방 단단해졌다. 놀란 이경미
가 단단해진 남성을 쥐고 숨을 들이켰다.

“또 섰네.”

“또 들어가고 싶은가 봐.”

“좀 있다가. 나 그러다간 진짜 죽을 것 같다.”

“내가 죽지 누나가 죽나?”

“진짜야. 나 아까 죽는 줄 알았어.”

이경미가 김태우의 가슴에 입술을 붙였다가 떼었다.

“이렇게 육정(肉情)이 드는가 보지?”

“누나 엄주학이가 북한 대사관에다 사기 친 것 알아?”

불쑥 김태우가 묻자 이경미가 남성을 주무르던 손을 멈췄다.

“알아. 프랑스 대사관 차를 그들한테 팔아먹었지.”

그러더니 웃음 띤 얼굴로 물었다.

“누구한테 들었어? 이준혁 씨?”

“응. 엄주학을 잡겠대.”

“엄주학이 쉽게 잡히지 않을걸. 나름대로 인맥도 많아서 지금까지

잘 도망 다녔어."

"나한테도 자료 만들어 준다고 사업 제의를 해 왔거든."

"그래. 지난번 최길성이 법인장 할 때 자료상 노릇을 했지. 많이 횡령해 먹었을걸."

"누나도 알고 있었군."

"그럼. 이 좁은 바닥에서 그걸 모르고 있었다면 내가 근무 태만이지."

"그만 만져. 대책도 없이."

김태우가 투덜거리자 이경미가 큭큭 웃었지만 손을 떼지는 않았다. 김태우가 손을 뻗어 이경미의 골짜기를 움켜쥐었다.

"신경질 나면 다시 올라갈 거야."

"해도 돼."

이경미가 상기된 얼굴로 말했다. 올려다보는 눈동자의 초점이 흐려져 있다. 그때 김태우가 다시 물었다.

"엄주학이 나 만나자고 하는데 이준혁 씨한테 넘길까 봐."

그 순간 이경미가 움직임을 멈추더니 눈동자의 초점을 잡았다.

"그럼 엄주학 씨 무사하지 못할 텐데."

"이준혁 씨한테 약속을 받아야지."

"이준혁 씨가 약속 지킬 것 같아?"

"응."

"나, 해 줘."

이경미가 김태우의 어깨를 당기면서 말했다.

"그냥 넣어 줘."

"누나, 왜 그래?"

"갑자기 흥분돼서 그래."

"난 좀 있다가."

이경미의 골짜기를 문지르면서 김태우가 말을 이었다.

"누나, 내가 왜 숙소에서 안 자고 사무실도 못 들르고 밖에서 일하는지 알지?"

"알아. 조스 지역 광산을 정부하고 보코하람이 가로채려고 하는 거 아냐?"

이경미는 시선만 주었고 김태우가 다시 물었다.

"한국 정부에선 이 상황을 어떻게 생각하고 있는 거야?"

"그래서 내가 널 만난 거야."

그때 김태우가 이경미의 몸 위로 올랐다. 놀란 듯 이경미가 눈을 크게 떴다가 곧 다리를 벌렸다.

"말해봐. 날 만나서 어쩌자는 거야?"

그 자세에서 김태우가 말하자 이경미가 상기된 얼굴로 눈을 흘겼다.

"우리가 보호해 줄 테니까 이준석 씨 통해서 보코하람 정보를 받아줘."

"누나의 몸이 대가야?"

그 순간 김태우가 거칠게 몸을 부딪쳤으므로 이경미가 입을 딱 벌렸다. 이경미의 몸은 이미 잔뜩 젖어 있다. 그때 이경미가 김태우의 허리를 감싸 안으면서 말했다.

"우리가 적극 협력할게."

그러고는 이경미가 더 이상 말을 잇지 못했다.

"지금 도망 다니고 있습니다."

김태우가 핸드폰을 귀에 붙이고는 힐끗 열린 방문 사이로 거실을 보았다. 거실 건너편 주방에서 오락가락하는 이경미가 보였다. 오전 8시 반, 서울은 오후 4시 반이 되어 있을 것이다. 그때 수화기에서 조세진의 목소리가 울렸다.

"위험하면 돌아와. 목숨까지 내놓고 일할 필요는 없어."

진심이 담긴 목소리다.

"내가 사장님께 바로 보고하겠지만 사장님도 같은 생각이실 거네."

"예, 알겠습니다, 실장님."

"광산 서류 옮긴 것만 해도 엄청난 업적을 세웠어. 거기 있다가 놈들한테……."

잡힌다는 말은 생략하고 대신 조세진이 긴 숨을 뱉었다. 그때 김태우가 물었다.

"실장님, 제가 석유 장관 타그로를 만나기로 했습니다."

"뭐?"

놀란 조세진의 목소리가 높아졌다.

"타그로를? 상담하려고?"

"예. 어제 전화했더니 비서한테 연락하라고 하더군요. 비서한테 면담 약속을 받겠습니다."

조세진이 입을 다물었고 김태우가 말을 이었나.

"지난번 최 법인장이 상담하다가 만 자료는 있지만 본사에서 원유 수입 지침을 보내주시지요."

"그거야 어려운 일 아니지만."

숨을 조정한 조세진이 물었다.

"괜찮겠나?"

"예. 정부 청사에 들어가는 것이니까요."

“…….”

“석유 장관이 보코하람이나 로얄더치셸의 손바닥 안에서 논다면 어쩔 수 없지만요.”

“…….”

“하지만 그럴지도 모른다는 추측 때문에 안 만날 수는 없지 않겠습니까?”

“그, 그거야…….”

그때 열린 문으로 이경미가 들어오더니 문에 등을 붙이고 김태우를 보았다. 김태우가 말을 이었다.

“자료는 사무실로 보내주시면 직원 시켜서 받을 수 있습니다, 실장님.”

“알겠네. 그리고 내가 사장님하고 상의한 후에 다시 연락하지.”

“예. 바로 부탁합니다.”

“그런데 참, 자네 지금 어디에 있나?”

“이곳저곳 떠돌아다니고 있습니다, 실장님. 너무 걱정하지 마십시오.”

“알겠네.”

통화를 끝낸 김태우가 핸드폰을 귀에서 떼자 이경미가 말했다.

“밥 먹어.”

“들었어?”

방에서 나가면서 김태우가 물었더니 이경미가 되물었다.

“누굴 만난다는 거야?”

“석유 장관 타그로. 지난번에 원유 수입 상담을 하다가 최길성이 철수했거든. 그때는 석유부 장관 유마지였어.”

“유마지는 죽었어.”

“들었어.”

“위험해.”

주방으로 다가간 김태우가 김치찌개를 보고는 감동했다. 흰쌀밥에 김, 김치, 조개젓까지 놓여졌다.

“이야, 이게 얼마 만이냐?”

젓가락을 쥔 김태우가 감탄했을 때 앞쪽에 앉은 이경미가 말했다.

“타그로는 로얄더치셸과 통하는 인물이야. 그리고 로얄더치셸은……”

“보코하람과 공존하고 있다는 건가?”

김태우가 말을 뱉었다. 이경미의 시선을 받은 김태우가 빙그레 웃었다.

“이준혁 씨한테 들었어, 그 이야기는.”

“타그로가 만나자고 했어?”

이경미가 묻자 밥을 떠 넣은 김태우는 머리만 끄덕였다. 이경미가 말을 이었다.

“힘들 거야. 지난번 최길성이는 회사에 시늉만 보이려고 문의했을 뿐이야. 만일 원유를 가져가게 된다면 로얄더치셸 측에서 제동을 걸 거야. 그자들은 정권을 전복시키고도 남을 힘이 있어.”

“밥이나 먹으면서 말해.”

김치찌개를 떠먹은 김태우가 다시 밥을 씹었고 이경미의 목소리에 열기가 띠어졌다.

“로얄더치셸이 가만있을 것 같아? 그자들은 보코하람도 조종한다고. 보코하람을 시켜 널 제거할 거야.”

“이준혁 씨한테도 들었어.”

젓가락으로 조개젓을 집은 김태우가 이경미를 보았다.

"근데 나이지리아 석유는 로얄더치셸이 70퍼센트, 3대 메이저 그룹이 20퍼센트, 그리고 10퍼센트를 대여섯 개 국가에서 가져가더군. 아마 방법이 있을 거야."

시도도 하지 않고 포기한단 말인가? 부딪쳐 보기라도 해야겠다.

"저는 대양상사 라고스 법인장 김입니다."

김태우가 공손하게 말했을 때 곧 맑은 목소리로 여자가 대답했다.

"예, 기다리고 있었어요. 장관님께서 말씀하셨습니다."

"아, 그렇습니까?"

감동한 김태우가 핸드폰을 고쳐 쥐었다.

"그럼 시간을 내 주시겠습니까?"

"네, 다음 월요일 어떠세요? 오후 3시에 시간이 나는데요."

"알겠습니다. 그럼 어디로 찾아뵈면 될까요?"

"정부 청사로 오세요. 이코이 지역 북부에 정부 임시 청사가 있습니다."

"아, 예."

"2시 반까지 5층의 석유 장관 비서실에 오셔서 율리아를 찾으시면 됩니다."

"알겠습니다, 율리아 씨. 그럼 그때 뵙겠습니다."

핸드폰을 귀에서 뗀 김태우가 상기된 얼굴로 앞쪽의 이경미를 보았다.

"월요일 오후 3시야. 마침내 장관 면담이 되었어."

"축하해."

이경미가 커피 잔을 내려놓고 말했다. 그러나 정색한 표정이다.

"어디서 만나기로 했어?"

"이코이 북부에 정부 청사가 있다는데."

"있지."

눈을 가늘게 뜬 이경미가 말을 이었다.

"청사 주위에서 폭탄 테러가 여러 번 일어났어. 위험 지역이야."

"청사는 괜찮겠지."

"경호원을 데려가."

"사원 둘을 데려갈 거야."

미카사와 줌보를 데려갈 예정이다.

"경호원이야?"

이경미가 묻자 김태우가 둘에 대한 설명을 했다. 신입 사원이라고 했더니 이경미가 입맛을 다셨다.

"방탄복으로 사용할 수는 있겠군."

자리에서 일어선 김태우가 가방을 메었다.

오전 11시 반이다. 12시에 바투를 근처 식당 앞에서 만나기로 한 것이다.

"오늘밤은 메인랜드에서 산나고?"

따라 일어선 이경미가 물었다.

"여직원의 집이야?"

"그래. 빈민촌이지만 방이 다섯 개나 돼."

거짓말이다. 아이렌하고 같은 방에서 잔다고 할 필요는 없다. 말만 많아질 뿐이다.

"무슨 일 있으면 연락해."

뒤에서 이경미가 김태우의 허리를 껴안으며 말했다. 젖가슴의 감촉이 포근했고 옅은 향내가 맡아졌다.

"알았어. 수시로 연락할게."

"잘 곳 없으면 언제든지 와. 남자하고 같이 있을 때는 없으니까."

문 앞에서 이경미가 웃음 띤 얼굴로 말했다.

"너하고 자고 나서 딴 남자 밝히는 년은 없을 거야. 넌 자부심을 가져도 돼."

쓴웃음을 지은 김태우가 몸을 돌렸다. 바투는 어젯밤 약속한 대로 이태리 식당 앞에서 기다리고 있었는데 선글라스를 낀 데다 손에 신문을 말아 들고 있어서 적어도 중산층 청년처럼 보였다. 머리도 말끔했고 첫째 신발이 가죽 구두다. 쓰레기장에서 찾아낸 중고품이라고는 믿기지 않는다. 다가선 김태우에게 바투가 이를 드러내고 웃었다.

"누나가 조금 전에 안으로 들어갔어요, 보스."

"인마, 날 보스라고 부르지 마."

"그럼 캡틴이라고 하지요."

"김이라고 해."

"아저씨라고 하겠습니다."

"좋아."

김태우가 주머니에서 10불짜리 지폐를 꺼내 바투 손에 쥐어주었다.

"이것으로 점심 사 먹고 집에 들어가라."

"너무 많은데요, 아저씨."

당황한 바투가 손에 쥔 돈을 주먹 안에 감추고 주위를 둘러보았다. 김태우가 식당 안으로 들어서자 안쪽 자리에 앉아 있던 아이렌이 손을 들었다. 오늘은 눈에 띄지 않게 검정색 원피스 차림이었지만 빼어난 용

모여서 주위의 시선이 모여지고 있다. 자리에 앉은 김태우에게 종업원이 다가와 주문을 받아 갔다. 김태우와 아이렌은 점심 메뉴로 각각 1인당 50불짜리 정식 메뉴에다 1백 불짜리 술까지 시켰다.

"제가 보스하고 점심 먹는 건 빅토리아만 알고 있어요."

아이렌이 물 잔을 들고 웃었다.

"오늘도 빅토리아가 보스하고 같이 잤냐고 물었어요."

김태우의 시선을 받은 아이렌이 눈웃음을 쳤다. 가슴이 철렁 내려앉는 느낌이 들 정도의 교태가 드러났다. 아이렌이 말을 이었다.

"그래서 같이 잤다고 했죠."

"잘했어, 아이렌."

정색한 김태우가 머리를 끄덕였다.

"내가 네 애인이라고 해도 돼. 다만 회사 안에서는 빅토리아만 알고 있어야 된다."

오후 3시가 되었을 때 이코이호텔 라운지로 엄주학이 들어섰다. 엄주학은 김태우를 보더니 활짝 웃으며 거침없이 다가왔다. 이코이호텔은 오래되었지만 고급 호텔이다. 로비에는 손님들이 많아서 조금 혼잡했다.

"김 사장님, 요즘 바쁘시던데요."

다가온 엄주학이 김태우의 손을 잡으며 말했다. 그동안 엄주학이 회사에 여러 번 전화를 했던 것이다. 전화를 받은 빅토리아는 김태우가 핸드폰을 받지 않는 이유를 대야만 했다.

"예, 좀 바빴습니다. 최 법인장이 저질러 놓은 일들을 수습하느라고요."

"아, 그래도 핸드폰은 받으셔야지."

"보코하람 때문에요."

앞쪽에 앉은 김태우가 정색했다.

"날 찾고 있다는 소문을 들어서요."

"그래서 믿을 만한 보디가드가 필요하지요."

엄주학의 눈동자가 반짝였다.

"내가 하우사족의 용병 출신 경호원을 소개시켜 드리지요. 목숨을 바쳐 주인을 섬기는 놈들입니다. 1인당 한 달 3백 불이면 싸지요. 그런데 선금이……."

"근데 절 보자고 하신 건 무엇 때문입니까?"

김태우가 엄주학의 말을 잘랐다. 지금까지 엄주학은 사흘 동안 12번이나 전화를 했던 것이다. 아주 급한 일이라고 했다. 김태우의 시선을 받은 엄주학의 얼굴이 굳어졌다.

"이건 특급 정보인데요."

"예, 말씀하세요."

"북한 대사관에서도 김 사장님을 찾는다는 정보가 있습니다."

"북한 대사관에서요?"

"예."

김태우를 응시한 채 엄주학이 목소리를 낮췄다.

"그놈들, 보코하람보다 우리들한테는 더 위험한 존재죠. 보코하람하고도 통하는 놈들이라 우리 정보를 넘기기도 한단 말입니다."

"……."

"북한 놈들한테 잘못 걸리면 바로 보코하람 측에 넘겨진다고 봐야 됩니다."

“…….”

“그러니까 일단 하우사족 보디가드를 둘쯤 고용하고 나서 일을 하셔야 됩니다.”

“…….”

“내가 이 이야기는 나중에 하려고 했는데, 내가 북한 대사관 측과 조금 통합니다. 그래서 이 정보도 알게 된 것이죠.”

“…….”

“그러고 나서 차근차근 저하고 일하시는 겁니다. 최 법인장도 솔직히 제 덕분으로 사고 없이 한밑천 챙기고 귀국한 겁니다.”

한동안 엄주학을 바라보던 김태우가 길게 숨을 뱉었다. 엄주학은 그것을 김태우가 마침내 제의를 받아들이겠다는 표시로 본 것 같다. 상반신을 굽힌 엄주학이 김태우를 보았다.

“어떻습니까? 해 보시겠습니까?”

“뭘 말입니까?”

“하우사족 용병 말입니다.”

“월 3백 불이라고 했습니까?”

“예, 그런데 선금이 있지요. 몸값 같은 건데 보험금이라고 봐도 될 겁니다.”

“얼만데요?”

“1인당 1만 불.”

손가락 하나를 세워 보인 엄주학이 흔들었다.

“보통 때는 2만 불인데 이번 용병은 싸게 채용할 수 있을 것 같습니다. 남아프리카에서 교육받은 정예병인데 경력 10년차 용병입니다. 이번에 러시아 회사가 철수하는 바람에 잠깐 노는 걸 내가 잡은 거죠.”

“…….”

“영어 회화도 유창하고 첫째 보코하람 따위 애들도 걔들은 건드리지 못합니다. 안전해요.”

“…….”

“한성상사도 하우사족 경비원 셋을 고용하고 있지요. 아세요?”

“아직 모르는데요.”

“거기 경비원 수준은 애들보다 낮은데도 월 350불씩 줍니다. 최길성 씨는 넷을 고용했어요. 아시죠?”

“압니다.”

“선금 1만5천 불씩 줬지요. 거기 결재 서류에 적혀 있을 텐데…….”

그것까지는 체크하지 못했으므로 김태우는 시선만 주었다. 몇 년 전 최길성의 법인장 시절이다. 모두 체크할 수도, 그럴 여유도 없다. 그때 엄주학이 말을 이었다.

“그건 영수증 처리할 필요도 없는 것입니다. 사인만 해서 첨부하는 것이니까요.”

김태우는 심호흡을 했다. 1만5천 불 선금도 최길성과 엄주학이 나눠 먹은 것이 분명하다. 그때 김태우가 자리에서 일어섰다.

“잠깐 화장실 좀 다녀오겠습니다.”

“아, 그러세요.”

머리를 끄덕인 엄주학이 웃었다.

“다 서로 상부상조하는 겁니다. 윈윈이죠.”

한 모금 커피를 삼킨 엄주학의 얼굴에 웃음이 떠올랐다. 윈윈인 것이다. 물론 대양상사 측에서 보면 공금횡령이 되겠지만 제 월급만 갖고 사는 놈들이 있던가? 엄주학의 관점에서 보면 없다. 모두 도둑놈, 사기꾼이다. 전(前) 법인장 최길성은 물론이고 다른 회사 직원들도 마찬가지다. 자신의 제의를 거부한 인간을 만나지 못한 것이다. 오히려 소개를 받고 찾아온 놈들도 있다. 손목시계를 본 엄주학이 머리를 들었을 때 숨을 들이켰다. 눈앞에 두 사내가 서 있었기 때문이다. 단정한 흰색 셔츠 차림의 흑인. 날이 선 바지에 반짝이는 구두, 그리고 둘 다 선글라스를 끼었다. 흑인이 선글라스를 끼면 그것도 눈처럼 보인다. 엄주학은 그것이 꼭 파리의 눈 같다는 생각을 했다.

"잠깐 같이 갑시다."

왼쪽 흑인이 유창한 영어로 말했다.

"우린 보안국 요원이오."

두 사내를 본 순간부터 혈압과 심장 박동 수는 두 배 가깝게 증가되어 있었지만 엄주학의 표정은 차분했다.

"무슨 일입니까?"

주위 시선이 모여 있었으므로 엄주학은 심호흡을 했다. 눈동자가 흔들렸는데 머릿속이 복잡하다는 증거다. 그때 사내 하나가 누런 이를 드러내며 웃었다.

"엄주학, 코리언. 당신을 연행한다."

"글쎄, 무슨 일로……."

그때 사내가 손을 뻗어 엄주학의 멱살을 움켜쥐었다. 호텔 로비가 순식간에 조용해졌고 옆을 지나던 손님들도 움직임을 멈췄다.

"따라와, 이 자식아."

"가지요, 갑니다."

그때서야 엄주학의 얼굴이 하얗게 굳어졌다. 이름까지 알고 찾아온 보안국 요원이다. 보안국은 잔인하다고 소문이 난 비밀 정보기관이다.

잡혀가서 실종 처리된 사람만 연간 수백 명이라는 소문이 났다. 호텔 현관 앞에는 낡은 한국산 봉고가 대기하고 있었는데 엄주학은 안으로 밀려 넘어졌다. 창문에 검정색 테이프를 붙인 차 안은 어둡지만 시원했다. 안쪽으로 던져지듯이 들어간 엄주학이 자리에 앉기도 전에 봉고는 출발했다. 차 안에는 검고 큰 덩치의 흑인이 넷이나 타고 있다. 그런데 운전석 뒤쪽에 앉은 사내가 동양인이다. 동양인을 본 순간 엄주학의 심장이 또 한 번 출렁거렸다. 흑인보다 동양인이 더 두렵기 때문이다. 그때 동양인이 빙그레 웃었다. 처음 보는 얼굴이다.

"이봐, 엄주학. 이제 네 고향으로 간다."

사내의 한국말을 듣자 엄주학은 숨을 들이켰다. 최악의 상황인 것이다. 이놈은 북한인이다. 지난번 차를 사기 쳐서 팔아먹은 후에 기를 쓰고 찾는다고 들었는데 오늘 잡히다니. 그렇게 조심했는데.

"아이구, 한국분이시군요."

엄주학이 대답했다. 여기서 까무러칠 엄주학이 아닌 것이다. 호흡을 가눈 엄주학이 사내를 보았다.

"저는 지금 보안국으로 가는 것이 아닙니까?"

"네 고향으로 간다니까?"

"아, 예."

엄주학이 다시 심호흡을 했다. 고향이라니, 경기도 오산으로 보내줄 리는 없다. 차는 덜컹거리며 시내를 달리는 중이었고 차에 탄 흑인들은 입을 꾹 다물고 있다. 냉방은 잘 되어 있지만 냄새가 지독했다. 돼지우리에 향수를 부은 것 같은 냄새다. 그때 엄주학이 다시 물었다.

"무슨 일인지 말씀해 주시면 안 될까요?"

"그래, 두 말씀만 해주지."

사내의 얼굴에서 웃음이 지워졌다.

"한 말씀, 넌 지금부터 감금되는데 만 하루가 될 거다. 만 하루 후에는 죽어서 사지가 찢겨진 후에 돼지우리에 던져질 거야."

엄주학이 숨만 쉬었고 사내의 말이 이어졌다.

"두 번째 말씀, 사는 방법이 있다. 만 하루 안에 1백만 불을 가져올 것. 이상이다."

"아아, 그렇군요."

차 안은 시원했지만 엄주학이 손등으로 이마의 땀을 닦고 말했다.

"제 능력으로는 1백만 불이 무리인데 조금 깎아주시고 여유를 더 주시면 안 될까요?"

"……."

"50만 불 정도는 내일까지 만들 수 있을 것 같습니다. 하지만 나머지는……."

"……."

"좀 깎아주실 수 없습니까?"

"……."

"지금 대양상사하고 빅딜을 하는 중이어서요. 조금 전에도 이코이에서 만나고 있었는데."

"……."

"대양하고 일이 잘 되면 나머지도 만들 수 있을 것 같습니다. 그것도 한몫에 되는 것이 아니라 조금씩……."

"너, 오늘 죽어야겠다."

사내가 말하더니 운전석에 대고 유창한 하우사어로 지시했다. 엄주학은 하우사어를 알아듣는다.

"돼지 막사로 가. 이놈 토막을 내게."

아이렌과 함께 다시 메인랜드의 빈민촌에 위치한 판잣집에 들어섰을 때는 오후 10시 반이다. 루자가 활짝 웃는 얼굴로 맞았는데 바투까지 세 자식도 나란히 서서 둘을 반겼다. 방으로 들어선 김태우가 숨을 들이켰다. 방이 변해 있었기 때문이다. 바닥에 중고지만 깨끗한 양탄자가 깔렸고, 벽에는 포장용 은박지를 붙여 놓았다. 특히 안방과의 사이에 문짝을 붙였는데 베니어로 만든 것이지만 아귀가 잘 맞았다. 방이 여관방에서 호텔로 변한 것이다. 감동한 김태우의 표정을 보더니 루자가 이를 드러내고 웃었다.

"돈만 있으면 못할 것이 없어요. 내일은 또 달라질 겁니다."

"특급 호텔 같습니다, 어머니."

"당신은 우리 가족의 신이에요, 김."

그러고는 루자가 문을 닫았으므로 방 안에 둘이 남았다.

"저기 씻을 물이 있어요."

아이렌이 구석 쪽을 손으로 가리켰다. 커다란 플라스틱 통에 물이 가득 담겨 있고 옆에는 바가지와 세숫대야가 가지런히 놓여 있다. 그리고 그 옆에는 화장실로 통하는 작은 문이 있는 것이다. 만족한 김태우가 셔츠를 벗으면서 말했다.

"아이렌, 오늘밤 너하고 첫날밤을 치르라고 만들어 놓은 것 같다."

김태우의 시선을 받은 아이렌의 얼굴에도 웃음이 떠올랐다. 이제는 거침없이 팬티만 남기고 벗은 김태우가 매트리스 위에 누워 아이렌을 보았다.

"불을 끌까요?"

아이렌이 물었으므로 김태우가 머리만 끄덕였다. 곧 불이 꺼지더니 옷 벗는 소리가 들려왔다. 집이 조용한 것은 문짝을 붙이고 벽에 붙인 두꺼운 포장용 은박지가 방음 효과를 내기 때문일 것이다. 이윽고 옆에서 인기척이 나더니 아이렌이 다가와 붙어 누웠다. 김태우는 아이렌의 피부가 몸에 닿는 순간 숨을 들이켰다. 피부가 뜨겁기 때문이다. 팔을 뻗은 김태우가 아이렌의 허리를 당겨 안았다.

“아이렌, 긴장한 거냐?”

아이렌은 알몸이다 엉덩이의 미끈한 살집이 만져진 순간 김태우는 손을 벌려 움켜쥐었다.

아이렌이 몸을 밀착시키면서 대답했다.

“흥분돼요, 김.”

아이렌이 손을 뻗어 김태우의 팬티를 끌어내렸다. 가쁜 숨결이 김태우의 가슴에 닿았고 미끈한 사지가 꿈틀거리고 있다. 김태우의 손이 아이렌의 다리 사이로 미끄러져 들어갔다. 곧 무성한 숲이 만져졌고 습기에 젖은 골짜기에 닿았다. 김태우의 손가락이 골짜기를 헤집고 들어가 동굴 끝에 닿는 순간 아이렌이 갑자기 다리를 오므렸다. 김태우가 아이렌의 젖가슴을 입에 물면서 물었다.

“왜?”

“나, 처음이에요, 김.”

김태우가 다시 젖꼭지를 입에 물었을 때 아이렌이 헐떡이며 말했다.

“그놈한테 당하고 나서 한 번도 안 했어요.”

김태우는 아이렌의 젖꼭지가 콩알처럼 단단해진 것을 보았다. 성감(性感)은 예민하다. 골짜기도 젖어가고 있었으니 준비는 다 되어 있다. 그러나 몇 년 전 의부한테 강간당한 의식이 몸을 가로막고 있는 것이다. 김태우는 아이렌의 다리를 벌리고 골짜기 안으로 손을 넣었다. 손가락이 동굴에 닿는 순간 아이렌이 다시 몸을 굳혔지만 곧 힘이 풀렸다. 김태우의 혀가 아이렌의 젖꼭지를 쉴 새 없이 굴렸고 손바닥은 골짜기를 흔들고 있다.

"아아."

아이렌의 입에서 낮은 신음이 울렸다. 탄성이다. 그 순간 김태우의 손가락이 동굴로 진입했다. 아이렌의 몸이 다시 굳어졌지만 이번에는 금방 풀렸다. 기억이 몸의 쾌락 앞에서 무너지고 있는 것이다. 김태우는 동굴 안이 이미 젖어 있는 것을 알 수 있었다. 손가락이 흠뻑 젖어버린 것이다. 아이렌이 몸을 비틀면서 신음했다. 그러더니 두 손을 뻗어 김태우의 남성을 움켜쥐었다.

"김, 사랑해요."

아이렌의 입에서 신음처럼 말이 뱉어졌다.

"김, 이제 해 줘요."

아이렌이 움켜쥔 남성을 흔들면서 말했다. 동굴은 순식간에 용암으로 넘쳐흘렀고 아이렌의 온몸은 뜨겁게 달아올라 꿈틀거리고 있다. 이윽고 김태우가 아이렌의 몸 위로 올랐다. 아이렌이 팔을 뻗더니 김태우의 엉덩이를 움켜쥐었다. 상반신을 든 김태우가 아이렌을 내려다보았다. 방은 어둡지만 김태우의 눈은 어둠에 익숙해져 있다. 아이렌이 반쯤 뜬 눈으로 김태우를 올려다보았다. 흐린 눈, 딱 벌린 입으로 거친 숨을 뱉어내면서 아이렌은 초조하게 기다리고 있다. 그 순간 김태우의 남성이 천천히 동굴 안으로 진입했다.

"아아아."

아이렌의 탄성이 방을 울렸다. 김태우는 자신의 몸이 뜨거운 동굴 안으로 빨려 들어가는 느낌을 받고는 어금니를 물었다. 뜨겁고 좁으며 탄력이 강한 동굴이다. 그리고 용암이 넘쳐흐르고 있다.

"제가 율리아입니다."

다가선 여자는 백인이다. 검은 눈동자, 희고 매끄러운 피부, 늘씬한 키에 섬세한 윤곽의 미녀다. 검은 머리를 뒤로 묶어서 흰 목덜미가 드러났고 크림색 셔츠에 검정 바지를 입었고 단화를 신었다. 율리아가 김태우의 표정을 보더니 입술 끝을 올리며 웃었다.

"놀라셨나요? 난, 백인 아버지와 혼혈 어머니 사이에 태어났지요. 내 혼혈 비율이 25퍼센트라고 하더군요. 75퍼센트가 백인이고요."

오후 2시 35분, 김태우는 정확히 2시 30분에 정부 임시 청사 5층 석유 장관 비서실을 방문한 것이다. 둘이 마주보고 앉았을 때 율리아가 말을 이었다.

"장관께선 3시 정각에 20분 동안 상담하실 겁니다. 3시 반에 가나 경제 장관과 회의가 계셔서요. 20분 동안에 상담 끝낼 수 있으시죠?"

"예, 알겠습니다."

"장관께서 참고하실 수 있게 자료 갖고 오셨지요?"

"예, 여기 있습니다."

김태우가 본사에서 보내온 서류를 율리아에게 내밀었다. 율리아가 희고 섬세한 손가락으로 서류를 집더니 대충 훑어보고 옆에 놓았다. '원유 도입 계획서'다. 원유 도입 희망 가격과 물량, 시기가 일목요연하게 적혀 있다.

"그럼 3시 정각에 장관을 모시고 오겠습니다."

자리에서 일어선 율리아가 방을 나갔다. 이곳은 구시가지여서 테러가 자주 발생하는 곳이다. 김태우는 렌트한 차에 미카사와 줌보를 경호원으로 대동하고 온 것이다. 3시 정각이 되었을 때 회의실로 장신의 흑인이 들어섰다. 석유 장관 타그로다.

"아, 반갑습니다, 미스터 김."

타그로가 웃음 띤 얼굴로 손을 내밀었다.

김태우가 타그로의 손을 잡으면서 준비한 인사말을 했다.

"제가 법인장으로 혼자 부임해왔지만 열 사람 몫을 해낼 것입니다."

"그래요? 잘 되기 바랍니다."

이제는 타그로가 이를 드러내고 웃었다. 자리에 앉은 타그로가 율리아의 설명을 들으면서 서류를 훑어보더니 머리를 들고 김태우를 보았다.

"나이지리아 유정 대부분이 기니만 앞바다에 위치하고 있는데 그 유정은 모두 로얄더치셸과 장기 계약을 해놓은 상태요."

김태우가 타그로를 보았다. 타그로는 52세, 옥스퍼드 박사 출신으로 영국에서 대학 교수로 있다가 10년 전에 나이지리아로 돌아왔다. 그러나 가족은 아직 영국에 있고 1년에 대여섯 번 영국에 가서 가족을 만난다. 현(現) 대통령 무함마드의 경제 보좌관이었다가 석유 장관이 되었고 측근으로 분류되는 인물. 본사에서 한글로 보내온 자료에는 영국에서의 타그로 가족 1년 생활비가 최소한 65만 불이 들 것이라고 했다. 대학 재학 중인 아들 둘과 명문 고교에 다니는 딸과 아들, 자가용 3대와 하인 2명까지 고용한 대저택의 최소 경비다. 그런데 타그로의 장관 연봉은 12만 불 정도다. 타그로는 재산도 없는 가난한 공무원의 자식으로 장학금을 받고 대학을 마친 것이다. 타그로가 말을 이었다.

"중부의 만타난 유정에서 나오는 원유는 판매할 수가 있습니다."

타그로가 자리에서 일어서더니 벽에 걸린 유정 지도 앞으로 다가갔다. 지휘봉을 든 타그로가 가리킨 곳은 나이지리아 중부의 만타난 유정이다.

"이곳에서 하루 90만 배럴이 생산되는데 5만 배럴을 넘겨 드릴 수가 있지요."

김태우가 숨을 들이켰다. 현재 한국의 하루 원유 소비량이 213만 배럴이다. 그중에서 5만 배럴을 공급하면 약 4퍼센트의 물량을 가져가는 셈이다. 김태우가 타그로의 얼굴에서 시선을 떼고 만타난 유전을 보았다. 중부지역, 그리고 그 위쪽에 조스 지역이 있다. 지도에는 표기되지 않았지만 '대양 광산'이 그쪽에 있는 것이다.

"알겠습니다."

김태우가 어깨를 펴고 타그로를 보았다.

"즉시 본사에 연락하겠습니다."

"서류를 보았더니 가격이나 납기 등 다른 조건은 이의가 없습니다, 미스터 김."

타그로가 부드러운 시선으로 김태우를 보았다.

"다만 만타난에서 원유가 수송관을 통해 이곳 라고스로 오는 터라 수송관 보호가 중요하지요."

김태우가 검은 선으로 표시된 수송관을 보았다. 수송관은 밀림을 통해 라고스로 연결된다. 이윽고 지도에서 시선을 뗀 김태우가 타그로를 보았다.

"수송관이 막히면 원유 공급이 끊기겠군요."

"당연하지요."

타그로가 머리를 끄덕였다.

"그래서 만타난 유정의 원유가 판매되지 않았던 것입니다."

"……."

"곧 알게 되시겠지만 원유가 이 밀림만 통과하면 공급에 차질이 없습니다."

타그로의 지휘봉이 푸른색으로 칠해진 밀림을 가리켰다. 수송관이 통과하는 밀림의 길이는 200km 가깝게 된다. 타그로의 말이 이어졌다.

"선택은 당신의 몫입니다. 우린 강요하지 않겠어요."

김태우가 소리 죽여 숨을 뱉었다. 다 이유가 있는 것이다.

"밀림이 보코하람 근거지야."

이경미가 쓴웃음을 짓고 말했다.

"타그로 그놈이 뻔한 농담을 했어. 네가 돌아가서 바로 체크하면 그곳이 보코하람 본부가 위치한 곳이라는 것을 알게 될 테니까 말이야."

이경미의 거실 안. 김태우는 이경미에게 석유 장관 타그로를 만나고 온 이야기를 해 준 것이다. 오후 8시 반이다. 저녁에 빅토리아와 미카사, 줌보, 아이렌까지 불러 서울식당에서 저녁을 먹고 헤어진 참이다. 아이렌은 혼자 집에 갔다. 이경미가 탁자 위에 펼쳐 놓은 나이지리아 지도를 손가락으로 짚었다. 바로 만타난 유정에서 아래쪽으로 뻗은 밀림 지역이다.

"보코하람이 이 송유관에서 원유를 빼내 군자금으로 쓰고 있지. 아마 절반 정도는 보코하람 쪽으로 유출될 거야."

"그럼 왜 막지 않는 거야?"

"절반은 건질 수 있으니까. 그리고……."

이경미의 얼굴에 웃음이 떠올랐다.

“다 막으면 다른 곳을 공격해서 빼앗을 테니까. 서로 융통성을 보이는 것이지.”

“…….”

“완전한 근절은 없어. 다 그렇게 사는 거야.”

“개자식들,”

“본사에 보고할 거야?”

“보고해야지.”

“웃음거리가 될 텐데.”

“이준혁 씨하고 상의해 봐야겠어.”

그 순간 이경미가 정색하더니 물끄러미 김태우를 보았다.

“뭐라고 하려고?”

“누나는 몰라도 돼.”

“나아 참.”

이경미가 쓴웃음을 지었을 때 자리에서 일어선 김태우가 옆으로 다가가 앉았다.

“왜?”

이경미가 눈을 크게 뜨고 김태우를 보았다. 그때 김태우가 이경미의 허리를 감아 안았다.

“왜 이래?”

갑자기 이경미의 얼굴이 빨개졌다. 당황한 것이다.

“누나하고 이야기하다 보니까 열이 났어.”

“미쳤니?”

그때 김태우가 이경미를 소파에 밀어 눕혔다.

“놔. 그러지 마.”

이경미가 김태우의 가슴을 밀었지만 힘이 약해져 있다.

"갑자기 이야기하다 말고 왜 그래?"

그때 김태우는 이경미의 원피스를 들추고 팬티를 끌어내렸다.

"아유, 조금만 있다가. 밤에, 응?"

그러나 김태우는 엎드린 채 서둘러 바지와 팬티를 벗어던졌다.

"아유, 그럼 불이나 꺼."

이경미의 목소리에 가쁜 숨결이 섞였다. 그때 김태우가 이경미의 다리를 거칠게 벌리고는 남성을 골짜기에 붙였다. 이경미가 이제는 두 손으로 김태우의 어깨를 쥐더니 가쁜 숨을 뱉었다. 올려다보는 눈이 흐리다.

"천천히."

이경미가 헐떡이며 말했을 때 김태우는 거칠게 진입했다.

"아앗."

이경미의 외침이 방을 울렸다. 그 순간 김태우는 이경미의 동굴이 이미 흠뻑 젖어 있는 것을 알았다. 뜨겁고 탄력이 강한 동굴 안으로 김태우는 빨려 들어갔다.

"아아, 여보."

이경미가 두 손으로 김태우의 엉덩이를 움켜쥐면서 소리쳤다.

"나 몰라, 나 몰라."

이제는 서로 익숙해진 몸이다. 김태우의 동작에 맞춰 허리를 추켜올리면서 이경미가 탄성을 뱉었다. 이제 무아지경에 오른 이경미는 말을 잊는다. 거침없이 탄성을 뱉으면서 김태우와 일체가 되어가고 있다. 이윽고 이경미가 절정으로 솟아오를 때 김태우는 움직임을 멈췄다.

"아유, 여보, 빨리."

이경미가 재촉하듯 허리를 솟구쳤을 때 김태우가 물었다.

"누나, 보코하람과 협상할 수 없을까?"

"응?"

알아듣지 못한 듯이 이경미가 되물었을 때 다시 김태우가 거칠게 움직이기 시작했다.

"아아아."

이경미가 탄성을 지르더니 곧 절정으로 솟았다. 골짜기에서 뜨거운 용암이 흘러나와 소파를 적시고 있다. 김태우는 이미 보코하람을 만날 결심을 한 것이다. 이준혁을 통해 보코하람 실권자를 만나 협상을 하면 방법이 생기지 않겠는가? 그렇게 결심한 순간 이경미를 향해 성욕이 솟구쳤던 것이다. 이경미가 곧 절정에 닿았다. 알 수 없는 말을 소리쳐 뱉더니 김태우의 몸을 끌어안고 몸을 굳혔다. 그 순간에 김태우도 뜨거운 불덩이를 내뿜었다.

"아아악!"

이경미의 탄성이 방 안을 다시 울렸고 곧 두 쌍의 사지가 엉킨 채 한동안 풀어지지 않았다. 뜨겁고 격렬한 밤이다.

김태우의 말을 들은 이준혁이 한동안 시선만 주더니 전전히 머리를 끄덕였다.

"가능성이 있는 이야기요, 김 형."

"전달해주실 수 있지요?"

김태우가 묻자 이준혁이 되물었다.

"김 형 회사에서는 허락할까요?"

"나한테 일임한다고 했습니다. 하지만……"

"보코하람 이야기는 하지 않으셨군요."

"그렇습니다."

김태우의 얼굴에 웃음이 떠올랐다.

"허락할 리 없지요."

"하지만 국정원 측에서는 나한테 보코하람과의 연결 역할을 부탁한 것을 알고 있겠지요."

"그렇습니다."

"이경미하고 친합니까?"

이경미 이름이 나온 순간 가슴이 뜨끔했지만 김태우는 똑바로 이준혁을 보았다.

"예, 친합니다."

"엄주학을 나한테 넘긴 것도 국정원 측에서 알지요?"

"압니다."

이준혁이 머리를 끄덕였다. 이곳은 빅토리아 아일랜드 끝 쪽의 마린 호텔 로비다. 오전 9시 반. 김태우는 조금 전 서울에서 원유 도입에 대한 결정권을 위임받았다. 그때 김태우가 물었다.

"언제 만날 수 있을까요?"

보코하람의 간부를 말하는 것이다. 그때 이준혁이 자리에서 일어서며 말했다.

"연락해 보지요."

이준혁이 로비 밖으로 나갔을 때 김태우가 주위를 둘러보았다. 이곳에는 혼자 온 것이다. 로비 안에는 손님이 7~8명 정도였는데 모두 김태우의 시선을 받더니 외면하거나 긴장한 기색을 보인다. 이준혁의 일행인 것 같다. 이준혁이 돌아왔을 때는 20분쯤이나 지난 후였다. 서둘러

다가온 이준혁이 앞쪽에 앉더니 김태우에게 물었다.

"김 형, 본사에서 전권을 위임받은 상황이니 지금 나하고 같이 갈 수 있습니까?"

"어디 말입니까?"

"준마르."

"준마르가 어딥니까?"

"송유관이 지나는 밀림 중심부에 위치한 마을 이름인데 그곳이 보코하람 근거지요."

이준혁이 손목시계를 보는 시늉을 하더니 말을 이었다.

"헬기로 가면 2시간쯤 걸립니다."

숨을 들이켠 김태우를 향해 이준혁이 얼굴을 일그러뜨리며 웃었다.

"김 형이 만나서 협상을 하겠다는 말을 보코하람 측에 전했더니 어떻게 된 줄 아십니까?"

이준혁의 눈이 번들거렸다.

"보코하람 측에서 바로 타그로에게 연락한 거요. 그래서 정부 측과 3자 회담이 만들어졌소."

"……."

"김 형, 보코하람, 그리고 정부 측이지."

이준혁의 얼굴에 웃음이 떠올랐다.

"김 형 제의에 갑자기 3자 회담이 만들어졌습니다. 그런데 장소가 준마르요."

김태우가 머리를 끄덕였다.

"가십시다."

"타그로는 전권을 위임한 대리인을 보낸다고 했습니다."

이준혁이 말했을 때 로비에 앉아 있던 흑인 하나가 다가왔다. 이준혁 옆에 선 흑인이 허리를 굽히고 말했다.

"중령, 20분쯤 후에 헬기가 도착한답니다. 가시지요."

머리를 끄덕인 이준혁이 김태우에게 말했다.

"빠르군. 자, 가십시다."

로비를 나온 김태우는 이준혁을 따라 호텔 현관 앞에서 차에 올랐다. 한국산 봉고 승합차다. 30분쯤 달린 봉고가 멈춰선 곳은 바닷가의 창고 앞이다. 창고 마당에는 아직 로터가 회전하고 있는 12인승 헬기가 착륙해 있었는데 봉고가 다가가자 밖에 서 있던 사내들이 문을 열었다.

"자, 탑시다."

봉고에서 내린 이준혁이 앞장을 섰고 김태우가 뒤를 따라 헬기에 올랐다. 이준혁과 함께 온 흑인 둘 다 따라 오른다. 헬기 좌석에 앉은 김태우가 안전벨트를 매다가 문득 앞에 앉은 승객을 보고는 숨을 들이켰다. 타그로의 비서 율리아다. 시선이 마주치자 율리아가 웃음 띤 얼굴로 인사를 했다.

"안녕하세요, 미스터 김."

"당신이 가십니까?"

얼떨결에 김태우가 묻자 율리아가 눈으로 옆쪽 사내를 가리켰다.

"여기 국장님하고 같이 갑니다."

김태우의 시선을 받은 흑인 사내가 손을 들어 보였다. 그때 헬기가 기우뚱거리더니 허공으로 떠올랐다. 엔진 소음이 컸으므로 김태우는 헤드셋을 머리에 썼다. 그때 옆에 앉은 이준혁이 어깨로 밀면서 한국어로 물었다.

“어때요? 저 여자?”

이준혁의 눈이 율리아를 가리키고 있다. 다시 이준혁이 소리쳐 말했다.

“저 여자가 주인공이오!”

10장 불덩이를 삼키다

2시간을 날아간 헬기가 착륙한 곳은 밀림 한복판의 배구장만 한 공터다. 위에서 내려다보았을 때는 아무것도 보이지 않고 짙은 숲만 펼쳐졌는데 헬기는 용케 공터를 찾아내어 착륙했다.

"이곳이 보코하람 근거지요."

헬기에서 내려 숲으로 들어가면서 이준혁이 말했다.

"보셨겠지만 정부군이 들어올 수 없는 곳이지."

과연 그렇다. 뭐가 보여야 들어올 것 아닌가. 아무리 위성 촬영, 드론 공격이 발달되었다고 해도 그렇다. 숲에 들어서자 숨이 막혔다. 하늘이 보이지 않는 밀림이다. 헬기를 기다리고 있던 무장한 흑인들이 앞뒤에서 호위하며 안내했고 일행은 뒤를 따랐다. 일행은 넷, 이준혁과 김태우, 율리아와 국장이라고 소개된 바캄이다. 헬기 안에서 이준혁은 율리아와 바캄에게 자신을 보코하람 측 안내역이라고 소개했다. 밀림에는 한 사람이 통행할 수 있는 길이 뚫려 있고, 김태우의 추측으로 3백 미터쯤 들어갔을 때 통나무로 지은 건물들이 나타났다. 그러나 하늘을 가린

울창한 밀림 안이어서 위에서는 보이지 않을 것이었다. 무장한 흑인들이 일행을 힐끗거렸는데 숫자가 늘어났다. 1백 미터쯤 더 들어가자 동굴이 보였고 그들은 동굴 입구의 경비병을 지나 안으로 들어섰다. 동굴 안은 서늘했다 천장에 전등도 켜져 있는 데다 공기도 맑았다. 다시 안으로 50미터쯤 구부러져 들어간 그들은 안쪽 방으로 안내되었다. 테이블과 목제 의자까지 정연하게 놓여 있는데 고급 가구다. 테이블 위에 놓인 생수병은 프랑스제, 주스 캔은 미제다. 흑인들이 사라지자 방에는 넷이 남았다. 그때 바캄이 김태우를 보았다. 장신에 거구의 흑인이다. 눈의 흰자위가 붉고 입술은 부풀어 올랐다. 녹색 셔츠에 바지 차림으로 팔에 금시계를 찼다.

"오늘 다 결정해야 됩니다. 또 만날 여유는 없으니까요. 아시지요?"

"예, 국장님."

김태우가 예의바르게 대답하자 바캄이 말을 이었다. 거구와는 다르게 목소리가 높고 가늘다.

"만타난 유정의 하루 생산량을 오늘 조정해야 될 것 같습니다, 미스터 김."

현(現) 10만 배럴에서 조정한다는 것이다. 대양상사는 하루 5만 배럴을 가져갈 예정이었기 때문에 전체 생산량과는 지장이 없다. 그때 율리아가 말했다.

"제가 대양 담당을 맡게 되었어요."

김태우의 시선을 받은 율리아가 입술 끝을 올리며 웃었다. 그때 흑인 3명이 들어섰는데 앞장선 사내가 우두머리 같다. 좌우에 선 둘이 호위하듯 들어섰기 때문이다 작은 키에 왜소한 체격, 머리는 흰머리가 반쯤 섞였고 붉은 핏줄이 섞인 눈의 흰자위, 허리에는 권총을 찼다. 이준혁과 바캄이 먼저 일어섰고 율리아와 김태우는 조금 늦었다.

"보코하람의 지도자이신 무스타파 장군이시오."

이준혁이 사내를 소개했다.

"그리고 여기는 석유부 바캄 국장, 대양상사 담당인 율리아 씨, 그리고 대양 법인장 김태우 씨입니다."

무스타파가 바캄과 율리아에게 시선만 맞추고 머리를 끄덕이더니 김태우에게는 손을 내밀었다. 무표정한 얼굴이다.

"젊군."

무스타파의 목소리는 양철판을 긁어내리는 것 같다.

"나이가 몇인가?"

"스물아홉입니다, 장군."

그러자 무스타파가 김태우의 손을 흔들었다가 내려놓으며 말했다.

"운이 좋아서 빨리 출세한 건가?"

"예, 장군. 좋은 상대를 만났기 때문입니다."

머리를 끄덕인 무스타파가 여럿에게 앉으라는 시늉을 하고는 자리에 앉았다. 그러더니 다시 김태우를 보았다.

"세상에서 운으로 성공한 놈은 없어. 상대방이 좋은 사람이 되도록 만들어 줘야 돼."

"예, 장군."

그때 무스타파의 시선이 율리아에게로 옮겨졌다.

"이 친구한테 얼마를 주는 거야?"

"1일 5만입니다."

"생산량의 절반을 가져가는군. 그럼 우리 몫 2만을 빼면 정부는 3만이 남나?"

그때 바캄이 나섰다.

"그래서 만타난 유정의 생산량을 하루 20만 배럴로 늘리려고 합니다. 정부 지출이 많아져서요."

보코하람에 1일 20만 배럴의 원유 수송을 인정해 달라는 것이다. 김태우가 숨을 죽였을 때 무스타파가 쓴웃음을 지었다.

"나한테 1일 20만 배럴의 송유관 수송을 허락해 달라는 말인가?"

바캄이 눈만 깜박였고 무스타파의 말이 이어졌다.

"그럼 우리 몫도 늘려야지. 2만을 더 늘려서 4만으로 해 주게."

"3만까지가 우리 한계입니다, 장군."

바캄이 말하자 무스타파가 갑자기 허리에 찬 권총을 꺼내 바캄에게 겨눴다.

"로얄더치셸에서 우리에게 그렇게 한계를 정한 거냐? 네가 로얄 측 대변인으로 이곳에 온 거 알고 있어. 내가 모를 것 같으냐? 이 돼지야."

바캄이 눈을 부릅뜨고 입을 절반쯤 벌렸지만 입을 열지는 않았다. 무스타파의 총구가 바캄의 가슴을 향하고 있다. 김태우의 시선이 율리아에게 향해졌다. 율리아가 바캄 옆에 앉아 있었기 때문이다. 그 순간 김태우가 숨을 들이켰다. 율리아의 입술 끝이 웃음을 띠고 있었기 때문이다. 시선은 무스타파의 옆쪽을 향하고 있었는데 전혀 위축되지 않았다. 그렇다고 비웃는 웃음도 아니다. 그렇다. 무스타파와 동조하는 웃음이다. 김태우의 시선이 무스타파로 옮겨졌다. 그러고는 김태우가 몸을 굳혔다. 무스타파가 자신을 바라보고 있는 것이다. 권총을 바캄에게 겨눈 채 이곳을 보고 있다. 시선이 마주친 순간 무스타파가 김태우에게 물었다.

"미스터 김, 알고 있나?"

"뭘 말씀입니까?"

"이 돼지가 로얄더치셸의 하인이라는 것 말이야."

"모릅니다."

"석유 장관 타그로 그놈도 로얄 놈들한테서 월 1백만 불을 받고 있지."

권총을 테이블에 내려놓은 무스타파가 턱으로 율리아를 가리켰다.

"돈을 안 먹는 관리는 저 친구뿐이야."

의자에 등을 붙인 무스타파가 다시 바캄을 보았다.

"바캄, 나한테 오기 전에 CIA 요원 레이놀즈를 만났지?"

순간 바캄의 눈동자에 초점이 멀어졌다. 벌어졌던 입이 다물리면서 침 삼키는 소리가 났다. 무스타파가 김태우에게 말을 이었다.

"공무원들은 모두 양다리를 걸치고 있지. 세 다리를 걸친 놈들도 많아. CIA, 보코하람, 그리고 로얄더치셸이지."

무스타파가 다시 권총을 집더니 권총집에 넣고는 말을 이었다.

"곧 이 돼지의 옷을 벗기고 피부에서 내장까지 조사를 하겠지만 이곳 사진을 찍는 장치가 발견될 거네. 난 그걸 시청하는 놈들에게 연속으로 돼지 바비큐 장면을 생방으로 보내주려고 해."

그때 율리아가 헛기침을 했다.

"저기요, 장군. 상담을 계속 하시지요."

"그렇군."

머리를 끄덕인 무스타파가 율리아를 보았다.

"20만 배럴로 증산한다니 나도 2배 물량을 줘. 1일 4만 배럴이야."

"보고하지요."

"그리고."

무스타파의 시선이 다시 김태우에게 옮겨졌다.

"김, 자네에게도 조건이 있어."

"뭡니까?"

"자네가 내 4만 배럴을 가져가게."

눈만 크게 뜬 김태우를 향해 무스타파가 말을 이었다.

"그러고 나서 그 원유 값을 나한테 주란 말이지."

김태우가 어깨를 늘어뜨렸다. 기름을 되팔겠다는 것이다. 그러면 대양상사는 무스타파 몫까지 4만 배럴을 포함하여 9만 배럴을 가져가게 된다. 대신 4만 배럴 기름 값을 무스타파에게 지불하는 것이다. 심호흡을 한 김태우의 시선이 율리아를 보았으나 무표정한 얼굴이다. 김태우의 시선이 이준혁에게 옮겨졌다. 이준혁은 아예 외면하고 있다. 그때 무스타파가 웃음 띤 얼굴로 말했다.

"내 조건을 받아들이지 못한다면 자네도 기름을 가져갈 수 없어."

"……."

"기름 값은 내가 지정한 계좌로 넣으면 돼."

김태우가 입을 열었다.

"본사에 보고를 해야 합니다, 장군."

"하게. 여기서도 휴대폰이 터지네."

무스타파가 손으로 테이블을 가리켰다.

"시간도 넉넉하게 주지. 자네 경영진하고 정보부, 그리고 CIA까지 함께 상의를 하도록."

그러고는 무스타파가 자리에서 일어섰다.

"오늘밤은 이곳에서 쉬게. 그동안 결정이 되겠지."

그때 무스타파의 일행 둘이 바캄에게 다가가더니 양쪽에서 팔을 끼었다. 바캄의 눈동자가 흐려졌지만 사내 둘에게 이끌려 무스타파의 뒤를 따라 회의실을 나간다.

"전화해요, 김 형."

그때 이준혁이 정색하고 말했다.

"내 생각이지만 회사에서는 받아들일 겁니다."

율리아가 이쪽에 시선을 주고 있었지만 이준혁은 한국어로 말을 이었다.

"대양상사의 김 형이 보코하람과의 공식적인 연결 고리 역할을 하게 될 테니까요. KCIA는 물론이고 한국 정부, CIA도 적극 추천할 겁니다."

이준혁의 시선을 받은 김태우가 주머니에서 핸드폰을 꺼내었다. 그때 율리아가 말했다. 물론 영어다.

"김, 나이지리아 정부는 대양에서 보코하람 몫까지 실어가는 것을 방해하지 않을 겁니다. 그렇게 보고하세요."

김태우가 소리죽여 숨을 뱉었다. 율리아는 나이지리아 정부와 보코하람, 그리고 대양상사까지 관리하고 있다. 그리고 보코하람의 제의 내용을 이미 예상하고 있었던 것이다. 김태우는 핸드폰의 버튼을 누르면서 갑자기 황야로 내던져진 느낌이 들었다.

"이곳이 김 형 숙소요."

통나무집 앞에 선 이준혁이 말했다. 오후 7시 반. 율리아와 이준혁, 그리고 무스타파의 부하 둘과 함께 저녁 식사를 마치고 동굴에서 나와 숙소로 안내된 것이다. 빽빽한 밀림 주위를 둘러본 김태우가 쓴웃음을 짓고 물었다.

"이 중좌님은 어디서 주무십니까?"

“안쪽에 내 숙소가 있어요.”

이준혁이 턱으로 숲 안쪽을 가리켰다. 밀림 안은 이미 어둡다. 불도 켜지 않아서 앞쪽의 통나무집도 바윗덩이로 보인다. 드문드문 보이는 바윗덩이가 독채 통나무집인 것 같다. 김태우는 나이지리아 시간으로 오후 1시 반경에 대양 기조실장 조세진에게 상황을 보고했다. 한국 시간은 오후 9시 반이 되었을 때다. 조세진이 그룹 사장 신재식에게 보고하고 결정 사항을 전달받으려면 내일 오전이 되어야만 한다. 8시간 시차가 있기 때문이다.

“자, 그럼 주무시고, 무슨 일 있으면 안에 있는 유선전화를 써요.”

이준혁이 웃음 띤 얼굴로 말을 이었다.

“호텔식으로 교환이 나옵니다. 그럼 날 바꿔달라고 하세요.”

이준혁과 헤어진 김태우가 통나무집 안으로 들어섰다. 육중한 통나무 문에는 자물쇠도 없다. 안은 30촉 전구가 천장에 달려 있었는데 원룸 식 방 안을 환하게 비췄다. 구석에 목제 침대가 놓여 있고 반대쪽 선반에는 술병이 대여섯 개 진열되어 있었다. 탁자와 소파 1조, 그리고 옆쪽 문은 화장실일 것이다. 마룻바닥은 깨끗했고 밀림 안이어서 나무 냄새가 향내처럼 맡아졌다. 길게 숨을 뱉은 김태우가 소파에 앉아 버릇처럼 시계를 보았다. 서울은 지금 오전 4시가 되어가고 있을 것이디. 이곳에서 자고 있는 동안에 그곳에서는 바쁘게 움직일 것이었다. 이윽고 자리에서 일어선 김태우가 화장실로 들어섰다. 샤워기에다 옆에는 가운까지 걸려 있었으므로 김태우는 옷을 벗고 샤워를 했다. 더운물은 나오지 않았지만 시원한 물로 샤워를 마쳤더니 정신이 맑아졌다. 가운으로 갈아입고 화장실을 나온 김태우가 숨을 들이켰다. 소파에 여자가 앉아 있었기 때문이다. 흑인 여자다. 그러나 이목구비가 선명한 혼혈 미인이다. 검은 머리칼이 어깨 위까지 늘어졌고 어깨가 드러난 진주색 원피스를 걸치고 있다. 그때 자리에서 일어선 여자가 수줍게 웃었다.

"놀라셨지요?"

맑고 부드러운 목소리, 일어선 몸매는 날씬했고 키가 크다. 원피스가 몸에 밀착되어서 젖꼭지가 뚜렷하게 드러났다. 김태우가 다가가며 물었다.

"무슨 일입니까?"

"전 소피라고 해요."

여자가 동문서답했다. 이제는 시선만 준 채 김태우가 옆쪽 자리에 앉았고 여자도 따라 앉는다. 여자가 말을 이었다.

"지시를 받았죠. 오늘밤 파트너가 되라고 하더군요."

"……."

"보좌관한테서 3천 불을 받았어요. 3천 불은 특급 VIP죠. 전 3천 불 손님은 처음 만나요."

"……."

"제가 싫은 것은 아니죠?"

"여기 삽니까?"

이번에는 김태우가 동문서답했다.

"여기서 손님 접대 업무를 맡고 계신 거요?"

"아녜요."

여자가 이번에는 흰 이를 드러내고 웃었다. 웃는 모습을 본 순간 김태우는 온몸에 전류가 지나는 느낌을 받았다. 유혹적인 웃음이다. 여자가 말을 이었다.

"특별한 경우에만 불려 와요. 말하자면 VIP 접대나 파티 참석. 오늘 같은 경우는 섹스 파트너 역할이죠."

"……."

"전 섹스를 즐기는 편이라 손님들이 만족해하시더군요. 내 파트너는 대개 나이든 검둥이나 아랍 테러단 간부들이었거든요."

소피의 얼굴에 웃음이 떠올랐다. 그 얼굴로 소피가 김태우를 보았다.

"그 새끼들 특징이 뭔지 아세요? 정확하게 빨리 해치운다는 거죠. 맞아요. 정확하게 질러요. 그리고 1분도 안 되어서 쏘더군요."

"……."

"대포나 기관포라면 이해하겠어요. 짧더라도 말이죠. 근데 고무총이에요, 고무줄 총."

"……."

"빨리 쏘고 도망가는 버릇이 들어서 고무줄 총을 쏘고 바로 팬티를 입는 놈이 많아요."

그때 소피가 손을 뻗어 김태우의 허벅지 위에 놓았다. 가늘고 섬세한 손가락이다. 손톱도 잘 다듬었고 연분홍 매니큐어가 칠해져 있다.

"나, 동양인은 처음이에요."

소피가 김태우의 가운을 젖히더니 허벅지 맨살을 쓸었다. 부드럽고 따뜻한 손이다.

"동양인하고 섹스를 한 애들 이야기를 들었더니 페니스가 어린애 새끼손가락만 하다면서요? 난 그것이 궁금했어요."

소피의 두 눈이 번들거렸다.

"하지만 난 괜찮아요. 내 새끼손가락으로 자위도 하는 걸요 뭐."

소피는 노련했다. 적지(敵地)와 같은 밀림의 통나무집에 갇힌 것처럼 묶고 있는 김태우의 긴장감을 어느덧 풀어 주고 있다. 김태우도 그것을 의식하고는 있다. 그러다 어느 순간 그 긴장감이 강한 욕정으로 바뀌어 가는 것을 느낀다. 김태우의 얼굴에 웃음이 떠올랐다.

"왜 웃죠?"

허벅지를 쓸던 소피가 움직임을 멈췄다. 불빛을 받은 두 눈이 반짝이고 있다. 김태우가 손을 뻗어 소피의 원피스를 들췄다.

"당신 섹스 상대가 빨리 끝내는 이유를 알 것 같아서."

김태우의 손이 허벅지 안쪽으로 밀고 올라가다가 주춤 멈췄다. 숲이 만져졌기 때문이다. 소피는 팬티를 입지 않았다. 그때 소피가 다리를 벌리고 앉으면서 물었다.

"이유가 뭐죠?"

"분위기가 불안해서 대부분 빨리 발사하고 싶었을 거야."

그때 소피가 손을 뻗어 김태우의 팬티를 끌어내리고는 남성을 감싸 쥐었다.

"오, 마이 갓."

소피의 입에서 놀란 외침이 터졌다. 그러고는 김태우의 가운을 젖히고 제 눈으로 남성을 확인했다.

"특대형 소시지야."

눈을 둥그렇게 뜬 소피가 김태우 앞으로 서둘러 다가와 한쪽 무릎을 꿇었다. 그러고는 두 손으로 남성을 감싸 쥐더니 바로 입안에 넣었다.

"으음."

미처 말릴 겨를도 없었으므로 김태우는 놀라 신음했다. 소피가 한껏 벌린 입안으로 김태우의 남성을 넣더니 진퇴 운동을 했다. 입안을 가득 채운 남성이 목울대를 지나 안까지 들어갔다. 그때 김태우는 소피의 머리칼을 움켜쥐고 말했다.

"소피, 그만."

김태우의 표정을 본 소피가 남성을 빼내더니 헐떡이며 말했다.

"장군, 내 입에다 쏴도 돼."

"벗어, 소피."

마침내 김태우가 가운을 벗어젖히면서 말했다.

"그리고 난 장군이 아냐."

"아냐, 장군이야."

일어선 소피가 원피스를 셔츠처럼 밑에서 뒤집어 벗어던졌다. 그 순간 소피의 알몸이 드러났다. 검정 대리석에 기름을 바른 것 같은 피부다. 그리고 조각가가 깎은 것 같은 굴곡, 둥근 어깨와 밥공기 두개를 엎어 놓은 것 같은 젖가슴, 완두콩만 한 젖꼭지는 발딱 섰고 미끈한 두 팔. 허리의 곡선을 따라 내려간 김태우의 시선이 소피의 골짜기에서 멈췄다, 검은 피부 속의 붉은 골짜기. 입안에 고인 침을 삼킨 김태우가 얼굴을 펴고 웃었다.

"과연 VIP 파트너군."

"해 줘, 장군."

소피가 알몸을 소파에 눕히면서 말했다. 소피의 시선은 김태우의 남성에서 떼어지지 않는다. 혀로 입술을 핥은 소피가 한쪽 다리를 소파 등받이에 걸치면서 누웠다. 그 순간 소피의 골짜기가 활짝 열렸다. 검은 바위에 선홍빛 꽃이 피어난 것 같다. 숨을 들이켠 김태우가 소피의 위로 올랐다. 소피가 받아들일 자세를 취하면서 말했다.

"장군, 천천히, 제발."

"빨리 해 달라고 부탁하게 될 거다."

"제발 천천히."

그때 남성을 골짜기에 붙인 김태우가 곧장 진입했다. 부탁과는 달리 거칠게 들어간 것이다.

"아악."

소피의 입에서 커다랗게 신음이 울렸다. 그러나 그것은 탄성이다. 소피의 동굴이 이미 흠뻑 젖어 있었기 때문이다.

"아유 아파."

두 손으로 김태우의 팔을 움켜진 소피가 신음했다. 그러나 하반신은 꿈틀거리고 있다. 남성의 마찰을 느끼려는 것이다. 김태우는 거칠게, 그러나 규칙적으로 남성을 움직이기 시작했다. 소피의 동굴은 탄력이 강했으므로 김태우는 어금니를 물었다.

"아아, 여보."

어느덧 소피가 김태우의 움직임을 따르면서 울부짖기 시작했다. 거칠게, 또는 천천히, 그러다가 다시 거칠게 변화하는 김태우에게 끌려들고 있는 것이다. 이윽고 소피가 절정으로 솟아오르기 시작했다. 알 수 없는 말을 쏟아내면서 움직임이 거칠어지고 있다. 김태우는 소피의 동굴이 경직되어가는 것을 느꼈다. 절정이다. 김태우의 움직임이 더 거칠어졌다. 그 순간이다.

"으아앗!"

소피가 외침을 뱉으면서 폭발했다. 두 다리를 가득 벌린 상태에서 폭발하더니 온몸을 굳히면서 떨기 시작했다. 소피의 알몸은 땀에 젖어 번들거렸고 머리칼은 이마에 어지럽게 흩어져 있다. 뜬 눈은 초점이 흐렸고 입에서는 끊임없이 신음이 흘러나온다. 이윽고 소피의 몸 위에 엎드려 있던 김태우가 상반신을 일으키면서 말했다.

"자, 엎드려. 뒤에서 할 테니까."

“오 마이 갓.”

늘어져 있던 소피가 신음과 함께 뱉은 탄성이 이 말이다. 그러나 몸을 일으키더니 소파 위에 엎드리면서 엉덩이를 치켜들었다. 땀이 밴 소피의 검은 피부는 더 윤기가 났다. 치켜든 엉덩이는 군살이 없어서 탱탱하게 솟아올랐다. 뒤로 다가간 김태우는 눈을 부릅떴다. 벌려진 엉덩이를 본 순간 심장이 터질 것 같은 욕정이 솟구쳤기 때문이다. 검은 엉덩이 사이로 붉은 석류가 쪼개져 있다. 뒤에 붙은 김태우는 자신도 모르게 손바닥을 펴고는 소피의 커다란 보석 같은 엉덩이를 후려쳤다.

“철썩!”

“아악!”

소피의 비명이 통나무집 안을 울렸다. 아픔이 아니라 쾌락의 탄성이다. 다음 순간 김태우는 거칠게 몸을 붙였다.

“아아악!”

다시 탄성이 울렸다. 상반신을 소파에 바짝 붙인 소피가 엉덩이를 더 추켜올리려는 시늉을 했다. 방 안에 열풍이 또 시작되었다. 비명 같은 탄성은 계속 높아졌고 움직임은 더 격렬해졌다. 두 쌍의 사지가 기묘하게 엉켰다가 풀리기를 반복하면서 또다시 소피가 절정으로 솟아올랐다. 후배위에서 다시 정상위로 바뀌었다가 이번에는 비스듬한 자세에서, 그러다가 마주보고 앉는 자세에서 말을 타듯 김태우의 위에 올라앉았던 소피가 엎드리면서 부르짖었다.

“죽여줘!”

김태우가 일어나 다시 정상위로 거칠게 움직인 지 얼마 되지 않았을 때 소피가 죽었다. 온몸을 경직시키면서 단말마의 경련을 일으켰던 것이다. 그 순간 김태우도 온몸이 뜨거운 화산 구덩이 안으로 빨려드는 느낌을 받으면서 폭발했다. 그때 소피가 비명을 질렀으므로 김태우의 폭발은 더 탄력을 받았다. 실로 엄청난 폭발이다. 얼마나 시간이 지났는지 모른다. 둘은 알몸으로 마룻바닥에 엉킨 채 누워 있었는데 서로 마주보는 자세였다. 소피의 숨결이 목에 닿았고 숨결에 섞여 옅은 신음이 아직도 흘러나오고 있다. 이제 다시 방 안의 통나무 냄새가 맡아졌다. 비린 정액의 냄새도 섞여 있다. 소피의 몸은 땀으로 미끈거려서 마치 기름을 칠한 것처럼 번들거린다. 김태우가 소피의 엉덩이를 당겨 안았다. 그러자 아랫배가 붙었고 다리가 엉켰다.

"허니."

소피가 김태우의 허리를 안으면서 말했다. 더운 숨결이 목을 훑고 지나갔다.

"당신 이름이 뭐야?"

"김."

"제너럴 김?"

"너, 장군 좋아해?"

"난 손님이 주로 장군이야."

"그래, 장군이다."

마침내 김태우가 장군이 되기로 했다. 소피가 상대하는 장군들은 아마 탈레반, IS, 또는 아프리카 반정부 단체 장군일 것이다. 거기는 하사 출신이 대번에 장군이 된다. 한국의 육군 병장 출신이 안 될 이유가 있는가? 그때 소피가 김태우의 남성을 손에 쥐더니 다시 숨을 들이켰다.

"장군, 또 성났어."

김태우가 소피의 엉덩이만 주물렀고 소피가 몸을 더 밀착시키더니 비벼댔다.

“당신 같은 장군은 처음이야.”

“코리안 장군이야. 소피, 기억해 둬.”

“코리안 장군이 최강이야.”

“대포는 어때?”

“가장 커.”

“크기만 하냐?”

“오래 쏴.”

소피의 숨소리가 다시 가빠졌고 김태우의 남성을 주무르는 손놀림도 바빠졌다.

“장군, 조금 전에 우리는 한 시간 가깝게 싸웠는데 괜찮겠어?”

“넌 어때?”

“난 이번에는 죽을 것 같아.”

“그럼 하지 말까?”

“하다가 죽을 거야.”

유치하기 짝이 없는 말이었지만 이때 공자나 맹자의 말씀을 읊조렸다가는 귀싸대기를 맞는다. 성이 났던 대포를 시들게 하는 죄는 어떤 죄보다도 무겁다. 이윽고 김태우가 다시 소피의 몸 위로 올랐을 때 둘은 10년쯤 함께 산 부부처럼 화목했다.

“허니, 이번에는 천천히.”

소피가 엉덩이를 들썩이며 말했다. 대포를 기다리는 소피의 검은 눈동자는 이미 흐려져 있고 입이 말랐기 때문에 붉은 혀가 빠져나와 자꾸 입술을 핥고 들어간다. 김태우가 소피를 내려다보면서 숨을 골랐다. 남성은 지금 소피의 골짜기 위에 붙여져 있다. 소피가 감질이 난 듯이 엉덩이를 꿈틀거렸지만 남성을 손으로 잡거나 재촉하지는 않는다. 소피도 감질나는 기다림의 순간을 만끽하고 있는 것이다. 소피가 다시 혀로 입술을 핥으면서 앓는 소리를 내었다. 욕정의 소리, 재촉하는 소리다. 이것이 바로 본능의 소리다. 소피의 눈동자는 이미 먼 곳을 보고 있다. 다시 소피가 입술을 핥았을 때 김태우는 힘껏 소피의 몸 안으로 들어갔다.

"받아들여."

통화 연결이 되었을 때 그룹 기조실장 조세진이 인사도 생략하고 말했다.

"그쪽 4만 배럴도 같이 말이야."

그쪽이란 물론 보코하람을 말한다. 조세진의 목소리에 열기가 띠어졌다.

"그쪽 대금은 그쪽이 원하는 계좌에 넣어 주겠다고 전해."

"알았습니다, 실장님."

"네가 또 대박을 터뜨렸다."

이제 조세진이 흥분을 숨기지 않고 떠들썩한 목소리로 말을 잇는다.

"우리 입장에서 보면 5만 배럴에다가 4만 배럴을 더 가져오는 셈이 되었다. 9만 배럴이야, 9만 배럴. 대박이다, 대박."

난데없이 목표의 2배를 달성한 셈이다.

"알겠습니다. 그럼 그렇게 진행하겠습니다."

김태우의 말을 듣고서야 정신을 차린 듯 조세진이 물었다.

"별일 없지?"

"예."

"회장님이 곧 너한테 전화하실 거다."

“알겠습니다.”

“이번 일 결정하고 서울로 돌아와야겠다. 계좌 건도 있고…….”

“알겠습니다.”

“곧 다시 연락하마.”

“예, 실장님.”

통화를 끝낸 김태우가 긴 숨을 뱉고 나서 통나무집 안을 둘러보았다. 오전 8시 반. 서울은 오후 4시 반이다. 소피는 아침 7시가 되어서야 방을 나갔는데 김태우에게 작별 키스를 20번도 더 했다. 쇼가 아니었다. 진정으로 헤어지기 서운해 하는 기색이 역력했다. 오전 9시에 다시 무스타파를 중심으로 회의가 열렸는데 바캄은 참석하지 않았다. 무스타파와 2명의 보좌관, 율리아와 김태우, 이준혁이 참석한 회의다. 인사를 건성으로 마친 무스타파의 시선이 김태우에게 옮겨졌다. 오늘의 중심인물은 김태우인 것이다. 김태우가 무스타파의 조건을 받아들이면 협상이 끝나는 것이다. 무스타파가 물었다.

“김, 연락 받았나?”

“예, 장군.”

“어때?”

“받아들이겠다고 합니다.”

“좋아.”

무스타파가 무표정한 얼굴로 머리를 끄덕였다.

“내가 은행 계좌 번호를 줄 테니까 가져가.”

“예, 장군.”

“그럼 끝났군.”

자리에서 일어선 무스타파가 가장 먼저 김태우에게 손을 내밀었다.

“김, 이제부터는 자네 숙소에서 자도 되네.”

“예?”

“메인랜드 빈민촌에까지 가서 자고 올 필요가 없다는 말이야.”

“아, 예.”

숨을 들이켠 김태우를 향해 무스타파가 웃지도 않고 말을 이었다.

“이제 자네는 내 동업자야. 정부군은 물론 로얄더치셸 놈들도 못 건드려.”

무스타파가 율리아의 손을 쥐더니 손등에 입을 맞췄다. 이준혁에게는 눈인사를 한 무스타파가 회의실을 나갔을 때 율리아가 웃음 띤 얼굴로 김태우를 보았다.

“이제 VIP가 되셨군요, 미스터 김.”

“모두 율리아 씨 덕분입니다.”

“아니, 천만에요.”

율리아의 검은 눈동자가 똑바로 김태우를 응시했다.

“당신이 용기 있게 처신했기 때문이죠.”

그때 흑인 하나가 들어서더니 헬기가 준비되었다고 말했다. 동굴을 나온 셋이 숲속을 일렬로 걸을 때 김태우가 머리를 돌려 뒤를 따르는 율리아에게 물었다.

“바캄 씨는 먼저 갔습니까?”

보코하람이 잡아갔지만 바캄은 율리아 일행이다. 율리아가 머리를 저었다.

“모르겠어요.”

머리를 돌린 김태우가 발만 떼었고 율리아의 목소리가 뒤에서 울렸다.

“언제 갑자기 나타날 수도 있고 영영 보이지 않을 수도 있어요.”

율리아의 목소리는 맑고 조금 비음이 섞여 있다. 김태우는 문득 율리아가 섹스할 때 내는 신음을 떠올려 보았다. 저 목구멍에서 어떤 외침이 뱉어질 것인가? 율리아의 말이 이어졌다.

“바캄은 피부에 녹음기와 위치 추적기가 심겨 있었다고 하는군요.”

율리아 앞쪽에는 김태우뿐만 아니라 이준혁도 걷고 있다. 잠깐 동안 일행이 풀숲을 헤치고 나무 잔가지를 밟아 부러뜨리는 발자국 소리만 났다. 율리아가 말을 이었다.

“돈의 유혹에 넘어가지 않기 힘들어요.”

“……”

“그렇다고 돈을 안 받으면 오해를 받아 살해당할 가능성이 있죠.”

김태우는 율리아의 알몸에 저절로 옷이 걸쳐지는 상상을 했다. 그때 율리아가 김태우의 등에 대고 말했다.

“돈을 똑같이 받으면 안 받은 것과 같아요.”

<2권 계속>